rowohlt

LUKAS MAISEL

BUCH
DER GETRÄUMTEN
INSELN

ROMAN

ROWOHLT

Die Arbeit an diesem Roman
wurde durch das Aargauer Kuratorium gefördert.

AARGAUER
● ● ● ●
KURATORIUM

Originalausgabe
Veröffentlicht im Rowohlt Verlag,
Hamburg, September 2020
Copyright © 2020 by Rowohlt Verlag GmbH, Hamburg
Die Zeichnungen auf den Seiten 50/51, 83, 134, 171, 195
und 235 stammen von Rafael Koller (rafaelkoller.ch).
Satz aus der Foundry Wilson
bei Dörlemann Satz, Lemförde
Druck und Bindung CPI books GmbH,
Leck, Germany
ISBN 978-3-498-00202-2

Welches Muster verbindet den Krebs mit dem
Hummer und die Orchidee mit der Primel und all
diese vier mit mir? Und mich mit Ihnen?
Und uns alle sechs mit den Amöben in eine
Richtung und mit dem eingeschüchterten Schizo-
phrenen in einer anderen?

— *Geist und Natur*, Gregory Bateson

Mein Herz ist wild, wie die Wolke der Nacht
Und sehnsuchtstoll – oh Du!
Die will der ganze weite Himmel sein
Und sie weiß nicht wozu.
Die Wolke der Nacht ist mit dem Wind allein.

— *Das Lied von der Wolke der Nacht*, Bertolt Brecht

Vorwort des Autors

Im Winter des Jahres 20xx beschäftigte die Schweizer Medien das Verschwinden eines Mannes, der erst nur R.A. (Name der Redaktion bekannt), dann Robert A., und schließlich, als jede Hoffnung, ihn wiederzufinden, aufgegeben war, bei seinem vollen Namen genannt wurde: Robert Akeret.

Auch mich schlug das Verschwinden dieses Mannes in seinen Bann, und ich verfolgte den Fall durch mehrere Blätter. Die NEUE ZÜRCHER ZEITUNG ließ sich nicht zu Spekulationen herab, sie trug vielmehr nüchtern die Tatsachen zusammen: Aufbruch am 3. August, mehrtägiger Aufenthalt in Singapur, Weiterflug nach Port Moresby, der Hauptstadt Papua-Neuguineas. Zudem veröffentlichte die Zeitung Auszüge aus den teils rätselhaften Nachrichten, die Akeret via Satellitentelefon an eine Kontaktperson in Zürich geschickt habe.

In einem Essay, der im Feuilleton des TAGES-ANZEIGER erschien, wurde Akeret in eine Reihe gestellt mit drei anderen manischen Suchern: mit Gilgamesch, der Unsterblichkeit sucht in Form eines Krautes; dem heiligen Antonius, der in der Wüste Zuflucht vor den Versuchungen des Fleisches finden will; und Kapitän Ahab auf der Jagd nach dem schrecklich weißen Wal, an den er sein Bein verloren hat. In Akeret vereinten sich, so die Autorin,

7

bestimmte Eigenschaften dieser drei. So habe Akeret, wie Antonius, dem Altbekannten den Rücken gekehrt, um aufzubrechen ins Ungewisse. Wie Ahab sei er besessen von einer halb-mythischen Kreatur – in seinem Fall ein Zwischenwesen, das den Menschen mit dem Tierreich verbinde und für das es zwar in den Sagen vieler Kulturen Namen gebe, doch noch keinen wissenschaftlich anerkannten. Und wie Gilgamesch strebe Akeret danach, Unsterblichkeit zu erlangen, denn er wollte dem Wesen seinen eigenen Namen geben und sich so verewigen in den Büchern der Naturwissenschaften.

Die kritische Kommentarspalte einer Lokalzeitung bezeichnete den Verschollenen als lebensmüde und verantwortungslos. Zudem sei die Berichterstattung fahrlässig, sei doch ein WERTHER-EFFEKT zu befürchten, die Nachahmung einer solcherart romantisch verklärten Expedition. Sollten nun Dutzende beeinflussbarer junger Männer in fernen Regenwäldern auf der Jagd nach Hirngespinsten einen elenden Hungertod sterben, trügen die Medien zumindest einen Teil der Verantwortung.

Der BLICK erging sich in Mutmaßungen. So wurde ein Häuflein menschlicher Knochen präsentiert, Akerets Überreste, wie es hieß, auf denen sich angeblich die Wetzspuren eines Messers fanden. Überhaupt gefiel es der Redaktion, ständig darauf hinzuweisen, dass im heutigen Papua-Neuguinea noch immer Kannibalen lebten.

All diese Artikel las ich begierig. Es war eine Geschichte wie aus anderen Zeiten, ein antikes Epos mit einem Helden, der auszieht, um unsterblich zu werden. Zudem, und das war für meine Faszination wohl entscheidend, entdeckte

8

ich unverkennbare Parallelen zwischen Akeret und mir. Er stammte aus nicht-akademischen Verhältnissen, machte – wie ich! – eine Lehre zum Drucker und versuchte sich dann ohne Studium auf einem Gebiet, auf dem ein universitärer Abschluss die Regel ist: Er widmete sich der Biologie, insbesondere der Zoologie.

Es war, als zeigte mir sein Beispiel einen möglichen anderen Verlauf meines Lebens auf – und sind das nicht die Geschichten, die uns am meisten fesseln? Das Leben zwingt uns zu entscheiden, und mit jeder Entscheidung bleibt eine Daseinsmöglichkeit ungelebt. Die Geschichten der anderen aber versetzen uns in eine wundersame Gleichzeitigkeit der Möglichkeiten.

Und so begann ich zusammenzutragen, was aus schriftlichen Quellen zu erfahren war, sprach auch mit Akerets Mutter, die mir seine Notizbücher zur Durchsicht überließ. Bei deren Lektüre erfuhr ich nicht ein einziges persönliches Detail über Akeret, aber alles darüber, welche Wissensgebiete ihn begeisterten. In seiner Büchersammlung stieß ich auf die unterstrichenen Passagen, die diesem Roman vorangestellt sind. Die mit hartem Bleistift gemachten Hervorhebungen stammen, davon gehe ich aus, von Akeret selbst.

Besonders der besagten Kontaktperson, die anonym bleiben möchte – in diesem Roman erscheint sie als Professorin Dr. Unland –, bin ich zu großem Dank verpflichtet. Sie hat mir Akerets Wesen aufgeschlossen, wie wohl niemand sonst es gekonnt hätte.

Ich habe darauf verzichtet, dieser Geschichte den Anschein zu geben, sie beruhe bis ins Kleinste auf wahren

Begebenheiten. Man könnte sagen: Ich habe faktische Anhaltspunkte mittels Vorstellungskraft miteinander verbunden. Dem Leser, der Leserin sei daher geraten, diesem Roman keine Details aus dem Leben Robert Akerets zu entnehmen und als Anekdoten zu verbreiten.

Zürich, Oktober 20xx

1

Als ich mir Akeret das erste Mal vorstelle, befindet er sich auf einem Boot, und das Einzige, was er vermisst, ist eine ordentliche deutsche Toilette. Nicht, dass eine solche sein Heimweh lindern würde – er ist ja kein Deutscher –, doch ist sie so gebaut, wie er sich eine vollkommene Toilette erträumt. Die deutsche Toilette hat eine hübsche kleine Liegefläche, auf der die Ausscheidungen begutachtet werden können, nicht bloß ein zum Wasser sich öffnendes Loch. Westliche Wasserklosetts hatten sie zuletzt in Singapur gesehen, doch immer solche französischer oder amerikanischer Bauweise, niemals deutsche Flachspüler. Im ganzen Archipel waren Hocktoiletten vorherrschend, und die waren nichts anderes als mit Porzellan umkleidete Löcher, über denen man erbarmungswürdig in die Hocke gehen musste, um sich zu entleeren.

Warum nur, fragte sich Akeret, gab es im ganzen Archipel keine einzige Toilette, auf der es sich zivilisiert sitzend scheißen ließ?

Er übernahm gedanklich gern die Rolle des Kolonialherren, ohne wirklich zu glauben, die Europäer seien den Asiaten überlegen, im Gegenteil: Er war der Überzeugung, dass Europa im Untergang begriffen sei und bald nur noch unbedeutendes Westkap Asiens wäre.

Die Hocktoiletten hatten die tägliche Untersuchung

seiner Exkremente stark erschwert, aber nun, auf dem Boot, das bloß über ein Plumpsklo verfügte, war sie nahezu unmöglich. Was man ausschied, fiel gleich ins Meer. Darum hatte er Mansur um einen überzähligen Blechteller gebeten, und er erhielt ihn auch, konnte aber auf die Frage, wozu er ihn benötige, nichts entgegnen außer einer gestammelten Ausrede.

Mansur fand es ohnehin bald selbst heraus. Er hatte Akeret mit dem Teller hinter den Vorhang verschwinden sehen, der das Plumpsklo abschirmte, und das recht eigenartig gefunden. Gerade als Akeret seinen Kot auf dem spiegelnden Blechteller betrachtete, steckte Mansur seinen Kopf durch den Vorhang und grinste.

Das bedurfte einer Erklärung. Akeret nahm den eingeschweißten Bogen hervor, auf welchem die BRISTOL-STUHLFORMEN-SKALA abgebildet war, von Typ 1 bis Typ 7, neben jeder Ziffer eine anschauliche Zeichnung. Anhand dieser Skala ermittle er jeden Morgen einen Wert, den er in sein Notizheft eintrage, und dieses zeigte er nun Mansur zum Beweis, dass er kein Koprophage, kein Kotfresser, war.

Mansur warf einen Blick auf die Notizen und nickte beflissen, doch grinste er noch immer.

Es war eine Skala von bemerkenswerter Einfachheit, die den verwirrend zahlreichen Erscheinungen der Welt eine feste Nummer zuwies. Es gab noch weitere solcher von Akeret bewunderter Ordnungssysteme. So hatte Beaufort den Wind, Mendelejew die Elemente, Werner die Farben geordnet – und Carl von Linné natürlich die Tiere und Pflanzen. Nur im Wissen um solche Systeme war die Unübersichtlichkeit der Welt zu ertragen.

Bei Typ 1 handelte es sich um kleine feste Kügelchen, dem Kot eines Kaninchens ähnlich, die mit Verstopfung einhergingen und auf Wassermangel hinwiesen. Typ 7 dagegen war völlig flüssig, ohne feste Bestandteile.

Natürlich, erklärte er Mansur, dürfe es so weit niemals kommen, denn Durchfälle nach Typ 7 führten in den Tropen rasch zu einer lebensgefährlichen Austrocknung des Körpers. Aber nicht nur die Beschaffenheit spiele eine Rolle, auch Farbe und Geruch seien in die Wertung miteinzubeziehen.

Mansur fragte ihn nun mit Blick auf den Blechteller, ob es nicht genug Frühstück gegeben habe, und zog dann den Kopf unter schallendem Gelächter hinter den Vorhang zurück.

Akerets Assistent Blum, der die Szene beobachtet hatte, konnte darüber nicht lachen, nicht einmal schmunzeln. Auch ihm hatte Akeret die Skala in aller Ausführlichkeit dargelegt. Wie sollten Verdauungsreste Aufschluss geben über zukünftiges Befinden? Für Blum stand das Kot-Orakel auf derselben Stufe des Aberglaubens wie die Vogelschauen des Altertums, bei denen die Auguren aus dem Flug der Vögel die Zukunft lasen – die der Menschen wohlgemerkt, nicht die der Vögel.

Wie immer, wenn Akeret gewisse Verschrobenheiten an den Tag legte, bereute Blum, sich diesem Unterfangen angeschlossen zu haben. Er fürchtete, Akeret könnte seinen (noch kaum vorhandenen) akademischen Ruf beschädigen. Meist beruhigte er sich dann mit dem Gedanken an Alfred Russell Wallace, einem Genie vom Schlage Darwins, der den Archipel ausgiebig bereist und beinahe zeitgleich mit Darwin die treibende Kraft hinter der Entstehung der Arten entdeckt hatte. Auch Wallace war obskuren Ideen verfallen, hielt spiritistische Séancen ab, um mittels Gläserrücken mit seinen verstorbenen Geschwistern zu kommunizieren. Solche Ausschweifungen konnten sich allein Geistesgestörte und Genies leisten. Blum hoffte inständig, Akeret sei ein Genie.

Seit Mansur hinter das Geheimnis der Kotschau gekommen war, fragte er Akeret jeden Morgen, welche Nummer er eingetragen habe. Er zeigte den Daumen nach oben, wenn die Antwort Drei lautete oder Vier, denn diese beiden Formen waren ideal: wurstförmig mit gefurchter Oberfläche und wurstförmig mit glatter Oberfläche. Es machte ihn stolz, wenn er, als Koch, zu guten Werten beitragen konnte, und doch fand er diese Neigung, natürliche Dinge zu messen und in Kategorien zu zwängen, recht merkwürdig.

Zwar ordnete auch er die Natur, doch waren seine Kategorien andere. Für Mansur bildeten Pflanzen, die gegen Kopfweh halfen, eine Gattung, und solche gegen Hautausschlag, Durchfall oder Bauchweh je eine weitere. Die weibliche Ameise, deren Hinterleibssekret gegen Schnupfen half, stand der Flechte, welche dieselbe Wirkung hatte, näher als der männlichen Ameise, mit deren Kieferzangen sich Schnittwunden schließen ließen.

Und dann gab es natürlich noch Tiere und Pflanzen, die in den zahlreichen Sagen des Archipels eine wichtige Rolle spielten: BABIRUSA etwa, ein Wildschwein mit furchteinflößend gebogenen Hauern, auf dessen Rücken

14

nach sulawesischer Vorstellung die Erde ruhte, die zu beben beginnt, wann immer das Schwein sich an einer Palme reibt.

Oder die BETELNUSS, welche Hainuwele, die Kokosblütengeborene, dem molukkischen Mythos zufolge den Männern bei einem rituellen Tanz anbieten soll. Stattdessen präsentiert sie ihnen Porzellanteller, goldene Ohrringe und andere wertvolle Gegenstände, die auszuscheiden sie fähig ist.

Diese und andere Geschichten waren Mansur auf seinen Schiffsreisen durch den Archipel erzählt worden. Er hatte seine Heimat, den Süden Sulawesis, mit sechzehn Jahren verlassen und sich geschworen, nie wieder dorthin zurückzukehren. Mansur sah nicht nur das, was war, sondern immer auch die Geschichten, die damit zusammenhingen. Dieser die Wirklichkeit anreichernde Blick schien den BULE, den Weißen, abhandengekommen zu sein. Sie beschränkten sich auf nichtssagende Äußerlichkeiten und Zahlen – wobei Akeret ein für einen Wissenschaftler ausgesprochen lebendiges Interesse an Sagen und Mythen zeigte.

Der andere, sein Name war Blum, hatte seit dem Vorabend ihrer Abreise kein Wort mit ihm gewechselt und ging ihm aus dem Weg, soweit dies möglich war auf einem Boot. Fanden sie sich aber, unbeabsichtigt, allein zu zweit wieder, dann herrschte von beiden Seiten unbeirrbares Schweigen. Sie verzichteten sogar auf die kleinen Geräusche, die Menschen machen, um zu zeigen, dass sie sich der Anwesenheit des anderen bewusst sind und diese achten. Mansur war es recht, er mochte Blum nicht besonders.

Der Grund ihres Streits war nichtig gewesen. Mansur

hatte Jonah, ihrem einheimischen Steuermann, aufgetragen, vor der Abreise Waffen zu besorgen, und Jonah brachte zwei Gewehre, die wohl illegal gedruckt worden waren. Sie bestanden aus buntem Plastik und wirkten wie Wasserpistolen, waren aber, wie Jonah betonte, tödliche Waffen, mit denen die hiesigen Gangster, die man RAS-KOLS nannte, ihre Bandenkriege führten.

Akeret wirkte nicht begeistert, als Mansur ihm die Waffen brachte, er sagte, er habe ihm nicht den Auftrag dazu erteilt.

Ob er denn nicht wisse, fragte Mansur, dass es im Hochland menschenfressende Stämme gebe?

Bevor Akeret antworten konnte, mischte Blum sich ein: Diese *menschenfressenden Stämme* – er zeichnete Gänsefüßchen in die Luft – seien doch bloß eine Erfindung der Europäer, im Versuch, fremde Ethnien zu Kannibalen abzuwerten, um mit einem Gefühl moralischer Überlegenheit über sie zu bestimmen. Diese Haltung habe zum Kolonialismus geführt und zu Gräueln wie den Völkerschauen, den HUMAN ZOOS, in die ganze Dörfer verschleppt worden waren.

Nein, entgegnete Mansur ganz ruhig. Diese Stämme töteten und fräßen Menschen, und sie bräuchten Gewehre, um sich notfalls zu wehren.

Akeret warf schmunzelnd ein, dass Blum eben Schweizer sei, was bedeute, dass er zwar blind mit einem Gewehr umgehen könne, gleichzeitig aber so neutral sei, dass er gar nicht wisse, auf wen er schießen solle.

Niemand lachte.

2

Beinahe drei Wochen, bevor Akeret mit dem Blechteller ertappt wurde, hatte er ohne Ziel den Zug bestiegen, um sich in seinem kleinen Land noch ein wenig umzuschauen. Es war der erste August, Nationalfeiertag, und ihn hatte Wehmut ergriffen, für die er sich schämte. Wieder und wieder hatte er auf dieses Land, in dem er geboren und aufgewachsen war, geschimpft, es langweilig und verstockt genannt. Die schlimmste Eigenart seiner Landsleute war, wie er fand, alles klein zu halten und das Erhabene, das Weitschweifende, das Weltumspannende nicht zu würdigen – und damit auch sein Vorhaben nicht. Das zeigte sich schon an der Sprache, einer Mundart, welche die Verkleinerung liebte und die entsprechende Endung allen unmöglichen Wörtern anhängte. So wurde selbst ein Schlaganfall zum Kalauer, zum *Schlägli* verniedlicht.

Die Ablehnung der anderen, die Akeret deutlich zu spüren glaubte, war ihm Bestätigung. Es gab nichts Schlimmeres für ihn als laues, unwidersprochenes Tun, denn dass niemand sich daran störte, zeigte, wie unbedeutend es war. Sein Vorhaben dagegen war von einer Kühnheit, die nicht in dieses Land und in diese Zeit passte. Akeret wollte eine einfache und große Tat vollbringen in einem Jahrhundert der Zerstreuung, in dem die Wissenschaften zersplittert waren in unzählige Teilgebiete. Viel zu lange war ihm gewesen, als lebe er sein Leben falsch, so wie man falsch schwimmen kann und all seine Kraft aufwendet, um nur den Kopf über Wasser zu halten.

Nun, wenige Tage vor seiner Abreise in die ersehnte Ferne, ergriff ihn aber, gewissermaßen vorauseilend, ein lästiges Heimweh. Er hatte in einem leeren Viererabteil Platz genommen, in seinem Schoß ein Buch, das er gut kannte, das ihm wie ein Freund war. Akeret gab acht, den Buchrücken nicht zu überdehnen, er wollte jene unschönen Falten vermeiden, wie sie sich bei alten Menschen zwischen Nase und Oberlippe bilden.

Manchmal blickte er auf, ließ seinen Blick über das Sommerland springen, dabei die Hand im Buch, angeschmiegt an das raue, kühle Papier. Dann schlug er es wieder auf, las manche Sätze mit bewegten Lippen, auch zweimal, dreimal hintereinander. Manche Sätze las er sich selbst flüsternd vor, sodass ein Beobachter ihn für einen Geistlichen hätte halten mögen, der sich in seine Heilige Schrift versenkt.

Als er beim nächsten Halt aufschaute, fiel sein Blick auf die Bahnhofsuhr, und ihm wurde bewusst, dass er vor erst zehn Minuten eingestiegen war. Lesen ist wie Träumen, dachte er, es dehnt die Zeit.

Da setzte sich ein Mann ihm gegenüber, was ihn irritierte, hatte er doch gelernt, sich Fremden nur so weit wie nötig zu nähern. Der Mann trug einen grauen Bart und einen Fischerhut auf dem Kopf, er machte einen leutseligen Eindruck. Bestimmt war er Stammgast in einer Beiz und grüßte, wenn er durch sein Quartier ging, viele Leute.

Akeret versenkte sich ins Buch und vermied es, den

Blick zu heben und aus dem Fenster zu schauen, denn der Mann schien nur darauf zu lauern, ein Gespräch zu beginnen. Akeret war kein redefreudiger Mensch, konnte aber in manischen Redefluss verfallen, wenn man ihn zu einem seiner Spezialgebiete befragte. Sprache diente ihm zur Übermittlung von Informationen, weswegen er auf Höflichkeitsformeln verzichtete, auch wenn er wusste, dass dies harsch und unfreundlich wirken mochte. Er sah keinen Sinn im Aussprechen von Floskeln, von denen beide Seiten wussten, dass sie nicht ehrlich gemeint waren, und so fühlte er oft über Tage keinen Drang zu sprechen, und sein Schweigen entrückte ihn den Menschen.

Dennoch, ein Leben ohne Zuschauer erschien Akeret sinnlos. Ob diese Zuschauer nun aber Freunde waren oder Bewunderer, war im Grunde gleich. Er verstand, was vereinsamte Menschen in den Selbstmord trieb: Weil niemand ihr Leben wahrnahm, machte es für sie keinen Unterschied, ob sie lebten oder nicht. Wenn sie sich nun zwischen einem Dasein, das ihnen Qualen bereitete, und dem sinnlosen Nichts entscheiden mussten, dann wählten sie verständlicherweise Letzteres, das Nichts. Das waren Leute, die im Zug Selbstgespräche führten und zu denen niemand sich setzte. Aber es waren keine Verrückten, es waren nur Einsame, vom Verschwinden Bedrohte, die sich durch lautes Sprechen ihres Daseins vergewisserten und der Unsichtbarkeit zu entgehen suchten.

Akeret hegte die Sorge, auch er könnte eines Tages so werden und nicht mehr merken, wie seine Gedanken den Weg zur Zunge fänden. Wenn niemand sich zu ihm setzte, die anderen Abteile aber gefüllt schienen, betastete er fahrig sein Gesicht, um darin zu suchen, was die anderen abstieß. Deshalb war er nicht nur unangenehm berührt, als der Fremde sich ohne Zögern in seinem Abteil niederließ, sondern auch – tatsächlich – erleichtert.

Es ging ein Geruch von warmer, etwas muffiger Gemütlichkeit von dem Fischhutträger aus, ein Geruch, der in Altkleidersammlungen herrschte. Obwohl Akeret die Stirn gerunzelt hielt, um zu zeigen, wie sehr ihn das Lesen beanspruchte, sprach der Mann ihn an.

Das sehe aus wie ein recht schweres Buch, sagte er heiter, und Akeret verstand nicht, was er ihm eigentlich mitteilen wollte. Er hatte oft Mühe, die unausgesprochenen, verborgenen Absichten der Menschen zu erraten, und wenn dann noch Worte hinzukamen, die mehrere Bedeutungen hatten, wie eben das Wörtchen *schwer*, dann wurde ein scheinbar einfacher Satz zum unlösbaren Rätsel.

Nein, sagte er nach einer zu langen Pause, das Buch sei nicht *schwer*, das Papier besitze bei geringer Dichte ein hohes Volumen, was für englische Bücher typisch sei – sie seien immer viel leichter, als man vermute. Deutsche Bücher dagegen seien schwerer, wohl weil man Wissen gleichsetze mit Gewicht und allzu leichten Büchern misstraue. Auch er selbst spüre beim Lesen gern eine gewisse Schwere auf den Oberschenkeln.

Der Mann zog ein zerknittertes Taschentuch aus seiner Hose, die sich über den unteren Teil seines Bauches spannte. Während er sich die Nase schnäuzte, prüfte Akeret seine Möglichkeiten. Er wusste, dass es unhöflich wäre, einfach den Sitzplatz zu wechseln, und so blieb er sitzen und beachtete den Fischerhutträger nicht weiter.

20

Doch schon meldete sich der Mann wieder zu Wort. Er wollte wissen, worum es in dem Buch ging, und Akeret begann in einer langatmigen Rede, dessen Thematik auszubreiten. Er tat es nicht, um sie dem Mann begreiflich zu machen, sondern vielmehr um sich selbst zu beweisen, dass er alles verstanden hatte.

Der Titel, der Titel des Werkes laute ON THE TRACK OF UNKNOWN ANIMALS, begann er stockend, mit leiser, betonungsarmer Stimme und schaute dabei aus dem Zugfenster. Ihn hemmte die Angst, einen Satz zu beginnen, dessen Ende er nicht würde finden können, sich in immer weiter verschachtelnden Sätzen zu verlieren. Und so verstummte er wieder, um sich die Sätze zurechtzulegen.

Bernard Heuvelmans, fuhr er fort, habe mit diesem Buch den Grundstein gelegt für die Kryptozoologie, die Wissenschaft von der Suche nach unbekannten Arten. In seiner Jugend habe sich Heuvelmans sowohl für Jazz als auch für die Evolution begeistert, und Ende der Dreißigerjahre wurde er in Brüssel mit einer Arbeit zur Zahnstruktur des Erdferkels promoviert. Bald darauf wurde er eingezogen und geriet in deutsche Gefangenschaft. Nach dem Ende des Krieges trat er als Jazzsänger auf. Über Akerets Gesicht spielte ein leises Lächeln, dessen er sich nicht bewusst war. Er hatte nun Vertrauen in seine Stimme und seinen Vortrag gefasst, jedes gesprochene Wort ergab das nächste.

Die Arbeit als wissenschaftlicher Autor, fuhr er ein wenig lauter fort, habe Heuvelmans aber nie aufgegeben. Heuvelmans begeisterte sich für die Sagen über angebliche Fabelwesen und die These, dass solche Sagen stets einen wahren Kern hätten. Seiner Arbeit über mythische Kreaturen blieb die Unterstützung seiner Universität jedoch versagt. Die Kryptozoologie habe leider, so Akeret, nie den Ruf einer seriösen Wissenschaft erwerben können. Dazu beigetragen hätten vor allem amerikanische *Forscher* – er zeichnete Gänsefüßchen in die Luft –, die etwa behaupteten, es existiere noch heute eine Population von Dinosauriern im Kongobecken.

Er legte seine Hände, nachdem er sie für die Gänsefüßchen erhoben hatte, nicht mehr zurück auf die Oberschenkel, sondern begann, lebhaft zu gestikulieren – freilich ohne sein Gegenüber anzublicken.

Die Kryptozoologie aber sei, um es mit den Worten von Heuvelmans zu sagen, keine okkulte oder arkane Wissenschaft. Man könne nur ahnen, wie sie sich entwickelt hätte, wenn sich frühzeitig eine nüchterne Schweizer Schule als Gegengewicht gebildet hätte. Das Fach wäre heute wohl selbstverständlicher Teil der an der Universität gelehrten Zoologie, und – Akeret lächelte – es gäbe Studenten, die ihre Dissertationen zu Tatzelwurm, Chupacabra oder Igopogo schrieben.

Auf der anderen Seite, fuhr er ernst fort, stehe die ebenfalls wenig hilfreiche Behauptung, die Erde sei vermessen und vollständig durchforscht, ein Irrglaube, der sich zu allen Zeiten finde – auch bei großen Forschern. So habe Georges Cuvier im Jahre 1812 verkündet, es könnten keine großen Vierfüßer mehr entdeckt werden. Eine Behauptung, die bloß noch von jener Charles H. Duells übertroffen werde, dem Vorsteher des amerikanischen Patentamts, der 1899 zu wissen glaubte: *Alles, was erfunden werden kann, ist erfunden worden.*

Akeret, dem die Fähigkeit fehlte, laut zu lachen, stieß verächtlich Luft aus. Der Fremde ihm gegenüber ließ keine Geräusche hören, doch das sollte Akeret erst später auffallen, nachdem er mit seiner Rede am Ende war.

Ein Jahr später, fuhr er fort, habe Max Planck mit der Entdeckung der Quanten die ganze Physik in Unordnung gebracht und die Voraussetzung geschaffen für Fernsehen und Atombombe. Und ein Angestellter eines anderen Patentamts, nämlich desjenigen in Bern, habe bewiesen, dass weder Zeit noch Raum universale Konstanten sind, sondern das Licht, ja, das Licht!

Akeret war der festen Überzeugung, dass die Entdeckung der Quanten in der Zoologie kurz bevorstand, und er glaubte, dass es an *ihm* sei, diese Wende herbeizuführen. Diesen Gedanken auszusprechen, hätte er sich allerdings nicht einmal Fremden gegenüber getraut. Er wollte nicht überheblich oder größenwahnsinnig erscheinen.

Cuvier hat sich geirrt, sagte er nach einer kurzen Pause. Wenige Jahre später habe man auf Sumatra den SIAMANG entdeckt, einen schwarzen Gibbon mit auffallend langen Armen. Und auch der Gorilla habe bis ins 19. Jahrhundert als Fabelwesen gegolten. Die wenigen Sichtungen wurden angezweifelt, so auch die Schilderung des karthagischen Admirals Hanno, der von einer Insel in der Insel berichtet hatte, auf der wilde, am ganzen Körper dicht behaarte Weiber lebten. Die Dolmetscher hätten sie GORÍLLAI genannt.

Noch immer blickte Akeret aus dem Fenster, ließ seinen Blick in festem Takt über die Landschaft springen. Er spürte kalten Schweiß seinen Rücken hinabrinnen, während ein Wort immer rascher dem nächsten folgte, es gab keine Möglichkeit mehr innezuhalten. Ihm wurde ein wenig schwummrig, und er musste sich ermahnen, gleichmäßig zu atmen.

Es lasse sich heute nicht klären, ob Hanno damals Exemplare jener Art entdeckte, die wir heute unter dem Namen Gorilla kennen, oder nicht vielmehr Schimpansen oder sogar einen Menschenstamm. Vermutlich verbanden sich mehrere Geschöpfe zu einer einzigen mythischen Kreatur, in einem Prozess ähnlich der Verdichtung, wie Freud sie in seiner *Traumdeutung* beschreibt. Im Traum könne die Schwester gleichzeitig Mutter und Ehefrau sein – so wie Cetus, das Seeungeheuer, gegen das Perseus und Herakles kämpfen, gleichzeitig Pottwal, Riesenkrake und Walhai ist.

Siamang und Gorilla, fuhr er atemlos fort, seien nicht die einzigen großen Vierfüßer, die nach 1812 entdeckt wurden und damit Cuvier widerlegten. Viele davon, etwa der GROSSE PANDA, der RIESENKALMAR und das OKAPI, waren Legenden, bevor sie Wirklichkeit geworden sind. Die Oberfläche der Erde sei zwar restlos von Satelliten erfasst, aber das treffe auch zu auf Mars und Jupiter, und nur ein Idiot würde behaupten, diese Planeten seien deshalb auch restlos erforscht. Und habe nicht, fiel Akeret jetzt ein, ein Mann mit Namen Bayliss vor einigen Jahren auf Google Earth einen Berg in Mosambik entdeckt, dorthin eine Expedition geführt und Dutzende neuer Arten entdeckt?

Akeret kam in den Sinn, wie er Blum die Anekdote bei ihrem ersten Treffen erzählt hatte und der darüber nicht entzückt, sondern empört gewesen war. Der Berg sei, so

Blum, den Einheimischen sicherlich wohlbekannt gewesen, ebenso die *unentdeckten* Tiere, und das zeige einmal mehr, dass diese sogenannten *Entdeckungen* immer nur aus der Sicht des Europäers welche seien. Für den Europäer existiere nur, was mit Worten aus seiner Sprache benennbar war. Man denke an die lächerlichen Namen, mit denen James Cook die neuseeländischen und australischen Küsten überzogen hatte: LUNCHEON GROVE, wo die Mannschaft das Mittagessen einnahm; der WET JACKET ARM, ein Meeresarm, auf dem die Seefahrer von schwerem Regen durchnässt wurden; das CAP TRIBULATION, Kap Drangsal, bei dem sie auf ein Riff aufliefen, um schließlich, über HOPE ISLAND, in der WEARY BAY zu landen, der erschöpften Bucht. Und jeder dieser unsäglich banalen Namen habe einen alten, vermutlich heiligen Namen ausgelöscht!

Akeret hatte während Blums Ausbruch betreten geschwiegen, denn genau das war sein Ziel: den Namen einer sagenhaften Kreatur durch einen lateinischen ersetzen, um ihr wissenschaftliche Geltung zu verschaffen. Zudem hielt er James Cook für einen großen Entdecker. Aber das behielt er für sich, er wollte nicht schon vor der Abreise streiten, es würden sich dazu genügend Gelegenheiten angesichts weit wichtigerer Fragen bieten.

Akeret holte tief Atem und sah nun erstmals wieder in das Gesicht des Fischerhutträgers. Er benötigte einige Sekunden, um dessen Ausdruck zu entschlüsseln: Es war blanke Ratlosigkeit. Da erst wurde ihm bewusst, dass er sich wieder einmal zu einem seiner atemlosen Monologe hatte hinreißen lassen, ohne auf Zeichen des Interesses bei seinem Gegenüber zu achten, wie seine Mutter es ihm eingeschärft hatte: Kopfnicken, Zwischenfragen, erhobene Augenbrauen. Aber wenigstens hatte er nun seine Ruhe, denn offenbar wagte der Mann nicht, ihm noch eine Frage zu stellen.

Kurz darauf fand sich Akeret in einem Dorf wieder, in dem er nie gewesen war, wartete neben anderen Leuten am Zebrastreifen. Als die Ampel umschaltete, war er, wie meistens, der Erste, der die Straße betrat. Lange Zeit hatte er geglaubt, die Wartenden ließen, aus welchem Grund auch immer, absichtlich einige Sekunden verstreichen, und es ihnen gleichgetan. Bloß eine seltsame Gewohnheit der Menschen mehr, die er nachahmte, ohne ihren Sinn zu verstehen. Auch in der Schule hatte er geglaubt, es melde sich auf die Frage des Lehrers niemand, weil sowieso jeder die Antwort kannte, da sie offensichtlich war. Irgendwann aber ging ihm auf, dass die anderen die Antwort nicht kannten, wie auch die wartenden Fußgänger nicht schneller reagieren *konnten*.

Er erinnerte sich beinahe lückenlos an einmal Gesehenes oder Gehörtes, wenngleich er sich angewöhnt hatte, so zu tun, als sei er so vergesslich wie alle anderen. Er hatte den Eindruck gewonnen, dass es als unhöflich galt, allzu genau zu erinnern, was jemand gesagt hatte. Niemand sah sich gern mit der eigenen Widersprüchlichkeit konfrontiert – und noch weniger in Form eines wörtlichen Zitats.

Wenn Akeret, wie jetzt, durch die Straßen ging, dann immer fürchtend, man könnte ihm ansehen, wie einsam er war. Er gab sich Mühe, den Eindruck zu erwecken, er habe es eilig, denn schließlich war der Eilige auf dem Weg zu jemandem. Wer sich aber an die Fersen dieses vor sich hin summenden und flüsternden Gehenden geheftet hätte, dem wäre klargeworden, dass er sich nie mit jemandem traf. Er ging durch Städte, bestieg Züge, wanderte durch Landschaften, doch immer allein, allein.

Was aber flüsterte er, was summte er?

Es gab für Akeret nichts Beruhigenderes als die Wiederholung, und so lief ein bestimmter Satz wieder und wieder durch seinen Kopf. Wenn er sicher war, dass niemand die Bewegung seiner Lippen sehen und ihn für einen der Einsamen halten konnte, sprach er ihn leise vor sich hin. Noch besser aber war eine Melodie, die ohne Anfang war und ohne Ende und die, summte er sie, ihn erlöste von seinem niemals ruhenden Geist.

Von einigen Balkonen wehte die Landesflagge, im hellen Himmel platzte sinnlos Feuerwerk. Sobald es dunkel wäre, schlüge der Himmel farbige Funken, und überall sähe man hohe Feuer, die zur Feier des Tages entzündet wurden. Vor soundso vielen Jahren war es seiner Schwester eingefallen, am Rande eines solchen Feuers über die glühenden Kohlen zu spazieren, wobei sie sich die Füße so stark verbrannte, dass sie keine Schmerzen mehr spürte.

Am Ende des Dorfes betrat er ein Wäldchen, das sich zu einem Fluss hin absenkte. Er wähnte sich so lange allein, bis er auf einen vollbesetzten Parkplatz stieß. Im Sommer wurden die Menschen recht vorhersehbar, sie bewegten sich von Schatten zu Schatten, von Gewässer zu Gewässer.

Akeret verabscheute den Sommer. Es war eine Zeit des ständigen Geblendetseins, auch war alles durchdrungen von einem geruchlichen Gemisch aus Heu, Sonnencreme und Bratwurst. Als Herbstgeborenem war ihm der Geruch von moderndem Holz, von zerfallenden Blättern, von nasser Erde viel vertrauter. Diese Gerüche hatten sich in seinem Innern als Gewissheit niedergeschlagen, dass alles vergänglich war. Sommerdüften aber misstraute er, wie er auch den Sommergeborenen misstraute, diesen leichtblütigen Menschen mit Sprossen auf den Wangen und sonnendurchwirktem Haar. Jedes Jahr freute er sich, wenn er die ersten Anzeichen des Herbstes erkannte, etwa das Abkühlen und Längerwerden der Schatten. Dann ging es nicht mehr lange, bis die Leute ihre lächerlichen kurzen Hosen zu Hause ließen und stattdessen elegant wehende Übergangsmäntel trugen sowie einen melancholischen Gesichtsausdruck, sodass Akeret, der im Sommer geradezu mürrisch wirken musste, unter ihnen nicht weiter auffiel.

Er ging hinab ans Ufer und sichtete eine wild überwucherte Insel, die darauf wartete, dass Kinder sie eroberten und ihr Königreich aus Dreck ausriefen. Bestimmt war diese Insel Teil einer fremden Erinnerung an eine Kindheit voller Abenteuer, und es schmerzte ihn, dass es nicht seine eigene war. Auf den Kiesbänken des Ufers lagen die Menschen und ließen sich von der Sonne bescheinen, als wären sie Kaltblüter, die ihren Körper nur auf diese Weise warm halten konnten. Manche pumpten Gummiboote auf, um sich dann, musikhörend und biertrinkend, den Fluss hinabtreiben zu lassen.

Es war Akeret unangenehm, seinen Schatten im Vorübergehen auf die ruhenden Körper legen zu müssen, es war, als berühre er sie dadurch ungewollt. Wenn sein

Schatten so über ihre geschlossenen Lider strich, dachten sie wohl, ein Vogel oder eine Wolke oder ein Flugzeug habe die Sonne verdunkelt.

Aber es war kein Vogel, keine Wolke, kein Flugzeug, sondern der Schatten von Robert Akeret, dessen Namen sie nicht kannten, aber schon bald kennen würden, schon bald.

3

Der Flughafen von Dubai, wo Akeret und Blum auf dem Weg nach Singapur zwischengelandet waren, machte den Eindruck schäbiger Eleganz. Alles sollte wohl edel und luxuriös wirken, doch das meiste, was golden glänzte, war tatsächlich nur Farbe und blätterte bereits ab. Die fossilen Schätze waren erschöpft, Dubai war in das Zeitalter des Zerfalls eingetreten, und in tausend Jahren wäre die Stadt bloß noch Legende wie Angkor oder Babylon.

Doch würden, überlegte Akeret, von dieser Stadt kaum Ruinen bleiben, die einer Besichtigung wert wären. Das verschwenderisch verbaute Glas würde zerfließen und wieder zu Sand werden, der Stahl von der Meerluft gefressen. Allein die Betonstrukturen würden längere Zeit überdauern, aber wer sollte in tausend Jahren in diese Wüste reisen, um schludrig geschalte Säulen von skelettierten Hochhäusern zu fotografieren? Die aufgeschüttete Insel vor der Küste, einst einer Palme nachempfunden, sah heute schon aus, als hätte eine gigantische Hand sie meerwärts gewischt.

Solchen Visionen des Zerfalls gab sich Akeret in der Wartehalle des Flughafens hin, als Blum einige feuchte Krümel eines Caesar-Sandwiches auf seine Knie spuckte. Nachdem Akeret sie mit ausladender Geste fortgewischt hatte, fiel sein Blick auf eine Anzeige: Die Temperatur betrug genau zweiundzwanzig Grad Celsius, die Luftfeuchtigkeit dreiundfünfzig Prozent, und er konnte sicher sein, dass im Flughafen von Singapur dasselbe Klima herrschen würde.

Akeret überliefen wohlige Schauer angesichts dieser vollkommenen Vorhersehbarkeit. Im Grunde, dachte er, bildeten die Flughäfen der Welt eine einzige, unzusammenhängende Klimazone, ein Reich von autoritär regierten Stadtstaaten. Er empfand heimlichen Genuss dabei, sich diesem Regime zeitweise zu unterwerfen und Anweisungen zu befolgen, deren Zweck er nicht verstand. Dass ihm, dem Entscheidungsschwachen, so viele Entscheidungen abgenommen wurden, empfand er als Erleichterung.

Und es gab, wie in anderen Ländern, auch im Reich der Flughäfen ein Ritual, das sich jeden Tag in derselben stillen Andacht vollzog wie der Kniefall der zum Gebet Gerufenen: das Wiedereinschlaufen der Gürtel nach der Durchleuchtung des Gepäcks.

Seinem Plan folgend, würden sie vier Tage in Singapur verbringen, um die Teile ihrer Ausrüstung zu erwerben, die in Port Moresby, wie er annahm, nicht in ausreichender Qualität zu finden wären. Er litt an jener bleiernen Müdigkeit, die Nachtflüge nach sich zogen, und hoffte inständig, sie werde zum Beginn der Expedition vergangen sein, denn ein stumpfer Verstand wäre nicht nur nutzlos, sondern sogar gefährlich. Wenn die Ampeln hier auf Grün sprangen, war er nicht mehr der Erste, der auf die Straße trat.

Der Himmel über Singapur war weiß. Ein Nebel hielt die Stadt umfangen, der von den brandgerodeten Wäldern Sumatras und Borneos heraufzog. Akeret sah in diesem

Himmelsweiß schattenhafte Fäden, die dorthin sprangen, wohin er seinen Blick richtete, doch blieben sie wenigstens unbeweglich und wanden sich nicht wie junge Schlangen. Wochenlang hatte er nach Krankheiten gesucht, denen das Symptom der Schattenfäden vorausging, und schließlich scheinbar Gewissheit gehabt, dass sein Sichtfeld sich trüben werde bis zur Erblindung. Sein Arzt aber hatte die schwere Diagnose nicht akzeptieren können. Bei diesen «Schattenfäden» handle es sich, meinte er, um ungefährliche Mehrfachzucker, die in seinem Augapfel umherschwammen.

Inzwischen waren Akeret und Blum aus der Untergrundbahn gestiegen und standen auf einer langen Rolltreppe, die sie einem ungewissen Licht entgegenbrachte. Oben angekommen, fanden sie sich am Fuße eines Wolkenkratzers wieder, der am tiefhängenden Nebel nicht nur kratzte, sondern diesen durchstieß. Und als Akeret an dem unanständig hohen Turm emporblickte, wie sollte er da nicht an den Turmbau zu Babel denken?

In Singapur hatten die Chinesen, Malaien und Tamilen die Sprache der einstigen Kolonialherren zu ihrer Verkehrssprache gemacht, und wohl deswegen war ihnen der monströse Bau, Ausdruck einer altertümlichen Hybris, geglückt. Nein, kein Gott würde Blitze hinabschleudern und diesen hochmütigen Turm zu Fall bringen, das bliebe der Willkür der Naturkräfte überlassen.

Es befand sich eine kleine Kirche in diesem Turm, stand inmitten eines mediterran anmutenden Dorfes aus weiß getünchten Steinhäusern. Es war Teil eines Spaßbades, das sich über mehrere Stockwerke ausdehnte. Ein Portal schmückte die Kirche, das er zu öffnen versuchte, und er war enttäuscht, als dies nicht gelang. Das Gebäude war offenbar bloß Dekoration.

Daneben, über dem Wellenbad, erstreckte sich eine Leinwand, auf welcher der pfirsichfarbene Horizont irgendeines Paradieses zu sehen war. Es war der einzig sichtbare Horizont in diesem fensterlosen Turm, in den keine Sonnenstrahlen drangen.

Hinter dem Dorf befand sich ein Wäldchen aus Bäumen, die man aus ganz Asien hierher verpflanzt haben musste. Es stand hier auch ein Durianbaum, behangen mit den grünen, stachligen Früchten, die Akeret auf Verbotsschildern gesehen hatte. Des strengen Geruchs wegen war es nicht erlaubt, sie in Züge oder Hotels mitzunehmen.

Bei Wallace hatte er gelesen, dass ihr Geruch und Geschmack keiner anderen Frucht vergleichbar seien, ihr Genuss allein lohne die Reise nach Fernost. Akeret ließ der Geruch an das Erbrochene eines Kleinkindes denken, das man mit Fruchtmus und Zwiebeln gefüttert hatte, und er fand nicht, dass es sich lohne, dafür eine lange Reise zu unternehmen. Wenngleich sie ihm nicht schmeckte, fasste er den Plan (den er nicht ausführen würde), eine der verbotenen Früchte auf sein Hotelzimmer zu schmuggeln. Diese Vorstellung erschien ihm eigenartig reizvoll.

Neben dem Durianbaum wuchs ein feingliedriger Kautschukbaum, dessen ganze Gestalt, wie Akeret plötzlich auffiel, derjenigen Blums ähnelte. Blum hatte noch immer den wasserköpfigen Habitus eines Frühgeborenen: den gebogenen Hals, die nach vorn eingesunkenen Schultern, die zerbrechlichen Handgelenke. Akeret selbst war von robuster Verfassung, schon als Kind war er kaum je krank gewesen und daher voller Neid gegenüber jenen, die einer Grippe wegen der Schule fernbleiben durften. Nun spürte er einen Anflug von Ekel angesichts der lebensuntüchtigen Statur von Blum, und ihm kamen – ein böser Streich seines Bewusstseins – die wohlgeformten, kraftstrotzenden Körper aus FEST DER VÖLKER in den Sinn.

Sie hatten das Wäldchen hinter sich gelassen und bestiegen eine Rolltreppe, die sie weiter nach oben brachte. Der Turm war wie ein Termitenhügel völlig gegen die Außenwelt abgeschlossen, sodass die Schatten im Laufe eines Tages nicht wanderten, sondern in die immer gleiche Richtung wiesen. Da er annahm, dass Blum der Begriff der NISCHENKONSTRUKTION unbekannt war, beschloss er, ihn zu erläutern.

Nischenkonstruktionen seien Orte, die nicht in der Natur vorgefunden, sondern von ihren Bewohnern nach deren Bedürfnissen erst geschaffen würden. Als Beispiele seien Biberdämme und Termitenhügel zu nennen, und eben auch dieser Turm, in dem ein Mensch, sperrte man ihn ein, sein Leben lang nicht verhungern würde. Wenn die Spezies HOMO SAPIENS nur könnte, dann würde sie die Erde zu einem einzigen großen Einkaufszentrum machen, also einem klimatisierten, von Ungeziefer und Dreck befreiten Raum, in dem es eine endlose Auswahl von Produkten gäbe.

Blum, der vor ihm auf der Rolltreppe stand, blickte ihn zwar nicht an, hielt ihm aber ein Ohr zugewandt, was wohl bedeutete, dass er aufmerksam zuhörte.

Sie kamen an einem Supermarkt vorüber, der Schutzmasken gegen den schädlichen Nebel anpries. Akeret drängte es hineinzugehen, obwohl er keine solche Maske kaufen wollte und auch sonst nichts benötigte. Er mochte es, in Supermärkten spazieren zu gehen, weil das kühle und geordnete Innere seiner empfindlichen Wahrnehmung zeitweise Erholung bot.

Wenn er aber Dinge zu kaufen hatte, waren ihm Supermärkte unerträglich, die schiere Auswahl an Artikeln und ihre undurchsichtige Anordnung überforderten ihn. Die Artikel waren nicht einheitlich entweder nach Größe, Material oder Zweck geordnet, sondern mal nach diesem, mal nach jenem Prinzip. Toilettenpapier etwa war nicht bei den anderen Papierwaren zu finden, sondern bei den Hygieneartikeln, obwohl es ebenfalls aus Zellstoff bestand. Im Kühlregal wiederum lag Fleisch nebeneinander, das nicht aus demselben Tier geschnitten war. Und dann gab es bei den Kassen Produkte, meist Suchtmittel und Süßigkeiten, deren Abgrenzung von anderen Lebensmitteln wohl nur auf dem Wissen um menschliche Willensschwäche und Selbsttäuschung beruhte. Kurz: Es waren willkürliche Kategorien, und sie machten es ihm unmöglich, das Gesuchte auf Anhieb zu finden. Eine solche Ordnung verriet keine geheimen Verwandtschaften, wie dies die Systematik der Biologie, die Taxonomie, vermochte.

Die Taxonomie lehrte, dass Verwandtschaften geheim sein konnten, dass die Beschränkung auf das Äußere zu falschen Schlüssen führte und dass *verstehen* bedeutete, verborgene Strukturen zu erkennen. Die Taxonomie war Metaphysik im wörtlichen Sinne, ein Sehen *hinter die Natur*, das bei Akeret jene Schauer hervorrief, die Gläubige wohl bei der Anrufung ihres Gottes überliefen. Euklids Grundsatz, wonach das, was demselben gleiche, auch einander gleich sei, mochte in der Geometrie gelten, für die Biologie erwies er sich als untauglich. So etwa sahen sich der Alpensegler und die Uferschwalbe äußerlich recht ähnlich – es waren kleine Vögel mit Gabelschwanz, schwarzem Deckgefieder, weißer Unterseite. Und genauso ähnelten sich Kolibris und Nektarvögel: Sie trugen beide spitze Schnäbel, um den Nektar aus den Blüten saugen zu können, sowie blaugrün irisierendes Gefieder. Doch in Wirklichkeit waren die Nektarvögel den Uferschwalben näher verwandt, und diese standen wiederum den Alpenseglern am nächsten.

Zwei Stockwerke weiter oben stießen Akeret und Blum auf einen Laden, der Roboter für den Haushalt anbot – Staubsauger, Rasenmäher, Fensterputzer, die völlig unmenschlich anmuteten. Seltsam, dachte Akeret, dass man sich früher unter einem Rasenmäher-Roboter einen künstlichen Menschen vorstellte, der einen Rasenmäher schob. Dabei war es nicht notwendig, dass solch ein Roboter irgendwie menschlich aussah. Im Gegenteil – Akeret lächelte unwillkürlich –, es würde wohl nur dazu führen, dass man Mitleid mit dem hart arbeitenden Geschöpf bekäme und den Rasen lieber selber mähte.

Das benachbarte Geschäft hatte Blums Aufmerksamkeit auf sich gezogen. Hier standen lebensgroßen Frauen nachgebildete Roboter im Schaufenster, und auch sie dienten offenbar, wie die Staubsaugerroboter, nur einem einzigen Zweck. Akeret, der ein Stück weitergegangen war, strafte seinen Assistenten mit einem mahnenden Blick, der ungefähr sagte: *Für solche Dinge haben wir uns nicht zu interessieren.*

In Blums Augen war Akeret ein Mensch ohne Unterleib, niemals hatte er ihn Bewunderung äußern hören für eine besonders hübsche Frau, die vorüberging. Oft hatten ja die überanständigen Menschen ganz abartige Begierden, überlegte er, und da sie fürchteten, sich im Gespräch zu verraten, mieden sie das Thema ganz. Es schien ihm, als hielte Akeret seinen Blick überdeutlich vom Schaufenster abgewandt – wohl damit ihm später nicht unterstellt werden könnte, er habe Interesse an den künstlichen Frauen gezeigt. Oder fürchtete er, er könnte ihnen mit einem einzigen Blick verfallen?

Sie erwarben unter anderem Moskitonetze, einen Trinkwasseraufbereiter und Navigationsgeräte und ließen die ganze Ausrüstung an ihr Hotel senden. Dann machten sie sich auf den Weg zum Ausgang, doch trugen die überall angebrachten Tafeln mehr zu ihrer Verwirrung als ihrer Orientierung bei. Die Zählweise der Stockwerke war uneinheitlich, nicht immer bezeichnete eine Ziffer ein Stockwerk, manchmal waren es eine Ziffer und ein Buchstabe, mitunter stand da auch bloß ein einsamer Buchstabe. Dann wieder schienen mehrere Stockwerke unter ein einziges Zeichen zu fallen. Akeret konnte nicht herausfinden, welche Ordnung den Bezeichnungen zugrunde lag, und das ärgerte ihn. Es sei ihm ein Rätsel, sagte er, wie dieselben Verantwortlichen, die einen solchen Turm errichtet hatten, das Aufhängen derartiger Pläne hatten dulden können.

Natürlich verbot es sich, jemanden nach dem Weg zu

fragen, schließlich würden sie in wenigen Tagen zu einer Expedition in einen der größten Regenwälder der Erde aufbrechen. Sie konnten sich nicht in einem Einkaufszentrum verlaufen, das war ausgeschlossen. Akeret zweifelte an sich, und in solchen Momenten stürzte er sich in Monologe zu Themen, die seinem Gegenüber, wie er annahm, nicht nur wenig bekannt waren – es wusste meist nicht einmal, dass es sie überhaupt gab: *Das unbekannte Unbekannte* war Akerets Gebiet. Doch in diesem Moment, verloren in einem fensterlosen Turm, brachte er nicht die geistige Gefasstheit dazu auf.

Als sie ihre Blicke ratlos schweifen ließen, sprach ein junger Mann sie an. Seit ihrer Ankunft in der Stadt hatte ihnen niemand seine Hilfe angeboten, und so standen sie dem Fremden erst einmal misstrauisch gegenüber. Sie ignorierten seine Ansprache und blickten ihm nicht in die Augen. Später dachte Akeret beschämt daran zurück, mit welchem Argwohn er diesem zutiefst aufrichtigen Menschen begegnet war. Er hielt ihn für den Eigentümer eines Ladens, den sie aus Dankbarkeit besuchen müssten, Kaufabsichten heuchelnd, damit er sie zum Ausgang führte.

Doch der junge Mann brachte sie ohne Umwege zum Ausgang. Als sie wieder draußen im Schatten des Turmes standen, war Akeret so eingenommen von seiner zuvorkommenden Art, seinem unbeschwerten Wesen, dass er ihn rundheraus fragte (ohne sich mit Blum vorher abzusprechen), ob er sie auf ihrer Expedition begleiten wolle.

Expedition?, erwiderte er, die Augenbrauen hebend.

Sie würden nach Port Moresby fliegen, sagte Akeret, dann in den neuguineischen Regenwald aufbrechen. Am besten, sie suchten sich einen ruhigen Platz, um alles zu besprechen. Sie setzten sich in ein Café, bestellten Limonade, und Akeret fragte den jungen Mann nach seinem Namen.

Mansur heiße er, seine Eltern hätten ihn nach dem persischen Sufi MANSUR AL-HALLADSCH benannt. Er gehöre dem alten Seefahrervolk der Bugis an, die in ihren Booten einst im ganzen Archipel Handel mit Goldstaub, Schildpatt und Seegurkenfleisch getrieben hatten. Unter den Holländern, Portugiesen und Briten allerdings hätten die Bugis den Ruf von Piraten gehabt.

Sein Mundwinkel hob sich, und dieses halbseitige Lächeln verriet, wen er für die wahren Piraten hielt.

Blum nickte zustimmend, auch öffnete sich sein Mund, doch Mansur fuhr schon fort.

Er sei in einem Dorf im Süden Sulawesis aufgewachsen, nahe Bulukumba, einem Dorf, so klein, dass jeder von jedem wusste, wen er liebte ... Mansur lachte sein unbeschwertes, entwaffnendes Lachen, das Akeret das Herz aufgehen ließ.

Im Alter von sechzehn Jahren habe er die Insel verlassen und sei seitdem auf den großen Passagierschiffen unterwegs gewesen durch den Archipel (Auf der Suche nach der Liebe?, fragte sich Blum). Man dürfe sich diese Schiffe übrigens nicht wie europäische Kreuzfahrtschiffe vorstellen, sie dienten dem Transport von Personen, nicht ihrem Vergnügen. Zu Hunderten schlafe man in Pritschenlagern, das Essen sei kaum genießbar, und auch Zerstreuung gebe es keine. Wer auf solchen Schiffen reise, dem waren sogar die billigen Flüge zu teuer. Oder zu gefährlich – manche

Fluglinie legte eine Karte mit Stoßgebeten aus fünf verschiedenen Religionen bereit.

So sei er schließlich auf Batam gelandet, fuhr Mansur fort, jener dem Stadtstaat vorgelagerten Insel, auf der nicht wenige von Prostitution oder Piraterie lebten. Das Heimweh trieb ihn schließlich auf die Fähre, denn in Singapur gab es, wie er wusste, eine Straße, die nach seinem Volk, den Bugis, benannt war. Er habe die BUGIS STREET besucht, bevor sie sich im Turm begegnet waren – eine Gasse voller Ramsch, sagte er mit leidender Miene, weder habe er dort typische Speisen bekommen, noch ein Wort in seiner Muttersprache reden hören.

Hier halte ihn nichts mehr, und auf seine Insel könne er nicht zurück ... Was wären denn seine Aufgaben auf dieser Expedition?

Ihnen fehle ein *Allrounder*, der sich für die kleinen Aufgaben nicht zu schade sei und vor den großen nicht zurückschrecke.

Mansur erklärte sich einverstanden, und Akeret reichte ihm in irritierender Langsamkeit, die allein er für feierlich hielt, die Hand, um das Engagement zu besiegeln.

In der Untergrundbahn zurück zum Hotel legte Akeret, von den vielen Eindrücken erschöpft, seinen Kopf an die Scheibe, die ein wenig zitterte. Seine Lider wurden schwer. Er träumte von einem Mann, unter dessen Berührung alles sofort in eine Unmenge bunter Schokoladenlinsen zerfiel. Er wirkte tieftraurig, denn er hatte jeden Menschen, den er einmal geliebt hatte, in Süßigkeiten verwandelt.

Schon der Traum war recht merkwürdig, dann aber

erkannte Akeret, nachdem sie ausgestiegen waren, das verhärmte Gesicht des Mannes auf einem Leuchtkasten wieder, der am Perron für Schokoladenlinsen warb. Er fragte sich, wie der Fremde sich in seinen Traum hatte schleichen können, denn ganz bestimmt sah er diese Werbung hier zum ersten Mal.

Da fiel ihm auf, dass auch Blum entgeistert auf den Leuchtkasten starrte, dabei stammelnd, er habe den Mann dort eben in seinem Traum gesehen – auch er hatte seinen Kopf an die zitternde Scheibe gelegt, um auszuruhen.

Im Hotelfoyer angekommen, zogen beide es vor, die gemeinsam verbrachte Zeit nicht zu verlängern, und mit knappem Gruß verabschiedeten sie sich, um den Abend getrennt zu verbringen. Zurück im Zimmer, studierte Akeret einen ausliegenden Prospekt und entdeckte darin zu seinem Erstaunen den Hinweis, dass es möglich sei, eine *weibliche Begleitung*, die sich *nicht beschwere* und *zu allem bereit* sei, stundenweise zu mieten. Sofort standen ihm die künstlichen Frauen aus dem Turm vor Augen. Er hob den Telefonhörer ab, wählte die Nummer des Empfangs und sagte, er würde gerne den *besonderen Service* für eine Stunde in Anspruch nehmen.

Kurze Zeit später klopfte es an seiner Tür, und ein chinesischer Page erklärte ihm, dass die Klimaanlage seines Zimmers nicht mehr voll funktionstüchtig sei und neu eingestellt werden müsse. Er bitte um Nachsicht für diese Unannehmlichkeit. Ob er nicht unten im Foyer Platz nehmen wolle? Ein Cocktail werde ihm spendiert.

Akeret setzte sich an einen der niedrigen Glastische, und bald legte ein tamilischer Page ihm die Karte hin und fragte ihn, was er wünsche. Ihm war, als wüssten bereits alle Angestellten Bescheid und als nickten sie ihm, wie in geheimer Verbrüderung, kaum merklich zu. Er suchte seine Aufregung zu lindern, indem er sich unablässig sagte, dass er die künstliche Dame aus rein wissenschaftlicher Neugier treffen wolle, nicht aus niederer Begierde.

Natürlich entschied er sich nicht für den teuersten Cocktail auf der Karte, denn er wollte nicht geizig erscheinen. Nervös öffnete er Pistazien und sog hin und wieder am Strohhalm. Er war, wie er sich eingestehen musste, tatsächlich aufgeregt, das künstliche Wesen zu treffen, obwohl es dazu natürlich keinen Grund gab. Selbst wenn er sich ihr gegenüber unbeholfen oder seltsam verhielte – etwa auf allen vieren kröche oder zusammenhangslos spräche –, würde er sie damit nicht in Verlegenheit bringen. Ihre Schaltkreise erzeugten wohl kaum ein Bewusstsein, das Verlegenheit empfinden konnte. Sollte sie Zeichen der Verlegenheit zeigen, dann wären es eben bloß das: programmierte Signale, aber nicht Ausdruck innerer Empfindung.

Mit solchen Gedanken versuchte sich Akeret für die Begegnung zu rüsten. Oft genug fand er sich in peinlichen Situationen wieder, weil er, freilich ohne Absicht, zwischenmenschliche Gesetze sanft, aber beharrlich verletzte: wann man sprach, worüber man sprach, welche Fragen man stellte. In gewissen Situationen schien es überhaupt nur *einen* Satz zu geben, den auszusprechen erlaubt war. Wer statt diesem einen richtigen Satz einen andern wählte, der stürzte seine Mitmenschen in Verwirrung, und sie versuchten, den Abweichler durch unterschwellige Maßnahmen wieder auf den Weg der richtigen Worte zurückzuführen.

Die Türe des Aufzugs öffnete sich, und der Logik eines Albtraumes folgend war es Blum, der heraustrat. Akeret machte sich klein, sank tief ins Sofa, richtete seine Aufmerksamkeit ganz auf das Öffnen einer widerspenstigen Pistazie, in der Hoffnung, übersehen zu werden. Aber schon hörte er, wie Blum sich in Mundart an ihn wandte. Die Klimaanlage, sagte er ohne weitere Erklärung und setzte sich vis-à-vis auf das Sofa. Bald aber kam der chinesische Page und nannte Akerets Namen, und dieser, unendlich erleichtert, eilte zum Aufzug.

Vorsichtig öffnete er die Tür zu seinem Zimmer, trat ein und sah schon die Frau auf seinem Bett sitzen. Sie wandte ihm geschmeidig den Kopf zu und lächelte, wobei sie ihre Nase ein wenig rümpfte. Die Mechanik war fein und lautlos – zu lautlos im Grunde, denn nicht einmal das leise Knirschen von Knochen oder Sehnen war zu hören.

Akeret ging schweigend zu ihr hin und betastete ihr Gesicht, fuhr darüber, wie man über Oberflächen fährt, um ihre Beschaffenheit zu prüfen. Ihre Haut war warm, ja, aber zu gleichmäßig warm, wie ihm schien, allzu ebenmäßig auch: Er ertastete nicht eine raue Stelle, alle Poren hatten dieselbe Größe.

Sie blickte ihn aus großen Augen an, verwundert vielleicht, blickte stumm auf seine nahe vorüberziehende Hand. In ihren Augen glänzte Bewusstsein oder die makellose Nachbildung eines solchen.

Akeret zog seine Hand zurück – hatte man ihm etwa

eine echte Frau auf das Bett gesetzt? Die Menschen liebten es aus ihm unbekannten Gründen, die Dinge nicht eindeutig und klar zu benennen, sondern verblümt zu sprechen, sich Vergleichen und Andeutungen zu bedienen. Und da er, zumindest diesmal, das Spiel mitgemacht und nach dem *besonderen Service* gefragt hatte, wusste er nun nicht zu sagen, ob die Dame auf seinem Bett aus Fleisch und Blut oder nicht doch aus Silikon und Silizium bestand.

Könnte er sie nicht einfach fragen? Am Ende glaubte sie noch selbst, sie sei ein Mensch. Wenn etwa Häuser oder Wasserhähne menschliche Züge nachbildeten, dann fand er das komisch, ja rührend – viele der freundlich blickenden Häuser an seinem ehemaligen Schulweg hatte er in sein Herz geschlossen. Ein Ding aber, das einem Menschen zum Verwechseln ähnlich sah und auch selbst behauptete, ein Mensch zu sein, war nicht rührend, sondern zutiefst verstörend.

Akeret ging vor dem kleinen Kühlschrank, der auf dem Boden stand, in die Hocke, um eine Flasche Wasser herauszunehmen. Ob sie auch etwas trinken wolle?

Sie verneinte.

Während er einen Schluck aus der Flasche nahm, kam ihm die Idee, ihr einen Witz zu erzählen, dessen Pointe, wie er annahm, einem maschinellen Verstand verschlossen bliebe. Unglücklicherweise konnte er sich Witze nur schlecht merken (einer der wenigen Makel seines Gedächtnisses), bloß an einen einzigen erinnerte er sich – weil es der dreckigste, abscheulichste und lustigste Witz war, den er je gehört hatte. Wie ging er noch gleich?

«Ein Junge gibt dem Vater jeden Morgen drei Tropfen

eines ... einer Flüssigkeit in den Kaffee, damit seine Mutter schwanger wird ... Also die Mutter des Jungen. Der war nämlich beim Arzt, weil er so gerne ein Brüderchen hätte. Das heißt, er geht zuerst zur Mutter, und die sagt: *Es liegt an deinem Vater, aber frag du mal den Arzt.* Und so geht der Junge zum Arzt.»

Die Frau auf dem Bett sah ihn aufmerksam an.

«Der Arzt gibt ihm also ein Mittel, so ein Fläschchen, und sagt: *Davon tust du deinem Vater jeden Morgen drei Tropfen in den Kaffee.* Der Junge geht mit dem Fläschchen nach Hause, aber auf dem Heimweg vergisst er, was der Arzt gesagt hat. Er gibt seinem Vater also jeden Morgen drei Tropfen –»

Akeret hielt inne und rieb sich die schwitzige Stirn.

«Nein, es war anders. Jeden dritten Tag einen Tropfen, hat der Arzt gesagt. Und dann geht der Junge nach einer Woche wieder zum Arzt. Er hat seinem Vater viel zu viel gegeben, statt jeden dritten Tag einen Tropfen, hat er ihm drei Tropfen jeden Tag gegeben. Der Arzt fragt ihn also, wie es gelaufen ist. *Meine Mutter ist tot, meine Schwester ist schwanger, mir tut der Hintern weh und unser Hund traut sich nicht mehr ins Haus.*»

Akeret blickte die Frau an in der Erwartung, dass sie für sie beide lachte. Sie aber verzog das Gesicht zu einer seltsamen Grimasse, streckte die Zungenspitze heraus und rümpfte die Nase, ein Ausdruck, den Akeret kaum deuten konnte. Wenn es *Ekel* war, dann kein reiner, ihm war eine andere Empfindung untergemischt – war es *Lust*?

Und wie er so den Ausdruck der mutmaßlichen Frau zu enträtseln suchte, die stockgerade auf dem Bett saß, die

Hände ein wenig unter die Oberschenkel geschoben, als wollte sie diese wärmen oder verstecken – da wurde Akeret in die Zeit zurückgeworfen, als seine Mutter ihm das Lesen von Gesichtern beibrachte.

4

Noch vor seiner Einschulung lernte Robert Lesen und
Schreiben. Er wollte von der Welt der Zeichen, die
allgegenwärtig waren, nicht länger ausgeschlossen sein. So
begann er, wenn er an der Hand seiner Mutter oder seines
Vaters durch die Stadt ging, auf diese Reklame oder jenes
Straßenschild zu deuten, damit man es ihm vorlas. Meist
war es der Vater, der seiner Forderung nachkam, und er be-
wies selbst an Roberts wissbegierigsten Tagen erstaunliche
Geduld.

Bald wusste Akeret bestimmten Zeichen bestimmte
Laute zuzuordnen, und er begann, in Büchern zu lesen, die
freilich noch viele Bilder enthielten. Das Sprechen ließ er
sein, kaum je verspürte er den Drang, Worte in die Welt zu
schicken.

Der erste Schultag, den er herbeigesehnt hatte, wurde
eine große Enttäuschung. Die anderen Kinder waren laut
und ungestüm, sie fassten sich grob an, schlugen sich
manchmal, lachten schrill und weinten. Die Offenheit,
mit der sie ihre Regungen nach außen trugen, stieß ihn
ab, viel näher waren ihm das Schweigen und die mimische
Reglosigkeit der Tiere. Ein leichter Umweg von der Schule
nach Hause führte ihn an einer Weide vorüber, mit Pferden,
die zum Zaun trabten und ihn stumm aus dunkel glänzenden Augen anblickten. Das Schweigen eines Pferdes war

vollkommener und unergründlicher, als das Schweigen eines Menschen je würde sein können. Er ahnte, was ihnen Angst machte, wusste, wie erschreckend ein sich bewegender Schatten oder ein knackender Zweig sein konnte. Und doch schwieg ein Pferd von ganz anderen Dingen, und er bezweifelte, dass er es verstehen könnte, selbst wenn es seine Sprache spräche.

Es fiel ihm schwer, sich Gesichter zu merken, er musste dazu eine bewusste Anstrengung vollziehen, die er nur unternahm, wenn es unbedingt nötig war. Die Gesichter seiner Schulkameraden wollte er sich nicht merken, und so war er jeden Tag umgeben von wilden Unbekannten. Er tat, als gäbe es die anderen Kinder nicht, und die wiederum behandelten ihn wie Luft, sie hänselten ihn nicht einmal. So wurde er zu einem Unsichtbaren.

Eine seiner liebsten Beschäftigungen war es, in einer Buchenhecke zu sitzen, die Erde mit Stöcken aufzuwühlen, Käfer über seinen Handrücken laufen zu lassen, silbrigen Löwenzahn in den Wind zu blasen. Er nieste, wenn er seine Nase der Sonne entgegenstreckte, und war fasziniert, dass ein und dieselbe Pflanze so viele unterschiedliche Namen tragen konnte: Man sagte SUNNÄWIRBEL, CHROTTEBÖSCH oder SEUBLUEME und meinte doch immer Löwenzahn. Dieses Nebeneinander der Namen bereitete ihm einerseits Vergnügen, doch fand er auch, dass in einer vollkommenen Welt jede Pflanze, jedes Tier und jedes Ding bloß einen Namen tragen sollte.

Über seinem Chemiekasten staunte er darüber, wie ein bestimmter Stoff wundersamerweise zu einem anderen Stoff wurde. Einmal versuchte er, seinen Urin durch

Einkochen und Destillieren in Gold zu verwandeln. Es stank erbärmlich, und was er erhielt, war kein Gold, sondern eine wachsartige Substanz, die im Dunkeln leuchtete. Später, nachdem er die Onanie entdeckt hatte, probierte er, mittels eines Hühnereis, in das er mit einer Spritze seinen Samen gab, einen kleinen Menschen, einen Homunculus, zu zeugen. Wie schön es wäre, einen kleinen Freund zu haben, der auf dem Schulweg neben ihm herginge, ihm schlagfertige Sprüche ins Ohr flüsterte, wenn ältere Schüler ihn drangsalierten, und der sich hinter dem Findling auf der Wiese vor dem ebenerdig gelegenen Klassenzimmer versteckte und ihm hin und wieder zuwinkte.

Als er das Ei nach zehn, zwanzig oder dreißig Tagen des Brütens aufschlug, fand er darin eine Kreatur, die einem menschlichen Embryo ähnlich sah, aber nicht mehr lebte. So wähnte er sich der Erschaffung eines kleinen Freundes schon ganz nah. Dass es sich bei dem Wesen nicht um einen menschlichen Embryo, sondern schlicht um den eines Huhnes gehandelt hatte, erkannte er Jahre später anhand einer berühmt gewordenen Schautafel von Ernst Haeckel. Darauf waren der menschlichen Leibesfrucht andere ungeborene Tiere gegenübergestellt – Rinder, Kaninchen und eben auch Hühner – und zeigten eine geradezu unheimliche Ähnlichkeit.

Er hatte sie, wie er später zugeben musste, einander ähnlicher gezeichnet, als sie es tatsächlich waren, um seine Theorie zu stützen: Jedes Lebewesen durchlaufe im Zeitraffer noch einmal die Stufen der evolutionären Entwicklung. Oder, in seinen eigenen Worten: *Die Ontogenese rekapituliert die Phylogenese.* Formeln wie diese hatten eine

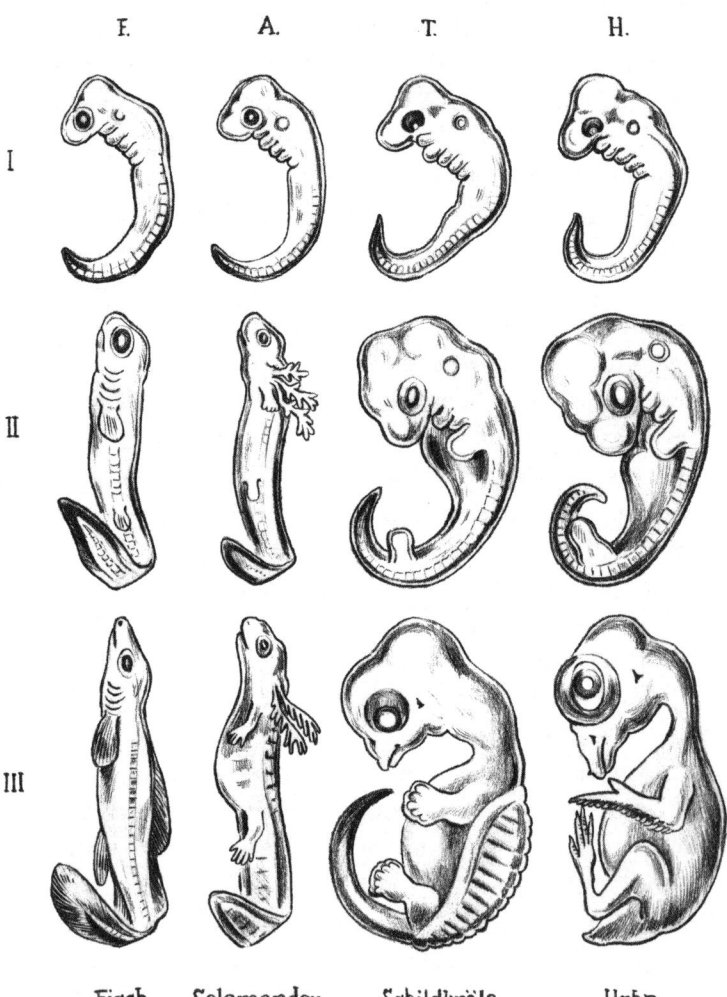

F.   A.   T.   H.

I

II

III

Fisch   Salamander   Schildkröte   Huhn

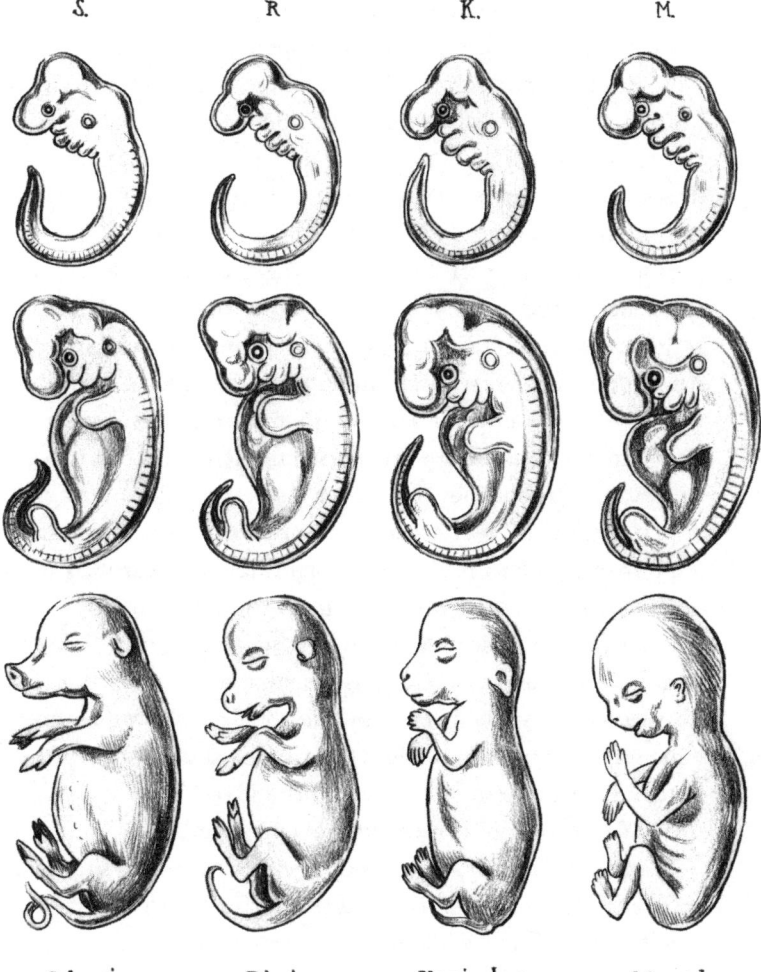

S.   R.   K.   M.

Schwein   Rind   Kaninchen   Mensch

ungemein beruhigende Wirkung auf Robert, wenn er sie in Gedanken oder mit bewegten Lippen wiederholte.

Ungefähr zur selben Zeit brachte seine Mutter ihm bei, menschliche Gesichter zu lesen. Sie war eine besonders feinfühlige Person. So konnte sie die Stimme ihres Gegenübers im Wasserglas, das sie hielt, schwingen spüren; sie sah mehr Farben als andere; im Herbst wurde sie von wispernden Blättern verfolgt. Es gab Tage, an denen Roberts Vater sie irgendwo in der Stadt abholen musste, weil die Migräne sie überfallen und beinahe blind gemacht hatte. An anderen Tagen schaffte sie es gar nicht erst, die Wohnung zu verlassen und ihrer Arbeit als Hebamme nachzugehen. Dann blieb sie im abgedunkelten Schlafzimmer, und Robert und seiner Schwester war es streng untersagt, sie zu stören. Dass er nicht nur ihre Wimpern, sondern auch ihre geradezu papierne Empfindlichkeit geerbt hatte, konnte Akeret seiner Mutter niemals recht verzeihen.

Ihrem Mann, der seine Umgebung ständig mit Kreuzworträtselwissen traktierte, aus Angst, man könne ihn für dumm halten, hielt sie eine andere Art der Bildung entgegen. Sei die Fähigkeit zur Einfühlung nicht weitaus bedeutender, als zu wissen, was die Hauptstadt von Burkina Faso sei? – Worauf ihr Mann erwiderte: Ouagadougou.

Früh fiel ihr auf, dass der kleine Robert, wenn sie ihn während des Wickelns anlächelte oder mit seinen Füßen spielte, niemals zurücklächelte, sondern sie bloß anstarrte – ein weltfremdes Starren, als wäre er gerade erwacht und suchte zu ergründen, ob er noch immer träume. Später ahmte er ihr Lächeln auf groteske Weise nach, er bleckte die Zähne wie ein angriffslustiger Hund, und das war für sie noch schwerer zu ertragen. Doch war es noch ein langer Weg zu der Erkenntnis, dass ihr Sohn Gesichter nicht lesen konnte. Sie hatte diese Fähigkeit zuvor nicht als solche wahrgenommen, sondern als angeborenen Instinkt begriffen. Als Hebamme hatte sie Kinder mit fehlenden Gliedern auf die Welt gebracht, taube und blinde Kinder, dass ein Kind aber blind und taub geboren wurde für die äußerlichen Anzeichen der menschlichen Regungen, das hätte sie nie auch nur geahnt.

Es gab mehrere Situationen, in denen Robert sie zur Bedeutung dieses oder jenes Gesichtsausdrucks befragte. Doch ging ihr erst völlig auf, was ihm fehlte, als er auf die lachende Tante deutete und fragte, was sie so wütend mache. Sie beschloss, ihn zu unterrichten.

Sie zeichnete sieben Gesichter auf sieben Papierbogen und schrieb darunter, welche Gefühle sich in diesen ausdrückten. *Fröhlichkeit* und *Trauer* waren für Robert recht leicht an den Mundwinkeln abzulesen; zwischen *Scham* und *Trauer* waren die Unterschiede feiner. Recht schnell erkannte er *Wut*, die sich durch schräge Augenbrauen und einen zusammengekniffenen Mund zeigte.

Eine Nebenwirkung des Unterrichtes aber war, dass Robert nun auch dort Gesichter sah, wo keine waren. Es blitzten ihn Autos wütend an, Wasserhähne lächelten ihm zu, und die beiden Mansardenfenster des Hauses gegenüber blickten schläfrig zu ihm herab. Er fiel aber nicht in Verfolgungswahn, im Gegenteil, er freute sich jedes Mal, wenn er ein neues Gesicht erkannte, und so war sein Schulweg bald nicht mehr einsam, sondern gesäumt von den wohlwollenden Mienen vieler Freunde.

Nachdem er die schematischen Zeichnungen auswendig kannte, ging seine Mutter dazu über, selber bestimmte Ausdrücke anzunehmen. Diese zu erraten, fiel ihm weitaus schwerer. *Angst* erschien ihm an manchen Tagen beinah wie *Überraschung*, und oft konnte er *Mitleid* und *Traurigkeit* kaum voneinander unterscheiden. Solange sie ihn bloß abfragte, war es ihm recht, unangenehm wurde es, wenn sie hören wollte, was er selber fühle, wenn er sie traurig sah.

Da er ahnte, dass sie sich wünschte, der Anblick ihres traurigen Gesichtes stimme ihn ebenfalls traurig, gab er ihr dies zur Antwort. Aber in Wirklichkeit wusste er nicht, was er empfand. Seine Gefühle waren flüchtig und nicht messbar, und er sah keinen Sinn darin, sie zu erforschen.

Unter den sieben Gesichtsausdrücken, die seine Mutter ihm beibrachte, fehlten zwei: *Lust* und *Ekel*. Den *Ekel* betrachtete sie wohl als dermaßen urtümlich, dass sie annahm, er verstehe sich von selbst. Die *Lust* dagegen hatte sie wohl in der Überzeugung ausgelassen, es sei nicht an ihr, den Sohn darüber zu belehren. Oder glaubte sie etwa, dass dieses Wissen an ihn verschwendet wäre, weil er niemals einer Frau nahe sein würde?

Robert fand mit der Zeit Gefallen daran, die Bewegungen ihrer Muskeln, die Verschiebungen ihrer Haut zu studieren. Sie hatte einen Schmiss auf der Stirn (eine Blatternnarbe aus der Kindheit) und volle, beinahe wulstige Lippen, die im Winter aufsprangen und sie, zusammen mit der bleichen Haut, kränklich aussehen ließen. Für ihre dichten Wimpern war seine Mutter in der Schule verspottet worden, *Kuhauge* hatte man ihr nachgerufen, doch dass ausgerechnet er, Robert, diese Wimpern geerbt hatte, fand seine Schwester trotzdem ungerecht.

In solche Einzelheiten zerfielen Gesichter für Robert, weshalb es ihm schwerfiel, ihren Ausdruck als Ganzes zu erfassen. Am besten gelang es, wenn er den Blick kurz abwandte und das Gesicht der Mutter dann wie mit neuen Augen besah. Doch sie bestand darauf, dass er Augenkontakt hielt, bloß starren sollte er nicht. Das wollte sie ihm abgewöhnen.

Manchmal, wenn er seinen eigenen Kopf stecknadelgroß in ihrem Auge gespiegelt sah, fühlte er den seltsamen Drang, seinen Finger dort hineinzubohren, um dieses Köpfchen zu zerdrücken.

Akeret ließ unwillkürlich seine Finger knacken und setzte sich neben die Frau auf das Bett. Er schaute sie an, und sie neigte ihren Kopf und lächelte, wie ihm schien, unsicher. Er näherte seine Hand langsam ihrem Gesicht, streckte einen Finger aus und berührte ihre Wange. Er fuhr den Nasenrücken hoch bis zur Nasenwurzel, strich über ihre Augenbrauen.

Das erste Mal in seinem Leben berührte er das Gesicht einer Frau, die nicht seine Mutter oder Schwester war. In einer raschen Bewegung setzte er seine Fingerkuppe auf den Augapfel der Frau, der kalt wie Glas war. Sie zuckte nicht zurück, und so bohrte er seinen Finger tief hinein, und die Frau hörte nicht auf zu lächeln.

5

Der Unterschied zwischen Singapur und Port Moresby hätte kaum größer sein können. Hier die gepflegten Kolonialbauten und glatten Hochhäuser, an denen Seilschaften von Fensterputzern hingen, dort das flächig wuchernde Geschwür. Doch auch Singapur wuchs immer weiter. Akeret war die BEACH ROAD hinuntergegangen, die nicht mehr entlang des Strandes, sondern mitten durch die Stadt verlief. Aus dem Flugzeug hatte er die Kräne und Bagger gesehen, die an der Südküste der Insel das Meer eroberten.

Nachdem sie in Port Moresby angekommen waren, begann Mansur die Suche nach einem geeigneten Boot, und Akeret kam zu dem Schluss, dass sie noch einen zweiten Helfer brauchten, einen, der Meer, Land und Sprache kannte.

Erst brachte Mansur ihm irgendwelche Tagelöhner, deren Atem süß und deren Lippen und Zähne blutrot waren vom ständigen Betelnusskauen. Doch wie konnte man jemandem trauen, der jede Selbstdisziplin vermissen ließ? Außerdem war es verstörend, einen solchen Betelnusskauer lachen zu sehen. Es sah aus, als hätte er unlängst ein Schwein totgebissen.

So begann Akeret, zuallererst die Gebisse der Bewerber zu prüfen, ein Vorgehen, über das Blum sich empörte. Aber

Akeret ging darüber hinweg wie über den Wutanfall eines Kindes; Blums Empörung hatte bestimmt einen Grund, aber einen, der belanglos war.

Einer der Bewerber hatte strahlend weiße Zähne, beinahe mineralisch muteten sie an, zu hart und edel, um verunreinigt werden zu können. Sie waren weißer als seine Augen. *Call me Jonah*, antwortete er auf die Frage nach seinem Namen, gerade so, als stünden ihm, wie einer indischen Gottheit oder einer russischen Romanfigur, unzählige Namen zur Verfügung, aus denen er frei wählen konnte. Er war vielleicht bei manchen Freunden unter diesem Namen bekannt, bei anderen Freunden unter einem ganz anderen.

Das Haar auf seinem Kopf war von einem gesprenkelten Grau wie dunkle, sein Barthaar wie helle Asche. Auf seiner Nasenwurzel saßen zwei senkrechte Falten, als blicke er ständig in eine gleißende Ferne und suche seine Augen durch das Zusammenziehen der Stirn zu schützen. Nicht einmal, wenn er lachte, lösten sich diese Falten, weshalb sein Lachen grimmig oder schadenfroh wirkte.

Der, den sie Jonah nennen sollten, stammte von der Insel New Britain, die vor vielen Jahrzehnten, als die Deutschen ihren weltgeschichtlichen Platz an der Sonne in der Südsee suchten, Neupommern geheißen hatte. Um den Hals trug er eine Kette von Kaurimuscheln, und er hatte die Haut eines Mannes, den die Arbeit unter der Sonne nicht verbrannt, sondern nur härter und widerständiger gemacht hatte. Akeret erinnerte Jonah an die von der Sonne gebleichten, vom Wind in eine Richtung gestrichenen Kiefern der Alpen, die uralt und unsterblich scheinen.

In der scharrenden, kehligen Sprache, in welcher die beiden *Waitman* sich verständigten, lag für Jonah etwas Vertrautes, beinahe Anheimelndes, er glaubte sogar, einzelne Wörter zu verstehen. Auf die Frage, welche Sprachen er beherrsche, antwortete er aufrichtig: Tok Pisin (ein auf Englisch basierendes Pidgin), Hiri Motu (die zweite Lingua franca) sowie ein wenig Indonesisch. Und natürlich Kuanua, seine Muttersprache.

Eigentlich hatte Akeret vorgehabt, in Port Moresby spazieren zu gehen, um sich mit dem Navigationsgerät vertraut zu machen. Als er das Jonah gegenüber erwähnte, zeigte dessen Gesicht blankes Erstaunen. Ob er denn nicht wisse, dass diese Stadt die gefährlichste der Welt sei? Die Gangster, die sogenannten Raskols, machten sich nicht einmal die Mühe, einem die Tasche zu entreißen, sondern hackten einem mit der Machete gleich den ganzen Arm ab.

Den *ganzen* Arm?, fragte Blum verstört, sich unwillkürlich die linke Schulter reibend.

Und wenn man viel Glück habe, fuhr Jonah fort, finde die Polizei den Arm später auf einem Müllhaufen. Zum Annähen sei es dann natürlich zu spät, aber man könne ihn beerdigen oder, in Palmschnaps eingelegt, mit nach Hause nehmen.

Mansur brach in Gelächter aus und ließ einige angeregte indonesische Sätze auf Jonah los. Wie gut es war, dachte Akeret, jemanden mit einem Lachen dabeizuhaben, das jede angespannte Situation auflösen konnte. Er lachte nun ebenfalls, aber auf seine Art: lautlos und dass es den Anschein haben mochte, er werde dazu gezwungen. Doch war dies der höchste Grad der Belustigung, den auszudrücken er fähig war.

Blum, den das Geplänkel nicht amüsiert, sondern befremdet hatte, starrte nur düster auf den Boden. Jonah begann noch mehr Abscheulichkeiten aufzuzählen, die angeblich in dieser Stadt zu finden waren. Besondere Bordelle gebe es, in denen man es treiben könne mit rasierten Affen, mit Ziegen, mit Schlangen, mit Hühnern und – Akeret hob die Hand: Es reiche, er habe ihn überzeugt, er werde nicht in die Stadt gehen, es gebe bestimmt andere Möglichkeiten, das Gerät auszuprobieren. Aber er, Jonah, scheine sich ja wirklich ausgezeichnet auszukennen, er wolle ihn engagieren.

Mansur, plötzlich ernst geworden, nickte zustimmend.

Als Akeret später im Hotelgarten umherging und sich mit dem Navigationsgerät vertraut machte, beschäftigte ihn Jonahs Erzählung noch immer. War diese Stadt nicht jener täuschend ähnlich, die der burmesische Autor Nyein in seinem BUCH DER GETRÄUMTEN STÄDTE geschildert hatte?

Das Buch enthielt Beschreibungen von Städten, die ein burmesischer Herrscher in seinen Träumen sah. In einer von ihnen reiht sich Hurenhaus an Hurenhaus, und die Huren tun alles, jedes Loch in ihrem Körper ist käuflich. Sie lassen sich schlagen und schlagen selber; sie defäkieren und urinieren in die Münder ihrer Klienten; sie lassen sich Fäuste und ganze Arme in den Unterleib schieben. Es gibt Bordelle für jede Absonderlichkeit: Hier werden Huren mit Hasenscharte angeboten, dort solche ohne Arme und

Beine oder besonders fette, auch mongoloide. Ganze Straßen gibt es mit kleinen Mädchen und Jungen, in anderen werden rasierte Affen prostituiert oder schwangere Ziegen; seltene Tierarten, Tiger etwa, sind teurer.

Die Stadt wurde erbaut, um Gott zu widerlegen, denn hätte ein allmächtiger und barmherziger Gott einen solchen Ort nicht längst zerstört?

Akeret hatte das Büchlein auf einem Straßenmarkt in Mandalay erworben und nichts über den Autor mit dem eigenartig kurzen Namen in Erfahrung bringen können. Immerhin fand er heraus, dass einsilbige Namen in Burma früher üblich gewesen waren. Die Burmesen hießen mit vollem Namen Pha oder Nu und wunderten sich wohl über die unnötig vielsilbigen Namen der Briten.

Akeret war vor einem liebenswürdigen Muskatnussbaum stehen geblieben. Die Früchte waren teilweise schon aufgesprungen und gaben ihr blutrotes, duftendes Inneres frei – ein Duft, um den Kriege geführt worden waren. Die Muskatfrüchte, ursprünglich von den Molukken, den sogenannten Gewürzinseln stammend, wurden zeitweise so hoch gehandelt, dass ein Matrose, der sich heimlich einen Sack mit ihnen füllte und sie zu Hause verkaufte, für sein Leben ausgesorgt hatte.

Ein Page in dunkelblauer Livrée verfolgte Akeret von der Veranda aus mit argwöhnischen Blicken. Er mochte ungefähr sechzehn Jahre alt sein, und seine feinen Züge ließen Akeret an jene des javanischen Prinzen denken, den er einmal auf einer silbern schimmernden Daguerreotypie gesehen hatte. Ganz anders die nussbraunen Gesichter der Papuas: Sie hatten breite und flache Nasen, ausladende Kiefer, aufgeworfene Lippen. Sie verrichteten im Hotel die schlechtbezahlte körperliche Arbeit, die besseren Stellen waren mit Indonesiern und Malaysiern besetzt.

Das war auch Blum aufgefallen, und er hatte seinem Unmut darüber beim gemeinsamen kontinentalen Frühstück Luft gemacht. Während er Cornflakes von bereits fragwürdiger Konsistenz löffelte, legte er Akeret ungefragt seine Theorie dar, wonach die Hierarchie der Hautfarben in die Welt gebracht worden sei von jenem asiatischen Nomadenvolk, das sich selbst ARIER genannt hatte. Sie seien die ersten Rassisten gewesen. Je dunkler die Haut, befanden sie, desto unreiner das Blut. Diesem Gesetz unterwarfen sie die dunkelhäutigen Drawiden, auf die sie östlich des Indus-Tales gestoßen waren, erklärten sie zu Unreinen. Vom Indus aus, fuhr Blum fort, habe sich die Idee, dass weiße Haut mit Reinheit gleichzusetzen sei, über die ganze Erde verbreitet. Eine vollkommen willkürliche Annahme! Genauso gut könnte Schwarz als Farbe der Reinheit gelten.

Akeret räusperte sich. Er halte die Annahme zwar für verwerflich, aber nicht für zufällig. Ihm scheine, sie beruhe auf physikalischen Tatsachen.

In Blums Gesicht zuckte Widerspruch, sein Mund öffnete sich, seine Zunge lag im Anschlag. Da Akeret es aber ausgezeichnet verstand, beim Reden keine Pausen entstehen zu lassen, kam er nicht zu Wort, und die Luft, die seinem Einspruch hätte dienen sollen, entwich als langer Seufzer.

Nehmen wir irgendein weißes Ding, sagte Akeret, eine weiße Hose etwa. Wird sie nicht dunkel mit der Zeit, wenn man sie nicht wäscht? Das ist der Weg, den jedes weiße Ding gehen muss in dieser Welt, und so liegt es nahe, das Weiße mit Reinheit gleichzusetzen. Das Unrecht bestehe darin, diese Verknüpfung zu übertragen und dunkle Haut mit Schmutz und Dreck zu verbinden.

Blum sagte nichts, schaute ihn auch nicht an, er schlug nur verärgert seinen Löffel gegen die Schüssel.

Womöglich, dachte Akeret nun, unter dem Muskatnussbaum stehend, war Blum Widerspruch nicht gewohnt, er umgab sich wohl mit Leuten, die ohnehin seiner Meinung waren.

Es war Akeret gelungen, die Koordinaten seines Standorts zu bestimmen. 9°28'07.3" südlicher Breite, 147°12'12.2" östlicher Länge. War es nicht ein Wunder, dass einige wenige Zahlen genügten, um den Standort eines einzelnen Bäumchens auf diesem Planeten anzugeben, sodass nun jeder es besuchen konnte?

Akeret dachte an einen ganz bestimmten Baum, und er dachte an ihn wie an einen guten Freund, mit Wärme und Wohlwollen, obwohl er ihm nie begegnet war. Er stand in der saharischen Ténéré, rings um sich Hunderte Kilometer fruchtlosen Sandes, und trug daher sinnigerweise den Namen ARBRE DU TÉNÉRÉ. Ein Vogel, von Luftspiegelungen irregeleitet, musste den Samen einst hergetragen und ausgeschieden haben, bevor er verdurstet war. Den Menschen der Ténéré diente der einsame Baum als Fixstern ihrer Navigation. Eines Nachts aber hatte ein betrunkener Lastwagenfahrer ihn einfach umgefahren, und seitdem stand ein baumähnliches Gebilde aus Metallrohren an der Stelle des ursprünglichen ARBRE DU TÉNÉRÉ.

In Akerets Augen sammelte sich Wasser, doch gestattete er diesem nicht, als Tränen seine Wange hinabzurollen. Grob wischte er sich mit der Hand übers Gesicht.

Wenig später hatte er die Koordinaten weiterer Bäume ermittelt und sie, mit der Gelassenheit wachsender Routine, abgespeichert. Zwar war das unsichtbare Netz der Längen- und Breitengrade, das über der Erde lag, unveränderlich, die darunterliegende Landmasse aber war es nicht. Die australische Platte, auf der die Insel Neuguinea sich befand, bewegte sich erstaunlich geschwind gen Norden, so geschwind, dass die Koordinaten alle paar Jahrzehnte angepasst werden mussten. Sonst würde man den Muskatnussbaum in hundert Jahren auf dem Grund des Meeres suchen.

Am Rand seines Gesichtsfeldes bemerkte Akeret eine Bewegung; der Page kam gemessenen Schrittes über den Rasen auf ihn zu. Über seiner Oberlippe lag ein Schatten wie von aufgehauchtem Graphitstaub, etwa die Menge, die ein einzelnes mit Bleistift geschriebenes Wort hinterließe.

Er fragte Akeret höflich, ob er ihm in irgendeiner Weise behilflich sein könne. Dabei ging es ihm nicht darum, Akeret zu helfen, er wollte nur das in seinen Augen eigentümliche Verhalten unterbinden, das die anderen Gäste befremden könnte.

Ich weiß, wonach ich gesucht habe, wenn ich es finde, entgegnete Akeret. Eine Antwort, die den javanischen Prinzen dermaßen verblüffte, dass er nicht weiterfragte, sondern sich mit einer kleinen Verbeugung wieder auf die Veranda zurückzog.

Akeret hatte die Frage nicht auf sein Umherstreifen im

Hotelgarten, sondern auf das geplante Unternehmen bezogen, das sich tatsächlich kaum treffender zusammenfassen ließ: *Er würde wissen, wonach er gesucht hatte, wenn er es fände.*

6

Die Beschreibungen des gesuchten Wesens waren so zahlreich wie die Namen, die man ihm gegeben hatte. NGUOI RUNG in Vietnam, YEREN in China, ALMA im Altaigebirge, CHEMO in Tibet, EBU GOGO auf Flores, BATUTUT auf Borneo, ORANG PENDEK auf Sumatra. Es konnte kein Zufall sein, dass beinahe jede Sprache Asiens einen Namen für dieses Geschöpf kannte. Und doch hatte keiner von ihnen Eingang gefunden in die Taxonomie, jenen Zweig der Biologie also, der sich mit der Ordnung alles Lebenden befasste. Durch ihn, Robert Akeret, sollte sich das ändern. Er würde das Wesen finden und ihm seinen Namen geben.

Bei der Benennung neu entdeckter Arten gab es feste Regeln. Der Schwede Carl von Linné hatte jedes ihm bekannte Tier auf einen Namen getauft, der sich aus zwei Wörtern zusammensetzte: dem Namen der Gattung und jenem der Art. Neue Namen mussten in lateinischer Schrift abgefasst sein – nicht also in arabischer oder chinesischer –, aber nicht zwingend in lateinischer Sprache. Der Tiger gehört beispielsweise der Gattung PANTHERA an – wie auch der Löwe, der Leopard und der Jaguar. Sie alle können deshalb untereinander Nachwuchs zeugen.

Der Name der Art muss, dem Reglement zufolge, aus mindestens zwei Buchstaben bestehen. So lautet der volle

Name des Tigers ganz regelkonform PANTHERA TIGRIS, der des Löwen PANTHERA LEO, der des Leoparden PANTHERA PARDUS.

Ein System von höchster Klarheit und Schönheit, fand Akeret, eine Ordnung, die dem Kundigen die geheimen Verwandtschaften unter den Tieren darlegte. Wie sich in Linnés Ausführungen Mystik und Wissenschaft vermischten, übte eine ungeheure Faszination auf ihn aus. Er hatte sich seit seiner Jugend jegliche unwissenschaftliche Schwärmerei verboten und mit strenger Selbstdisziplin einen Verstand geschult, der für wahr nur das halten durfte, was sich messen ließ. Insgeheim aber hatte er diese Anschauung seit einigen Jahren mehr und mehr als verarmt und fade empfunden und sich gesehnt nach dem magischen Denken seiner Kindheit, als die Dinge noch wundersam ineinander übergingen und Ursache und Wirkung sich bisweilen vertauschten.

Vor Linné trugen die Arten lange, beschreibende Namen. Aus dem AUF-GROSSEN-DISTELN-SICH-AUFHALTENDEN-SCHILDKÄFER machte der Schwede CASSIDA VIBEX (wäre Linné Burmese gewesen, trügen die Tiere heute wohl einsilbige Namen). Den Menschen schlug er den SÄUGENDEN TIEREN zu. Zur Ordnung der MENSCHENÄHNLICHEN zählte er Affen, Faultiere und Fledermäuse, die er anhand anatomischer Merkmale abgrenzte.

Ergänzend zum Menschen schrieb er bloß: NOSCE TE IPSUM – *kenne dich selbst*. Ein vielzitierter Satz, ursprünglich dem Apollotempel von Delphi eingeschrieben, dessen Lesart sich im Lauf der Geschichte gewandelt hatte. Vor Platon verstand man ihn als Mahnung, sich der eigenen Begrenztheit, Unvollkommenheit und Sterblichkeit bewusst zu sein. Erst Platon begriff die Sentenz als Aufforderung, die eigene Begrenztheit zu überwinden und Selbsterkenntnis zu erlangen.

Linné schuf die neue Gattung HOMO, der er allein den Menschen zuordnete. In einem Brief an den Sibirienforscher Gmelin aber schrieb er 1747: «Ich frage Sie und die ganze Welt nach einem Gattungsunterschied zwischen dem Menschen und dem Affen, d.h. wie ihn die Grundsätze der Naturgeschichte fordern. Ich kenne wahrlich keinen und wünschte mir, dass jemand mir nur einen einzigen nennen möchte. Hätte ich den Menschen einen Affen genannt oder umgekehrt, so hätte ich sämtliche Theologen hinter mir her; nach kunstgerechter Methode hätte ich es wohl eigentlich gemusst.»

Linné hatte Mensch und Schimpanse (PAN TROGLODYTES) also derselben Gattung zuschlagen wollen, der Schimpanse hätte demnach HOMO TROGLODYTES heißen müssen. Stattdessen wurde der Mensch zum Einzelkind, zum letzten Verbleibenden der Gattung HOMO. Seine drei nächsten Verwandten gehören alle anderen Gattungen an: Der Orang-Utan der Gattung PONGO, der Schimpanse der Gattung PAN, der Gorilla der Gattung GORILLA.

Akeret bezweifelte, dass ein anderer Name für den Schimpansen den zwischen Mensch und Tier klaffenden Graben, den er so schmerzlich empfand, überbrückt hätte. Das Tier starrte den Menschen von der anderen Seite des Grabens stumm an; der Mensch sprach auf es ein, gestikulierte, um sich verständlich zu machen – und erhielt doch nie eine Antwort.

Nur: Wie konnten die akademischen Zoologen sich so sicher sein, dass es nicht doch ein Wesen gab, dass den Menschen mit dem Tierreich verband? Waren sie je in den Regenwäldern des Amazonas, des Kongos oder Borneos gewesen und hatten nach ihm gesucht? Natürlich nicht, denn es waren bloße Lehnstuhl-Zoologen, die sich fürchteten, ihren schlaffen Zoologen-Körper ins Unbekannte zu werfen und dabei ihren akademischen Ruf aufs Spiel zu setzen.

Er hatte nichts zu verlieren, nicht einmal einen Ruf. Dieser Akeret!, hörte er die Akademiker ausrufen, hat nicht einmal Zoologie studiert, und er bekennt sich, noch schlimmer, zur Kryptozoologie, einem Fach, das zu unserem steht wie die Alchemie zur Chemie, wie die Astrologie zur Astronomie! Ein ziemlicher *Idiot* eigentlich, dieser Akeret, ein *gewöhnlicher Mensch* gemäß der altgriechischen Bedeutung, nichts anderes ist er.

Aber sie unterschätzten ihn. Anders als Alchemisten und Astrologen arbeitete er sehr wohl mit wissenschaftlichen Methoden, wenn auch nicht allein mit den Mitteln der Zoologie. Die Kryptozoologie bezog bei ihrer Suche nach neuen Arten auch lokale Sagen mit ein und bediente sich so gleichsam ethnologischer Quellen und Methoden.

Vor Linnés Taufe – und auch danach – gab es zahlreiche Versuche, die menschliche Art zu benennen. Jeder der Namen offenbarte, welches Merkmal der Autor als alleinstellend, welchen Unterschied er als entscheidend betrachtete.

Die Liste auf WIKIPEDIA nahm kein Ende:

HOMO POLITICUS

Der Mensch als staatenbildendes Tier (Aristoteles)

HOMO BULLA

Der zerbrechliche Mensch, so vergänglich wie eine Seifenblase (Marcus Terentius Varro)

HOMO CREATOR

Der schöpferische Mensch (Nicolaus Cusanus)

HOMO LOQUENS

Der sprechende Mensch (J. F. Blumenbach)

HOMO INERMIS

Der wehrlose Mensch (J. G. Herder)

HOMO LUDENS

Der spielende Mensch (Friedrich Schiller)

HOMO METAPHYSICUS

Der metaphysische Mensch (Arthur Schopenhauer)

HOMO LOQUAX

Der geschwätzige Mensch (Henri Bergson)

HOMO DUPLEX

Der doppelte Mensch, zwischen Instinkt und sozialen Erwartungen hin- und hergerissen (Émile Durkheim)

HOMO PAROCHIUS

Der Mensch als Geschöpf, das die Mitglieder seiner Gruppe bevorzugt (Herbert Gintis)

HOMO INSIPIENS

Der törichte Mensch (José Ortega y Gasset)

HOMO DEUS

Der gottgleiche Mensch (Yuval Noah Harari)

Von allen Eigenschaften des Menschen fand Linné die eine so überragend, dass er ihn HOMO SAPIENS taufte, *den weisen Menschen*. Aber erst durch die Anleitung und Erziehung anderer werde das Kind zu einem Menschen. Sich selbst überlassen, würde es den aufrechten Gang und das Sprechen niemals lernen.

Zum Beleg nannte er das Beispiel jenes Jungen, der, 1661 von Jägern in litauischen Wäldern aufgefunden, dem Anschein nach unter Bären aufgewachsen war – er nannte ihn IUVENIS URSINUS, Bärenjunge. Er habe weiße Haut gehabt und sich mit Beißen und Kratzen zur Wehr gesetzt, als man ihn einfangen wollte. «Alle angewendete Mühe aber, ihn zahm zu machen, war fruchtlos, er lernete nicht reden, litte auch keine Kleider und Schuhe, und blieb wild.» Ein Beispiel, das nicht zuletzt verdeutlichen sollte, dass die Erziehung den Unterschied mache zwischen gesitteten und ungesitteten Völkern.

Des Weiteren unterschied Linné bei den Menschen zwei große Gruppen, TAGMENSCHEN und NACHTMENSCHEN. Den Tagmenschen wiederum teilte er in fünf Klassen ein: AMERIKANER, AFRIKANER, ASIATEN, EUROPÄER und MONSTRÖSE. Nicht nur beschrieb er deren Aussehen, sondern ordnete ihnen auch bestimmte Eigenschaften und Vorlieben zu. So etwa habe der ASIATE braune Haut, schwarze Haare und graue Augen, ein melancholisches Temperament, er liebe Pracht und Geld und das vornehme Leben, seine Kleider hingen ihm weit um den Leib.

Zur Klasse der MONSTRÖSEN zählte Linné Zwerge, Riesen und Missgeburten. Gewisse Bewohner der Alpen seien sehr klein, dabei arbeitsam und munter, jedoch zaghaft und furchtsam. Herzog Ferdinand von Österreich, wusste er außerdem zu berichten, habe einen Zwerg besessen, welcher überhaupt nur drei Spannen groß war.

Zu den Monströsen rechnete Linné aber auch jene, denen ein Teil des Körpers fehlte, so etwa die Hottentotten, denen man, wenn sie noch Knäblein sind, einen Hoden abtrennt, um sie zur Jagd geschickter zu machen.

Zudem schilderte er den Fall des *doppelten Frauenzimmers*, weiblicher Zwillinge, die, 1701 in Ungarn geboren, an den Lenden zusammengewachsen waren, die Gesichter einander zugewandt. Sie hatten einen gemeinschaftlichen After und nur eine Scham zwischen den vier Beinen. «Zum Stuhlgang hatten sie gemeinschaftliche Triebe, aber nicht zum Abführen des Urins, daher öfters Zänkerey entstand, denn wenn die eine harnen wollte, weigerte die andere, sich dazu zu bequemen, rangen oft deswegen, und welche die stärkste war, hob die andere von dem Boden auf, und trug sie wider Willen wohin sie nicht wollte, obgleich sie einander übrigens zärtlich liebten.» Die Mutter, so Linné, habe sich während der Schwangerschaft an zwei Hunden, die nach der Kopulation zusammenhingen, *versehen*.

Zu den Nachtmenschen wiederum zählte Linné den ORANG OUTANG. Das Weibchen sei dergestalt schamhaft, dass es, bei Begegnungen mit Menschen, die Scham mit den Händen bedecke und weine. Jacobus Bontius habe zudem viele dieser Orang Outangs aufrecht gehen sehen. «Die gemeine Meinung ist», so Linné, «dass sie von der geilen Vermengung indianischer Weibsbilder mit Bavianen entsprungen sind.»

Akeret schauderte, als er daran dachte, was er im Nachlass von Bernard Heuvelmans aufgestöbert hatte. Heuvelmans hatte sein Archiv – ein für Akeret glücklicher Zufall – dem Musée de Zoologie in Lausanne vermacht. In einer Kartonschachtel mit Zeitungsausrissen aus den Jahren zwischen 1984 und 1999 war er auf Ilja Iwanow gestoßen, der knapp zweihundert Jahre nachdem Linné über die geile Vermengung indianischer Weibsbilder mit Bavianen spekuliert hatte, versucht haben soll, eine solche herbeizuführen.

Wie Linné war Iwanow der Ansicht, dass Mensch und Schimpanse nah genug verwandt seien, um miteinander Nachwuchs zu zeugen. Die Kreuzung von Pferd und Zebra, von Maus und Meerschweinchen war ihm bereits gelungen, als er auf Einladung des Institut Pasteur nach Französisch-Guinea aufbrach, um im Botanischen Garten von Conakry drei Schimpansen mit menschlichem Sperma zu befruchten. Er verwendete nicht sein eigenes, sondern das eines Guineers, weil er glaubte, dass dieser den Menschenaffen näher stünde als er selbst.

Doch keines der Weibchen wurde trächtig. Iwanow bat den Gouverneur um die Erlaubnis, Einwohnerinnen ohne deren Wissen mit Schimpansensperma zu befruchten. Der Gouverneur wies das Anliegen empört zurück.

Bald darauf berichteten amerikanische Zeitungen von *Stalins geheimem Zuchtprogramm*. Der Diktator wolle eine Armee von übermenschlich starken, aber fühllosen Affenmenschen züchten. Tatsächlich war es Iwanow darum gegangen, einen eindeutigen und unwiderlegbaren Beweis für die Abstammungslehre von Darwin zu erbringen.

Zurück in der Sowjetunion, las Akeret, hatte Iwanow

Frauen gesucht und gefunden, die sich mit dem Samen eines Orang-Utan befruchten lassen wollten. Doch der Orang-Utan starb vor der Prozedur, Iwanow fiel in Ungnade und wurde von Stalins Richtern verbannt.

Auf der Kopie einer Buchseite war eine halbseitige Fußnote zu lesen mit der ungeheuerlichen Geschichte von Gordon G. Gallup. Er, ein angesehener amerikanischer Psychologe, behauptete, sie sei ihm während der Studienzeit von einem älteren Akademiker zugetragen worden. Dieser sei in den 1920ern an einem Experiment beteiligt gewesen, bei dem eine Schimpansin, mit menschlichem Samen befruchtet, trächtig wurde und ein Mischwesen gebar. Einige Wochen nach der Geburt hätten die Forscher jedoch entschieden, es aus ethischen Gründen zu töten.

Welche Diskussionen, fragte sich Akeret, waren der Tötung wohl vorausgegangen? Es hatte den Forschern offenbar wenig ausgemacht, Pferde mit Zebras zu kreuzen, die Verschmelzung von Mensch und Schimpanse aber empfanden sie als verwerflich. Widerstrebte es ihnen, dass sie dem HOMO SAPIENS das Bewusstsein geraubt, ihn wieder ins Tierreich hinabgestoßen haben könnten?

Aus einem dünnblättrigen Boulevardmagazin stammte ein Artikel, der nahelegte, dass es sich bei dem Show-Schimpansen Oliver um einen HUMANZEE handelte (oder, etwas wissenschaftlicher: SAPIENS X TROGLODYTES). Die Form seines Schädels, sein aufrechter Gang, seine Vorliebe für menschliche Gesellschaft und Fernsehen schienen auf eine menschliche Abstammung hinzuweisen.

PAN TROGLODYTES, der Schimpanse, verdankt seinen wissenschaftlichen Namen einer Kreatur, die Linné seinerzeit als Nachtmenschen klassifizierte: dem TROGLODYTES. Dieser sei angeblich in den Höhlen von Java, Amboina und Ternate anzutreffen. Sein schwanzloser Leib und sein krauses Haar seien weiß, er selbst halb so groß wie ein erwachsener Mensch, gehe wie dieser aufrecht, doch sei er tagsüber blind. Mit seinen Artgenossen verständige er sich über heulende Laute, und er hänge außerdem dem Glauben an, die Welt sei um seinetwillen erschaffen und dass er einst die Herrschaft über sie erlangen werde.

«Dass diese Art der Thiere», so Linné, «keine erdichtete oder neu erfundene Geschöpfe sind, lässet sich aus den alten und neuern Schriftstellern sattsam erweisen. Schon von den ältesten Zeiten erkannte man ein gewisses Nebengeschlecht der Menschen, das zwischen Menschen und Thieren den Rang verdienet, man nannte sie Satyrs. Ja, die alten Poeten machten sogar Halb-Götter aus denselben, und nannten sie Fauni, diese wurden von ihnen beschrieben als geile Ungeheuer, deren Oberleib dem Menschen, die Füße aber den Bocksfüßen ähnlich wären ...»

Linné hatte die Schwedische Ostindien-Kompanie ersucht, nach einem Exemplar des TROGLODYTES Ausschau zu halten und ihm ein solches mitzubringen. Doch auf den heimkehrenden Schiffen fanden sich zwischen Fässern von Palmschnaps, Kisten von Bohea-Tee und Nankinghosen keine Spuren eines Höhlenwesens.

Und das hatte Akeret sich zur Aufgabe gemacht: Er wollte das Wesen finden, das *zwischen Menschen und Thieren den Rang verdienet*. Er wusste, dass in seinem Fall ein fotografischer Beleg nicht ausreichen würde; im Internet kursierten Tausende Aufnahmen von angeblichen Wunderwesen, und keines von ihnen war bis heute mit einem wissenschaftlichen Namen geadelt worden. Er würde daher ein Exemplar des Mischwesens fangen müssen und es nach Hause überführen. Nur so käme es zu *seinem* Namen.

Die Regel, eine neue Art nicht nach sich selbst, dem Entdecker, zu benennen, war keine festgeschriebene, und doch war es unter Akademikern verpönt – aus Gründen, die Akeret nicht einleuchteten. Es erweckte wohl den Anschein, man wolle vor allem den eigenen Ruhm mehren. Aber angesichts der Gefahr, sich bei dem Unternehmen finanziell zu ruinieren, an Malaria zu erkranken oder von einem kriegerischen Stamm erschlagen und verspeist zu werden – wer konnte ihm da ernsthaft Selbstsucht unterstellen?

Wenn er das Wesen gefangen und den wissenschaftlichen Artikel zu seiner Beschreibung verfasst hätte, könnte er den Namen seines nutzlosen Assistenten Blum statt seines eigenen darunter setzen. Dieses Opfer wäre er bereit zu bringen, damit das Wesen für alle Zeiten unter seinem Namen bekannt wäre: HOMO AKERETI.

7

Nach einiger Suche fand Mansur ein geeignetes Boot. Er hatte über mehrere Tage hinweg im Geheimen verhandelt und Akeret nur immer wieder versichert, der Preis sei noch zu hoch, auch dann, als er bereits weit unter seinen, Akerets, Erwartungen lag. Offenbar ging es nicht allein um Geld, an Mansurs Feilschkünsten hing wohl auch ein Teil seiner Selbstachtung. Solchen Einsatzwillen sah er mit Freude, es wäre ein Fehler, ihn zu unterbinden in der Annahme, er lasse sich aufsparen für spätere, entscheidendere Situationen.

Als Mansur jedoch am vierten Abend zurück ins Hotel kam – er hatte den Preis um weitere zweihundert Kina drücken können –, fand er sich einem ungeduldigen Akeret gegenüber. Er habe ihm seinen Spaß gelassen, sagte er, aber nun wolle er das Boot endlich besichtigen und, wenn es geeignet sei, den Handel abschließen.

Akeret war wie aus langer Reglosigkeit erwacht, und die Vorbereitungen konnten nun nicht rasch genug abgeschlossen sein. Das tropische Wetter hatte seinen Körper und Geist schwerfällig gemacht; man verkam in den Tropen, man gärte innerlich und zerfiel äußerlich. An solch einen sterblichen Ort also musste er reisen, um unsterblich zu werden.

Mansur entgegnete, dass seine bisherigen Verhandlungen zunichte wären, wenn Akeret, ein BULE, sich dem Verkäufer zeigte – der Preis würde sich augenblicklich verdoppeln. Und als sei dies noch nicht Einwand genug, verwies er auf die Gefahren dieser Stadt, die Jonah so anschaulich geschildert hatte: die Raskols und ihre Macheten.

Ganz war die Gefahr nicht von der Hand zu weisen, staken doch aus der Mauer, die den Hotelgarten umgab, die Scherben von Glasflaschen, und das Eisentor war von bewaffneten Sicherheitsleuten bewacht. Akeret bestand dennoch darauf, Mansur im Taxi zum Hafen zu begleiten, wobei er versprechen musste, das Auto nicht zu verlassen. Auch das Fenster durfte er nicht öffnen, und schon gar nicht jemandem in die Augen schauen.

Was für eine eigentümliche Anweisung das war – als könnte ein falscher Blick genügen, um einen Menschen herauszufordern. Denselben Rat hatte ihm seine Mutter einmal gegeben, bevor sie im Zoo das Gorillahaus betraten. Was aber geschehen würde, wenn er es doch täte, hatte sie ihm nicht gesagt, und so stellte er sich vor, wie der angestarrte Silberrücken mit seinen Fäusten die Scheibe zertrümmern und ihn in Stücke reißen würde.

Viel lieber als die Gorillas waren ihm die Elefanten gewesen, jene freundlichen Riesen, denen das Vergessen unmöglich war, wie man sagte. Besaß er nicht selber das unerbittliche Gedächtnis eines Elefanten? Oft wunderte er sich über die Vergesslichkeit anderer Menschen, es war, als vergäßen sie fortwährend das eben Gelernte und wiederholten immerzu dieselben Fehler.

Manchmal tanzten die Elefanten für ihn: Sie bewegten den Kopf in festem Takt hin und her, schwenkten den

Rüssel, hoben abwechselnd die Vorderbeine. Robert war dermaßen angetan vom Unterhaltungseifer dieser Tiere, dass er den ungelenken Tanz abends nachzuahmen suchte. Er hatte eine ungemein beruhigende Wirkung auf ihn. Erst Jahre später erfuhr er, was es mit dem Tanz der Elefanten tatsächlich auf sich hatte. Man nannte es *Weben*, und es war kein Tanz, sondern Ausdruck einer tiefen Verstörung angesichts einer Umgebung, die es den Tieren unmöglich machte, ihrem Drang zur Bewegung und Erkundung nachzugehen. Jahrelang hatte er geglaubt, die tanzenden Elefanten seien die glücklichste Erinnerung seiner Kindheit, nun aber stellte sich heraus: Es war die traurigste.

Das Taxi, in dem Mansur als Beifahrer saß und Akeret auf der Rückbank, fuhr hinunter zum Hafen. Es zogen Gebäude am Fenster vorüber, deren Architektur in keiner Tradition stand, sondern allein den Möglichkeiten des Betons folgte. In der Bedeutungslosigkeit dazwischen: ärmliche Hütten aus Brettern und Bambusmatten, deren Dächer mit gewelltem Plastik gedeckt waren; bunte Ketten von Chipstüten und Shampoo-Portionen hingen außen zum Verkauf.

Als sie langsamer fuhren, sah Akeret, dass das Trottoir gesprenkelt war mit Betelsaftflecken, gebleicht vom Sonnenlicht, und dann auch einen frischen Fleck, rot und nass, fast appetitlich, wie der süße Saft einer Frucht. Er sah seltsame Kirchen, die ihm deutlich machten, dass das Christentum hier auf anderen Boden gefallen war, dass es die angestammte Kultur nicht überlagert, sondern sich vielmehr mit ihr vermischt hatte. Er sah offene Abwasserkanäle; er sah niedrige Plattformen, auf denen Menschen im Schatten ruhten. Und er sah Wachmänner, überall Wachmänner in dunklen Uniformen und mit Maschinenpistolen, vor Supermärkten, vor Tankstellen, vor Banken.

Sie fuhren hinunter zur Bucht, die grünblau unter ihnen lag, das Schwert der Sonne verjüngte sich zur Küste hin, Schatten von Stelzenhäusern standen in der Flut. Am Hafen bog das Taxi, kleine Huper ausstoßend, in eine belebte Gasse zwischen Hütten. Die Menschen wichen beiseite, manche drehten sich um, und Akeret folgte dem Rat Mansurs und blickte ihnen nicht in die Augen. Aber war es nicht ohnehin unwahrscheinlich, dass man ihn durch die Glasscheibe sehen konnte, die im Sonnenlicht wirken musste wie ein Spiegel?

Orte, an denen er selber sehen konnte, ohne gesehen zu werden, waren Akeret die liebsten. Im Zug pflegte er die Spiegelbilder von Frauen zu betrachten, die nicht in seinem Blickfeld lagen. Und manchmal fand er seinen Blick erwidert, weit draußen im Spiegelraum, der über die Landschaften schwebte. Wären ihm Geometrie und Optik näher gewesen, hätte er wohl einen Versuch unternommen, die Blickachsen zu berechnen. So aber war er sich bis zuletzt nie ganz sicher, ob sich ihre Blicke wirklich trafen, und er genoss die Unsicherheit, und manchmal nutzte er sie aus – wo sonst konnte man einen Menschen so unverschämt betrachten?

Das Taxi hielt auf dem Quai, Mansur stieg aus, warf die Tür zu und begann, scheinbar wahllos, mit einem der Umstehenden zu sprechen. Der Fahrer musterte Akeret ohne jede Hemmung über den Rückspiegel, öffnete dann die Tür und spuckte einen Schwall blutroten Betelsaftes auf die Straße. Akeret wusste nicht, ob er sich beleidigt fühlen sollte.

Er heiße, sagte der Fahrer, der den Blick wieder zum Spiegel gehoben hatte, Port Moresby, sei das nicht komisch? Mit Vornamen *Port*, mit Nachnamen *Moresby*, er heiße wie die Stadt, in der er lebe, und wenn er ihm nicht glaube: am Sitz hänge seine Lizenz. Und tatsächlich stand da sowohl bei Name als auch bei Stadt *Port Moresby*.

Draußen gaben sich Mansur und der Mann die Hand, wie um sich zu verabschieden. Mansur kam zum Auto zurück, klopfte an Akerets Scheibe, und dieser kurbelte sie, eingedenk der vorigen Warnung, bloß ein kleines Stück herunter.

Er könne das Boot nun besichtigen, es gehöre ihm.

Akeret, wie immer, wenn große Wut in ihm hochstieg, biss sich auf die Zunge und wurde abweisend. Er stieg aus, folgte den beiden über den Steg, und während der Verkäufer Mansur weismachen wollte, es werde beim Verkauf an *Waitman* eine Sondersteuer von zwanzig Prozent fällig, betrachtete Akeret sein Boot.

Es war recht schmal und ungefähr zehn Meter lang. Kabinen gab es keine, das hintere Drittel war aber, bis zum Heck hin, mit Wellblech überdacht. Im vorderen Teil befand sich ein großer, rußiger Dampfkessel mit Kamin.

Akeret drehte sich um, blickte Mansur, der noch immer vom Verkäufer in weinerlichem Ton beplappert wurde, fest in die Augen und sagte, er mache sich besser ganz schnell daran, den verdammten Kessel von Bord zu schaffen. Dann ging er grußlos an Mansur vorbei, über den Steg, zurück zum Taxi und fuhr davon.

Und Mansur machte sich daran. Er bezahlte erst den Verkäufer, gab ihm nicht die geforderten zwanzig Prozent, aber immerhin ein paar hundert Kina mehr. Dann engagierte er eine Unzahl von Tagelöhnern, die mit nacktem Oberkörper auf den Stegen herumlungerten – die meisten von ihnen waren schmalbrüstige Jungen –, und ließ sie mit Hilfe eines einfachen Flaschenzugs den Kessel von Bord heben. Sie arbeiteten bereitwillig und ohne zu zögern, wuselten emsig herum, und wo immer eine Hand gebraucht wurde, fand sich eine. Dies alles geschah beinahe ohne Worte. Die einzigen Rufe, die zu hören waren, stammten von Mansur, der auf dem Steg stand und die Truppe auf diese Weise lenkte.

Als der rußige Kessel sich hob, schwarz glänzte im Sonnenlicht, roch er plötzlich nicht mehr den Schweiß oder den süßlichen Betelatem der jungen Männer, auch nicht den modrigen Algengeruch des gluckernden Wassers – er hatte den Geruch von Räucherstäbchen in der Nase. Räucherstäbchen, die sein Vater immer dann entzündet hatte, bevor er ihm und seinen Brüdern aus dem LA GALIGO vorlas, dem großen und heiligen Epos der Bugis.

LA GALIGO war länger als die ODYSSEE, länger sogar als das indische MAHABHARATA, und keine Familie kannte alle Gesänge, weshalb bis heute noch keiner das Epos von Anfang bis Ende gehört haben soll. Der Vater las die Verse nicht einfach nur vor, sondern dehnte manche Silben, verkürzte andere, verlieh ihnen so einen Rhythmus, eine Melodie, die hypnotisch wirkte auf den jungen Mansur, der zudem die altertümliche Sprache kaum verstand. Ein Unwissender hätte die Schriftzeichen für ein dekoratives Muster halten können oder auch für die rätselhaften Aufzeichnungen eines Fischers, die Wellen und Strömungen beschrieben. Aber es war Lontara, die Schrift der Bugis.

Wie Mansur nun vom Steg aus die Instandsetzung des Bootes überwachte, kam ihm eine Episode des Epos in den Sinn, ein Gesang, in dem er sich schmerzlich wiedererkannte. Sawérigading, der Held, verliebt sich in seine Zwillingsschwester Wé Tenriabing und will sie heiraten, doch seine Mutter warnt ihn, dass eine solche Verbindung zwischen Geschwistern Plagen über Land und Menschen bringen werde. Es gebe aber, erklärt wiederum die Schwester, eine Frau, die genauso aussehe wie sie, deren Haut sogar noch zarter sei. Allerdings lebe sie in einem fernen Land.

Sawérigading beschließt, nach diesem fernen Land zu segeln, nur fehlt ihm ein Schiff. Er ruft eine Mannschaft zusammen, um einen Baum zu fällen, aus dessen Holz er sich eines bauen will. Dieser Wélenreng-Baum ist himmlischen Ursprungs und daher von ungeheuren Ausmaßen: Dreihundert Armlängen in der Breite misst er und siebentausend Armlängen in der Höhe. Bevor er geschlagen werden kann, rezitieren siebzig Priester ein Gebet, um die Geister zu beruhigen. Dann holen Sawérigadings Männer mit ihren Äxten aus, doch die Klingen prallen von der Rinde ab und hinterlassen nicht einen Kratzer.

Da kommt Sawérigading die Warnung der Zwillingsschwester in den Sinn, wonach keine menschengemachte Axt den Baum fällen könne, eine göttliche allein sei dazu in der Lage. Die Götter senden eine goldene Axt vom Himmel herab, und der Wélenreng-Baum fällt, als wäre er ein

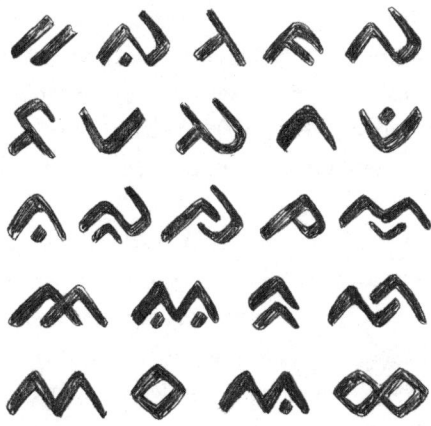

Schössling. Die Erde bebt, und aus der Krone fallen so viele Vogeleier und zerbrechen, dass sieben Küstenstädte fortgespült werden. Der riesige Baum gleitet hinab in die Unterwelt, wo Tausende Schiffsbauer aus seinem Holz Hunderte von Schiffen fertigen.

Mansur hatte in einem entscheidenden Augenblick seines Lebens keinen Mut gezeigt, keine Entschlossenheit bewiesen, sondern war, aus Angst vor der Ablehnung der andern, geflüchtet. Für Akeret dagegen schien kein Hindernis unüberwindlich, und Mansur bewunderte seine Entschlossenheit, noch ohne zu wissen, worauf sie zielte.

SAWÉRIGADING, dachte er, wäre ein passender Name für das Boot, wenn nicht ein Tabu darauf läge ... Auch sein Vater hatte den Namen außerhalb der Rezitation niemals laut ausgesprochen, sondern den Helden immer bei einem seiner Ehrentitel genannt.

Bald war der Kessel in der Höhe, und seinem Gewicht

stemmten sich sechs junge Männer entgegen, ihre Gesichter ernst und schweißbeperlt. Langsam wurde das rußige Ungetüm auf den hölzernen Steg herabgelassen, der ein Knarren hören ließ – kein bedrohliches Knarren, das einem Zusammenbruch vorausgeht, sondern vielmehr ein Seufzer.

Nachdem der Ofen entfernt war, gab Mansur Akeret telefonisch Meldung, und dieser war offenbar noch immer in der Laune, ihm schwierige Aufträge zu erteilen: Er solle einen Eisenkäfig besorgen, mit diesen und jenen Maßen, noch heute, es eile, er habe schon genug Zeit verschwendet mit sinnlosestem Gefeilsche.

Also ließ Mansur den Käfig von Arbeitern, die in der Nähe des Hafens mit dem Brennschneider Schiffswracks zerteilten, aus Stahlresten zusammenschweißen. Der Schweißer trug keine Maske, er blickte mit bloßem Auge in das sonnenhelle Licht zu seinen Füßen.

Den Käfig ließ Mansur dort platzieren, wo der Ofen gestanden hatte, doch da er breiter war, musste man, um zum Bug zu gelangen, auf dem Bootsrand seitlich daran vorbeisteigen.

Als Akeret kam, um das Boot zu besichtigen, war er sehr zufrieden. Die tadellose Ausführung seiner Aufträge hatte ihn wieder mit Mansur versöhnt, ihm war sogar, als wären sie sich durch den Zusammenstoß nähergekommen, als wäre der gegenseitige Respekt gewachsen.

Nun fehlte dem Boot bloß noch ein Name. Am liebsten hätte Akeret es ERNST oder ALFRED getauft, um die von ihm hochgeschätzten Forscher Haeckel oder Wallace zu ehren, doch glaubte er zu wissen, dass ein Boot einen weiblichen Namen tragen müsse. Er überlegte eine Weile, bis er auf Margaret Mead kam, die als Ethnologin Samoa bereist und als Paradies der freien Liebe geschildert hatte. Dann aber fiel ihm ein, dass ihr Bericht später widerlegt worden war. Sie hatte niemals im Dorf unter Samoanern gelebt, sondern etwas abseits, und hatte sich von jungen Mädchen besuchen und von deren Wunschträumen wohl bezirzen lassen.

Oder sollte es MARIE heißen, nach Marie Curie? Sie war über jeden Zweifel erhaben, die Frau, die das Element Radium entdeckt hatte und an Blutarmut gestorben war, eine Märtyrerin der Chemie! Nur hatte die nichts mit ihrer Expedition zu tun. Mit Ada Lovelace, die das erste Programm für eine Rechenmaschine geschrieben hatte, verhielt es sich gleich.

Dann aber fiel ihm Maria Merian ein, die lange vor Haeckel Naturforschung und Kunst auf einzigartige Weise verbunden hatte. Ihre Kupferstiche waren der erste sichtbare Beweis, dass Getier nicht aus Fäulnis und Schmutz entstand, aus unbelebter Materie also, wie man damals gemeinhin annahm. Verfechter dieser Theorie kannten sogar Rezepte zur Herstellung von Mäusen: Man stopfe ein schmutziges Hemd in die Öffnung eines mit Weizenkörnern gefüllten Gefäßes und warte. Nach einundzwanzig Tagen ändere sich der Geruch: Die Zersetzungsprodukte waren in die Schale des Weizens eingedrungen und hatten ihn in Mäuse verwandelt.

Dass das alles Unsinn war, dass Fliegen, Würmer und Schmetterlinge nicht aus verdorbenem Fleisch entstanden, zeigte Merian auf ihren Bildern. Akeret fand es bewundernswert, wie unvoreingenommen sie auf die Welt geblickt und festgehalten hatte, was sie sah, ohne auf die Lehrmeinung zu achten. Und dies, schien ihm, war die wichtigste Aufgabe eines Forschers: zu beschreiben, was war, und nicht, was sein sollte.

So kam es, dass Jonah das Boot mit einem breiten Pinsel und weißer Farbe auf den Namen MARIA taufte – den Namen der Heiligen Jungfrau, wie er annahm. Keine schlechte Idee, doch kannte er die See und wusste, wie gottlos sie sein konnte, *she, the sea.*

Solange niemand den wahren Namen des Bootes kenne, murmelte er, sei es egal, was man auf den Bug pinsle. Denn ohne den wahren Namen könne das Boot auch nicht mit einem Schadenszauber belegt werden.

Mansur lächelte still vor sich hin, denn er kannte als Einziger den wahren Namen des Bootes. Blum unterdessen betrachtete den Käfig und fragte dann Akeret, wozu sie ihn benötigten. Der Abstand der Stäbe deutete darauf hin, dass er ein einzelnes großes Tier aufnehmen sollte, jedenfalls keine Nager oder Vögel.

Akeret gab ihm keine Antwort, er war anscheinend zu beschäftigt mit der Beladung des Boots. Blum war sich sicher, dass er ihn gehört, aber entschieden hatte, ihm nicht zu antworten. Wenn er weiterfragte, bekäme er bloß wieder einen Monolog über ein abwegiges Thema zu hören.

Neben einer hochauflösenden Kamera würden sie sechs kleinere Kameras an Bord nehmen, die sich mittels eines Riemens an Bäumen befestigen ließen und bei Bewegung auslösten. Am wertvollsten aber waren zweifellos die beiden Geräte, auf denen digitale Karten der Region gespeichert waren. Mit Hilfe von im Orbit kreisenden Satelliten könnten sie ihren Standort jederzeit auf zehn Meter genau bestimmen. Da dergleichen Instrumente recht teuer waren, hatte Akeret Frau Dr. Unland, die Vorsitzende der Kryptozoologischen Gesellschaft, nicht davon überzeugen können, dass Ersatzgeräte notwendig waren. Und so musste er sich damit beruhigen, dass er mit Mansur einen Begleiter gewonnen hatte, der als Abkömmling eines Seefahrervolks gewiss über geheimes Seefahrerwissen verfügte. Zudem behauptete Jonah, er könne Norden in seiner Fingerspitze fühlen.

In den folgenen Stunden wurden auf die MARIA verladen:

— Ein Trinkwasseraufbereiter für 10−15 Liter Trinkwasser pro Stunde
— 2 Stirnlampen und Ersatzbirnen
— 2 Taschenlampen mit je 4 Ersatzbatterien, Größe AA
— Fujifilm X-T2, wetterfest und stoßsicher, mit 64-GB-Speicherkarte
— Navigationsgerät GARMIN GPSMAP 64S mit den topographischen Karten der Insel Neuguinea
— Navigationsgerät GARMIN GPSMAP 620 mit den nautischen Karten des Golfes von Papua und des Flusses Fly
— Ein Globalstar GSP 1700 Satellitentelefon
— 6 DENVER Wild- und Überwachungskamera mit 8 MP CMOS-Sensor, Bewegungssensor und Infrarotausleuchtung

- Ein Kompass
- 12 Stück Seife
- 2 große Moskitonetze
- 4 Schlafsäcke, 2 wasserdichte Planen mit Schnüren
- Erste-Hilfe-Kasten mit Wundcreme, Pflastern in unterschiedlichen Größen, Mullkompressen und Tabletten zur Trinkwasseraufbereitung

Außerdem enthielt die Reiseapotheke das Breitband-Antibiotikum AZITHROMYCIN sowie LARIAM, ein Medikament gegen Malaria, welches – Akerets Tropenarzt, Dr. Brunner, zufolge – Nebenwirkungen wie Wahnvorstellungen und Verfolgungswahn zeitigte. Laut Dr. Brunner gab es zwei Möglichkeiten, das Medikament einzunehmen: Entweder schluckte man jeden Tag vorsorglich eine Pille und senkte so das Risiko einer Ansteckung, oder man begann mit der Einnahme beim ersten Fieberschub.

Akeret hatte, um mit den Nebenwirkungen vertraut zu werden, zu Hause eine Tablette geschluckt. Starke Kopfschmerzen hatten sich eingestellt, Übelkeit auch, Halluzinationen waren ausgeblieben. Nur konnte er es sich nicht leisten, seine geistige Gesundheit aufs Spiel zu setzen, außerdem war das Medikament nicht eben billig. So hatte er sich entschieden, auf die Prophylaxe zu verzichten und stattdessen das stärkste verfügbare Mückenspray gekauft – das Fläschchen war mit Gefahrensymbolen übersät –, mit dem er sich jeden Morgen großzügig einsprühte.

Blum dagegen hatte es vorgezogen, täglich eine Tablette zu schlucken, und Akeret glaubte seit einer Weile, milde Zeichen von Verfolgungswahn an ihm ausmachen zu können. Blum fragte ihn – bisweilen mehrmals täglich –, ob er *das* gehört habe, und auf seine Nachfrage hin, was er denn meine, erwiderte Blum, es sei nichts.

8

S ie brachen völlig unfeierlich auf, fast beiläufig. Jonah startete mit der Kordel den Motor, und sie fuhren aus der Bucht hinaus aufs Meer. Die Küste entfernte sich und wurde zu einem fahlblauen Streifen, wie am Horizont haftendes Seidenpapier, so leicht, so scheinbar losgelöst vom Wasser. Der Himmel selbst war von einem unbekümmerten Hellblau, einer Farbe, in die man Kinder kleidet. Das Meer erschien grünlich, und kleine Vögel schossen nah über die schaumlosen Wellen.

Es war erstaunlich, dass an diesem Morgen des Aufbruchs jeder der vier Männer ein anderes Ziel vor Augen hatte. Akerets Vorhaben war klar und eindeutig, doch würde er sich hüten, jemanden einzuweihen. Dass einer den wissenschaftlichen Wert seiner Expedition in Zweifel ziehen, ihn verlachen könnte als verschrobenen Narzissten, wäre ihm unerträglich. Seinen Assistenten betrachtete er als rein mechanische Hilfe, die den größeren Zusammenhang nicht zu kennen brauchte. Das fehlte noch! Ausgerechnet mit Blum endlose Diskussionen um kleinste Entscheidungen zu führen, wie es in ihrem Land üblich war. Die Expedition konnte nur gelingen, wenn alle Fäden in seinen Händen zusammenliefen, wenn Entscheidungen getroffen wurden, die einem einzelnen Geist entsprangen und eindeutig in eine Richtung wiesen.

Blum wiederum verfolgte sein eigenes Ziel, nämlich die Erforschung der Geheimsprachen. Seit der Lektüre von Albert Aufingers Aufsatz über die TOK BOKIS, die Schachtelsprachen, hatte er nach einer Möglichkeit gesucht, sie vor Ort zu erforschen. Eines Tages hatte er am Schwarzen Brett der Ethnologischen Fakultät einen Anschlag entdeckt, unscheinbar, halb verdeckt von den anderen Zetteln. Ein Assistent für eine *Forschungsreise in den Regenwald von Neuguinea* wurde gesucht. Worte von verführerischer Wirkung auf Blum, der sich zurücksehnte in eine Zeit, als Ethnologen noch Entdecker gewesen waren. Die Masterarbeiten seiner Mitstudenten trugen Titel wie «Stadthygiene in Dresden – Dresden als Stadt der Hygiene» oder «Portugiesische Putzfrauen – Zur Ethnologie der Begegnung von Portugiesen und Schweizern im hauswirtschaftlichen Arbeitsverhältnis». Bei allen Verschrobenheiten Akerets – konnte er sich wirklich vorwerfen, diese Chance ergriffen zu haben? Doch nun, als das Boot ablegte, merkte Blum, wie unvorbereitet er war, er beherrschte keine einzige der achthundert Sprachen dieser Insel, nicht einmal radebrechend – wie sollte er da eine Geheimsprache ausfindig machen?

Mansur wiederum war erleichtert, dass es, nach mehrtägigem Stillstand, nun endlich weiterging. Nach Jahren des stetigen Umherziehens bereitete es ihm Unbehagen, zweimal in demselben Bett zu schlafen. Akerets Entschlossenheit war ihm Grund genug, jedes Misstrauen und jeden Zweifel abzulegen.

Und der alte Jonah, was ging in ihm vor, als er das Boot aus der Bucht steuerte? Keinen Gedanken verschwendete er an die Zukunft, er überließ sich der schwelgerischen Stimmung, in die Meerluft und Dieselgeruch ihn versetzten. Er erinnerte sich, wie er als Junge mit seinem Vater im ersten Licht hinausgefahren war in eine andere Bucht; wie er mit schlafwirrem Blick alles sah wie zum ersten Mal: das leuchtende Plankton, den durch die Wolken scheinenden Mond, die Knoten des Netzes; wie sie in stummer Gemeinschaft, Haut an Haut, ihr Netz ausbrachten; wie sie zeitlose Stunden warteten.

Er war, was den eigentlichen Zweck der Expedition anging, so unwissend wie die andern, doch stellte er sich gehorsam in den Dienst von Akeret. Es war für ihn ein Rätsel oder eher noch ein Spiel, dem er sich, wenigstens zeitweise, gern überließ.

Kurz vor Mittag hatten sie die Insel Yule erreicht, und noch vor Sonnenuntergang gelangten sie, wie geplant, nach Kerema, wo sie übernachten wollten. In weniger als achtundvierzig Stunden würden sie die Mündung des mächtigen Stromes Fly erreichen und diesen so weit hinauffahren, wie der Tiefgang des Bootes es erlaubte. Dann ginge es in einem Einbaum weiter, den Akeret auf der Insel Kiwai, im Delta des Fly, zu erwerben hoffte.

In der Ferne sahen sie, wie massige Objekte die Wasseroberfläche der Bucht von Kerema durchstoßen. Blum glaubte, es handle sich um eine Schule von Walen, er stellte gar schon Vermutungen über die Absichten der Tiere an und erklärte, sie hätten sich verschwommen. Jonah aber hielt unbeirrt darauf zu, und es zeigte sich, dass es keine Wale waren, sondern Metallfässer, um die das Wasser sich nicht kräuselte, sondern glasig glatt war. Fässer mit Diesel, mutmaßlich, so Jonah. Ein kleines Lastschiff müsse von Piraten überfallen worden sein.

Piraten?, wiederholte Blum erstaunt.

Jonah nickte.

Wie wolle er das so genau wissen?, fragte Mansur.

Akeret und Blum blickten Jonah gespannt an, doch der zuckte nur mit den Schultern: Wer in diesem Teil der Welt aufwachse, bekomme es, früher oder später, mit Piraten zu tun.

Mansur lachte und plapperte indonesisch auf ihn ein. Blum wollte einen vielsagenden Blick mit Akeret tauschen, doch der hielt die Augen niedergeschlagen, als denke er nach.

Als Mansur das Tau im Hafen von Kerema auswarf, wartete bereits eine Gruppe von Kindern auf dem maroden Steg. Sie kreischten und riefen den Namen des Boots, gerieten angesichts des Eisenkäfigs so völlig außer sich, dass Akeret fürchtete, sie könnten allesamt zu ihnen herüberspringen. Bevor sie den Käfig aber zu ihrem Spielzeug machen konnten, zog Jonah eine seiner Sandalen aus und drohte, sie damit zu verprügeln.

Das zeigte Wirkung. Als sie an Land gingen, hatten sich die Kinder in alle Winde zerstreut. Nur ein kleiner Junge stand noch immer da, ergriff Akerets Hemdzipfel und begann, einen bekannten Popsong zu singen, allerdings ohne den Text zu kennen. Die englischen Wörter ersetzte er durch ähnlich klingende, aber bedeutungslose – zumindest in Akerets Ohren. Am Ende bat der Kleine ihn um Geld.

Er habe beschlossen, erklärte Akeret, an Blum gewandt, nur alten Krüppeln Geld zu geben.

Er zückte einen Kugelschreiber, den er dem Jungen reichte. Der Junge, sichtlich verwirrt, blieb stehen und begann, auf dem Kugelschreiber herumzudrücken.

Nur alten Krüppeln, wiederholte Blum und sah Akeret dabei mit einem schwer zu deutenden Ausdruck an.

Wenn ein Junge dieses Alters merke, fuhr Akeret fort, wie leicht er durch Betteln bei Fremden zu Geld gelange, würde er wohl kaum mehr die Geduld aufbringen, die Schule zu beenden und einen Beruf zu erlernen.

Der Junge warf den Kugelschreiber ins Meer und rief ihnen eine Verwünschung hinterher, die Akeret einen wohligen Schauer über den Rücken jagte: *Get lost!*

Das Dorf war ärmlich, aber nicht elend. Auf dem geraden Weg zwischen den Hütten knieten Kinder und spielten – ein für Akeret unerwarteter Anblick – mit Katzenaugenmurmeln in Staubkreisen: eine Szene wie aus einem Schwarzweißfilm. An einzelnen Holzbögen, die den Weg überspannten, prangten christliche Kreuze; rechter Hand wurden die Betonwände einer Kirche geschalt. Die Erwachsenen grüßten leise und freundlich, die spielenden Kinder warfen den vier Ankömmlingen fröhliche, doch scheue Blicke zu.

Sie bezogen eine einfache Herberge, Akeret würde sich ein Zimmer mit Blum, Mansur eines mit Jonah teilen. Abends, als sie draußen in einem Pavillon aus Bambus saßen, das Rauschen der unmerklich näher kommenden Brandung vor sich, den tönenden Wald hinter sich, huschten Kakerlaken über die Blechteller, von denen sie aßen – Kakerlaken mit dämonisch rot leuchtenden Köpfen.

Als Akeret nach ihnen schlug, begannen einige der Jugendlichen, die in der Nähe des Pavillons im Sand saßen, heiser zu lachen. Dergestalt angestachelt, gelang es ihm endlich, ein Exemplar zu erschlagen. Das rote Leuchten aber hörte nicht auf; es ging von einer Diode aus, die mit einem Chip auf dem Rücken verbunden war – so war es offenbar möglich, die Kakerlaken fernzusteuern.

Während die anderen drei ungerührt weiteraßen, sah Akeret zu, wie die Diode flackernd erlosch und vergaß darüber das Essen. Er erhob sich, um zu den Jugendlichen hinüberzugehen und sie nach den technischen Details zu fragen. Diese, offenbar im Glauben, er wolle sie zurechtweisen, standen rasch auf und lenkten ihr ferngesteuertes Getier woandershin.

Aus dem nahen Wald war das vielstimmige Gezwitscher von Vögeln zu hören. Es lebten hier nur wenige Säugetiere, die Vielfalt der Vögel war umso größer, und ihr Gezwitscher erschien Akeret feiner und musikalischer als alles, was er bis dahin kannte. Es war eine Offenbarung – als habe er sein Leben lang dem beschränkten Blockflötengepfeife von Grundschülern lauschen müssen und sitze nun erstmals vor einem vollbesetzten Orchester.

Bald jedoch übertönte eine Stimme die anderen. Einer der Vögel ließ Spottlaute hören, als verhöhne er die Menschen und Tiere, die dazu verdammt waren, sich beim Gehen auf der Erde die Füße zu beschmutzen. Je länger Akeret zuhörte, desto klarer wurde ihm, dass dieser Vogel *ihn* meinte, sich über ihn lustig machte. Er wusste um sein Vorhaben, und er fand es zutiefst lächerlich.

Doch er würde es dem frechen Vogel noch zeigen, diesem Vogel und allen Vögeln, und allen Menschen ebenso.

9

Als Kind erschien es Robert Akeret undenkbar, dass es einen klügeren Mann geben könnte als seinen Vater. Er löste Kreuzworträtsel in unglaublicher Geschwindigkeit, und zwar vollständig: bis in jedem Kästchen ein Buchstabe stand, nicht bloß, bis er das Lösungswort herausbekommen hatte. Er konnte seinen Vater nach der Hauptstadt Syriens fragen, wie lang der Rhein sei, wie der erste Bundespräsident geheißen habe, und es kam prompt: *Damaskus – 1230 Kilometer – Jonas Furrer.* Die Tatsache, dass Urs Akeret als Schreiner arbeitete und nicht als Professor, zählte für Robert bald zu einer der vielen Ungerechtigkeiten dieser an Ungerechtigkeiten nicht armen Welt.

Und eben weil Urs Akeret alles schon wusste, nahm er nie eines der Lexika zur Hand, die in der Vitrine verstaubten und die, wie er ständig betonte, in echtes Haifischleder gebunden waren. Ungeheuer mächtiges Wissen musste darin stehen, staunte Robert, wenn es in die Haut eines solch gefährlichen Tieres gebunden werden musste!

Erst Jahre später ging ihm auf, dass sein Vater über jene Art von Wissen verfügte, mit dem sich bloß Kinder und Idioten beeindrucken ließen: *Kreuzworträtselwissen.* Er war unfähig, die einzelnen Bruchstücke in Beziehung zu setzen, von ihnen abzuleiten, Schlüsse zu ziehen. Unter Wissenschaft verstand er die Suche nach Wahrheiten, die für alle

Zeit galten. So behielt Pluto für ihn den Rang des kleinsten Planeten des Sonnensystems, auch nachdem Astronomen ihn zum Zwergplaneten herabgestuft hatten. Peking war in seinen Augen noch immer die Hauptstadt Chinas, auch nachdem Xinying, die *Neue Blüte*, längst eingeweiht war. Und der Aralsee blieb für ihn der der zweitgrößte See Zentralasiens, obwohl er, seiner vollständigen Austrocknung wegen, von den Landkarten verschwunden war.

Die in Haifischleder gebundenen Lexika waren für seinen Vater nicht bloß von dekorativem Wert, sondern auch von nostalgischem. Urs Akeret hatte in seiner Kindheit Schmetterlinge gefangen und sie – er wusste es halt nicht besser! – wie die Blätter seines Herbariums zum Trocknen zwischen die Seiten der schweren Bände gelegt, wo sie langsam zu irisierendem Staub zerbröselten.

Der erste Band, den Robert unerlaubterweise aus der Vitrine zog, war ein Atlas, auf dessen Rücken in goldgeprägter Schrift AFRIKA zu lesen war. Er konnte nur unwesentlich leichter sein als der wirkliche Kontinent, und beinahe ließ Robert ihn fallen. Staub wirbelte auf, Silberfischchen flohen blitzend auf andere Kontinente, als das Nachtpfauenauge herausfiel und, für kurze Zeit wiederbelebt, zu Boden segelte.

Robert schleppte den Atlas zur Couch, nahm ihn auf die Knie (sein Gewicht empfand er als angenehm) und schlug ihn auf. Er fuhr mit dem Finger die Küste entlang bis zur Mündung des Niger, folgte dem Fluss in die Wüste, wo er abknickte. Und plötzlich lag seine Fingerkuppe auf jener Stadt, die er bislang nur aus Comics gekannt und für eine Erfindung der Zeichner gehalten hatte: TIMBUKTU.

Wenn Donald Duck etwas ausgefressen hatte, dann machte er sich auf den Weg nach TIMBUKTU, ein Ort, der Ferne bedeutete und so unerreichbar blieb wie der Horizont.

Für Robert war diese Entdeckung ein erster Schritt vom Mythos zum Logos, vom Unfassbaren zum Messbaren, vom Traum zur Wirklichkeit. Es würde eine Weile dauern, bis er wieder zum Mythos zurückfand – nicht, um den Logos aufzugeben, sondern vielmehr, um ihn mit seinem Gegenpol zu versöhnen.

Abends, am Esstisch, setzte er sich aufrecht hin und fragte seinen Vater, wie man die Leute nannte, die Karten zeichneten. Landkartenzeichner mit zehn Buchstaben?

K a r t o g r a p h

Jetzt wusste Robert, was er werden wollte: Er wollte Landkarten zeichnen und den Ländern solch verführerische Namen geben, dass jeder Mensch davon träumte, sie zu bereisen. Und kurze Zeit später, nachdem sein Vater das Nachtpfauenauge auf dem Boden entdeckt und Robert eine Ohrfeige verpasst hatte, erzählte er ihm wie zur Versöhnung, dass auf jeder Landkarte eine Straße eingezeichnet war, die es nicht gab. Diese sogenannte *Papierstraße* diente allein dazu, Plagiate zu erkennen. War sie auf der Karte eines anderen Herstellers ebenfalls verzeichnet, hatte der die Karte kopiert.

Aber die Karten, die Robert von nun an zu zeichnen begann, enthielten nicht nur Papierstraßen, sondern ganze Papierstädte, Papierinseln, Papierkontinente. Auf seinen Karten flossen die Flüsse bergauf.

Akeret hatte sich mit dem Navigationsgerät neben Jonah gehockt, der steuernd am Außenborder saß. Er blickte angespannt auf den Bildschirm und teilte ihm kleinste Abweichungen vom Kurs mit. Jonah ließ durch kein Nicken, durch keine andere Geste erkennen, dass er verstanden hatte und die Korrektur ausführte. Er machte nicht den Eindruck, als sei er angewiesen auf das Gerät, es war, als finde er auch ohne Anhaltspunkte seinen Weg durch die Wasserwüste. Dass er Norden in seiner Fingerspitze spürte, hatte Akeret für einen Scherz gehalten, doch mittlerweile bezweifelte er nicht länger, dass es stimmte.

Dennoch, je weiter sie Kerema hinter sich ließen, desto unbehaglicher fühlte er sich. Nach einer Stunde war das blaue Band der Küste verschwunden, sie waren nun auf dem offenen Meer. Es behagte Akeret nicht, sich über diesen Abgrund aus Wasser zu bewegen, in den er, der schlechte Schwimmer, fast ungebremst hinabsinken müsste: Er würde mit den Füßen strampeln, doch brächte ihn das nicht nach oben, sondern ließe ihn bloß langsamer sinken.

Obwohl er körperlich in der Lage wäre, sich über Wasser zu halten, lähmte ihn die Vorstellung der Tiefe. Es handelte sich dabei um eine besondere Form der Höhenangst. Auch wenn er von hohen Gebäuden nach unten blickte, verspürte er jenen seltsamen Schwindel, den das Französische als L'APPEL DU VIDE, den Ruf der Leere, kennt. Akeret dachte nicht ernsthaft daran zu springen, aber ein Teil von ihm war von tiefen Abgründen angezogen, und diesem Teil misstraute er.

Ein steter Wind ging, und obwohl die See nicht stürmisch war, stieg die MARIA hoch und nieder und stand bisweilen so schräg, dass Akeret fürchtete, der Käfig könnte sich aus seiner Verankerung lösen und sie zerquetschen.

Um sich abzulenken, nahm er sein Notizbuch hervor und schlug die Seite mit der Beaufort-Skala auf. Beaufort 4 bedeutete: kleine, länger werdende Wellen, dazu vereinzelt weiße Pferde. *Weiße Pferde* waren schaumbesetzte Wellen, die gegeneinanderschlugen und weiße Gischt in die Luft schleuderten − apokalyptische Reiter, die der letzten, der zwölften Stufe vorausgingen, zu deren Beschreibung Francis Beaufort bloß ein einziges Wort benötigt hatte: *Verwüstung*.

Sie erreichten die Mündung des Fly wie geplant und machten bei der Flussinsel Kiwai ihre Taue fest. Es war dunkel geworden, ohne dass Akeret hätte sagen können, ob es gedämmert hatte. Das dunkle Geflecht des Waldes wurde von den donnerlosen Blitzen der Glühwürmchen erleuchtet, wie Wetterleuchten in Hunderten Himmeln.

Akeret hatte sich vor seiner Reise gegen bestimmte Dinge abgehärtet, auf die Unnachgiebigkeit der Bootsplanken aber war er nicht vorbereitet. Sein Rücken wurde steif und hielt ihn wach, während seine Reisegefährten, wie ihm schien, unter dem aufgespannten Moskitonetz schon tief und fest schliefen. Er dachte daran, wie er einige Wochen lang nichts anderes als Reis gegessen hatte − das war die erste Abhärtung gewesen −, bis das Lesen ihm schwerfiel und auch das Sprechen, genauer: das Finden des passenden Wortes. Er suchte einen Arzt auf, das Gespräch war kurz, auch weil Akeret seine Reisdiät nicht erwähnte. Er wurde abgehört und abgeklopft, seine Glieder wurden in unterschiedliche Positionen gebracht − tue ihm das weh?

100

Akeret verneinte, und der Arzt verschrieb ihm ein Medikament, das nicht half. Wie er bald selbst herausfand, war er, vermutlich als erster Europäer seit über hundert Jahren, an BERI-BERI erkrankt. BERI-BERI war, wie SKORBUT, eine Folge von Mangelernährung und trat bei denen auf, die sich ausschließlich von poliertem Reis, dem bestimmte Vitamine fehlten, ernährten.

Akeret aß also wieder Gemüse und Fleisch, und innerhalb weniger Tage ging es ihm besser. Er bereute nichts, denn nun war er nicht nur mit den Symptomen dieser seltenen Krankheit vertraut, sondern wusste auch: Wenn es sein müsste, könnte er sich einen Monat lang (allerdings nicht viel länger) von Reis allein ernähren.

Danach hörte er mit dem Schlafen auf. Nach der ersten Nacht fühlte er sich euphorisch und leicht, er war voller Tatendrang, gerade so, als hätte er eine stimmungshebende Droge eingenommen. In der zweiten Nacht wurde er entsetzlich müde, obwohl er ständig Schwarztee trank. Seine Schreibhand begann zu zittern, sein ganzer Körper war nie ganz dort, wo er ihn vermutete, und er holte sich blaue Flecken an Tischkanten und Türrahmen.

Nach der dritten durchwachten Nacht begann er, sich Spinnweben vom Haar zu wischen, die es nicht gab. Er hörte Stimmen, aber nicht in seinem Kopf, sondern aus dem Nebenzimmer, ein beständiges Murmeln, das erstarb, wenn er das Zimmer betrat. Als das Muster des Teppichs zu fließen begann, war er bereits dreiundfünfzig Stunden wach, und er gab, aus Angst vor bleibenden Schäden, seiner tiefen Müdigkeit nach.

Nach diesen beiden Abhärtungen tat er sich noch eine

dritte an. Es hatte ihn schon lange belastet, dass ihm gewisse gesichtslose Kreaturen Unbehagen bereiteten, nämlich solche, die entweder zu viel oder zu wenig Beine hatten – Regenwürmer etwa, Kellerasseln, Hundertfüßer, nicht aber Käfer oder Spinnen. Dieser Ekel würde ihm im Regenwald zweifellos hinderlich sein, ihn vielleicht zögern lassen in einer Situation, in der Sekundenbruchteile entscheidend wären.

Deshalb legte er sich einen Hundertfüßer der Gattung SCOLOPENDRA zu, dem er lebende Kakerlaken zu fressen gab. Da SCOLOPENDRAE imstande waren, mit ihren Giftklauen Mäuse zu töten, um sie zu vertilgen, achtete Akeret peinlich darauf, das Terrarium nach der Fütterung sofort zu schließen. Trotzdem fuhr er in manchen Nächten hoch und meinte, ein Kribbeln auf seiner Haut zu spüren, das ihn nicht wieder einschlafen ließ, bis er sich vergewissert hatte, dass der Hundertfüßer noch in seinem Terrarium war.

Am wenigsten störte ihn der beißende Geruch, den seine Mutter beanstandete. Doch seinen Ekel wurde er nicht los, was ihn ärgerte, da ihm diese Empfindung sonst fremd war. Gegenüber Dingen, die von vielen Menschen angefasst wurden, fehlte sie ihm ganz, er zog sogar besonderen Genuss daraus, seine Hand über Oberflächen gleiten zu lassen, die von häufiger Berührung glatt geworden waren: den hölzernen Handlauf eines Bauernhauses, die lederne Schlaufe im Bus, den Fuß Petri im Petersdom. Dagegen vermied er, was recht seltsam war, unmittelbare Berührungen mit Menschen.

Jonah und Mansur lagen geräusch- und bewegungslos

neben ihm, und diese Begabung, sich wie eine Katze überall einrollen und schlafen zu können, weder Matratze noch Kissen zu benötigen, fand er bewundernswert. Er erhob sich, schlüpfte durch das Moskitonetz nach draußen, schob sich am Käfig vorbei und setzte sich auf die Querbank am Bug. Der nahe Wald rauschte im Wind, und weiße Flocken trieben im Mondlicht vorüber, als würde es schneien. Es musste sich um den Samen eines Baumes handeln, dem SOMMERSCHNEE genannten Pappelflaum ähnlich, den er aus seinen Breiten kannte.

Nach einer Weile wurde er es leid, mit seinem Verstand gegen seine Sinne anzukämpfen, und er gab sich ganz der Täuschung hin, es handle sich um fallenden Schnee. Auf einmal vermisste er den Schnee so sehr, wie er es nicht für möglich gehalten hätte, und beinahe wollte er die andern wecken, um ihnen davon zu erzählen: von der Behaglichkeit, der Geborgenheit des Eingeschneiten – einem Gefühl, das weder der vom Regen Eingeschlossene noch der bei schneeloser Kälte drinnen Sitzende nachempfinden konnte. Wie nur sollte man einem Tropenkind dieses Gefühl begreiflich machen?

Jonah und Mansur mochten alle Arten der Hitze kennen, des Gewitters, des Regens, aber wie der fallende Schnee sich bewegte, wie er aufwärts wirbelte, gleichsam nach oben zu fallen schien, doch unfehlbar landete, wie er Zäunen kleine Hauben aufsetzte, wie er die Dinge freundlich entstellte, sie ihrer verwirrenden Details beraubte – das konnten sie nicht wissen. Die Tropen kannten keinen Winter, keinen Schlaf, und wohl deshalb wirkte die Natur mitunter so erschöpft und übermüdet.

Akeret ging zurück zu seiner Matte und legte sich wieder hin. Sein Rücken schmerzte, und er fragte sich, warum er all diese Qualen auf sich nahm. Es trieben ihn, wie Humboldt, zehntausend Säue vorwärts – was aber wiederum trieb diese Säue an? War es der Drang, Tier oder Pflanze dem Unbekannten zu entreißen, sie zu vermessen, zu benennen, um zu einem vollständigen Verzeichnis des Lebenden zu gelangen? Oder war es das Bedürfnis, dem eigenen Namen Bekanntheit, der eigenen Person Bedeutung zu verschaffen?

Beide Kräfte wirkten in ihm, beide trieben ihn voran. In dieser Nacht aber musste Akeret sich eingestehen: Der Gedanke, die Expedition könnte erfolglos bleiben, beunruhigte ihn weniger stark als die Vorstellung, ein anderer könnte das Zwischenwesen finden und ihm seinen Namen geben. Nein, es war seines, war bereits HOMO AKERETI und durfte anders nicht heißen.

Akeret bewegte seinen Kopf nach links, nach rechts und wieder nach links, und dieses stete Wenden beruhigte ihn, wie damals der Tanz der Elefanten. So schlief er schließlich ein.

10

Im Tageslicht erkannten sie, dass sie unweit eines Dorfes festgemacht hatten, dessen Hütten auf Stelzen standen. Offenbar hatte man ihre Ankunft bereits bemerkt, denn vor beinahe jeder Hütte häuften sich Bananen, Yams, Taros und Kokosnüsse zum Verkauf. Ganze Familien warteten, stehend oder hockend, und blickten sie ohne Lächeln an.

Blum stand einen halben Schritt hinter Jonah, der an einem Pferch um ein Jungschwein verhandelte. Er wusste, dass er die Gelegenheit nutzen sollte, um mit der Erforschung der Geheimsprachen voranzukommen. Doch erstens erschien es ihm einfältig, rundheraus nach etwas zu fragen, das seiner Natur nach geheim war und es auch bleiben sollte. Und zweitens brachte er es nicht über sich, mit den Einheimischen zu sprechen, die ihn argwöhnisch musterten – nicht einmal über den Umweg eines Dolmetschers. Beim Anblick der Kinder in ihren zerlumpten, schmutzstarrenden Kleidern, ihrer vom Hunger aufgeblähten Bäuche mit den vorspringenden Nabeln, überfiel ihn eine Empfindung, für die er sich schämte: Ekel.

Er wollte Mitleid haben mit diesen Kindern und den Drang spüren, ihnen zu helfen, doch er konnte sich nicht einmal dazu bringen, ihre Hände zu ergreifen, die sich ihm entgegenstreckten. Diese Hände wanderten, von den Erwachsenen ungeahndet, von Nase zu Mund – wie beunruhigend breit und vielzahnig waren diese Münder! –, wanderten von Mund zu After, von After zu Geschlechtsteil – und wieder zum Mund.

Ihm wehte ein unangenehmer Geruch in die Nase, aber nicht nach erdiger Fäulnis, für die er an einem solchen Ort Verständnis gehabt hätte, sondern nach verbranntem Plastik. Er setzte einige Atemzüge aus und ließ den Blick schweifen. Zwischen den Hütten lagen Abfälle, die niemanden zu stören schienen; Hunde streunten umher und paarten sich auf offener Straße; eine Frau drückte an jede ihrer langen, weichen Brüste einen Säugling. Blum überlief es kalt angesichts der sinnlosen Vermehrung dieses schmutzigen Daseins. Wie konnte man so nur leben?

Wie anders war Kerema gewesen, wo sogar Blumen entlang des Hauptweges gepflanzt worden waren. Und da kam Blum ein frevelhafter Gedanke: Vielleicht war es den christlichen Missionaren zu verdanken, dass Kerema zu einem so lebenswerten Dorf aufgeblüht war und nicht, wie dieses, völlig verkommen. Diesen Gedanken hätte er niemals laut geäußert, weder daheim unter seinen Mitstudenten, noch hier, wo er vermutlich sogar Zustimmung fände. Würde aber Akeret dergleichen aussprechen, hielte er mit aller Kraft dagegen.

Im Geheimen aber empfand er das Dorf als ganz und gar *unzivilisiert*. Musste man dieses Leben nicht sogar *primitiv* nennen? Wie zur Bestätigung ging ein nackter Junge vor ihm in die Hocke und defäkierte neben einen Yams-Haufen.

Eine Unzahl von Sprachen hatten die Bewohner dieses Weltteils erfunden, dachte Blum, aber keine eigene Schrift und damit auch keine Dichtung ... Er war plötzlich ungeheuer stolz auf die Errungenschaften *seines* Kontinents, auf Dichtung, Wissenschaft, Demokratie, und er sehnte sich nach den Annehmlichkeiten seines kleines Landes, nach der Sauberkeit, der Rechtwinkligkeit, der Sachlichkeit. Nie hätte er eine solche Sehnsucht für möglich gehalten, und niemals hätte er sie zugegeben.

Nicht nur Schweine wurden hier zum Kauf angeboten, sondern auch, wie Blum bestürzt bemerkte, mit Stricken festgebundene Hunde. Er hatte einmal einen Hund träumen sehen – er wusste, dass er träumte, weil er schlief und dabei seine Beine bewegte, als renne er. Ein Tier, das Träume hatte, wollte er nicht verspeisen. Schweine dagegen hatte er noch nicht träumen sehen.

Das Tier, das Jonah zu kaufen beabsichtigte, war nicht rosa und fettbäuchig, sondern muskulös, die Borsten dunkelbraun mit heller Zeichnung, es konnte ein zahmes Wildschwein sein. In Singapur hatten sie, auf Anraten Mansurs, für wenig Geld in China gefertigte Sportkleidung und Handys gekauft, und nun bot Jonah fünf Trikots der nationalen Cricket-Mannschaft im Tausch gegen das Schwein.

Das Angebot wurde sofort angenommen und mit Handschlag besiegelt. Blum kam sich wie ein Betrüger vor. Die Trikots rochen wie billiges Plastikspielzeug, und sie waren bestimmt nicht einmal den Bruchteil des Geldes wert, das man für ein Schwein zu bezahlen hätte. Da er sich aber nicht einmischen wollte – eigentlich: sich nicht traute –, suchte er nach einem Weg, den Handel mit seinem Gewissen zu vereinbaren.

Bei einem solchen Trikot, sagte er sich, handelte es sich nicht um ein Alltagsding, dessen Preis allein von Materialwert und Arbeitsaufwand abhing oder dem Prinzip von Angebot und Nachfrage. Nein, es war durch die Helden der Gegenwart, die Cricket-Spieler, mit einer magischen Kraft aufgeladen. Diese nannte man hier IMUNU, wie er gelesen hatte, eine alles durchwirkende, alles miteinander verbindende Kraft. Aber kaufte man im Westen ein Trikot nicht aus demselben Grund? Eben weil man sich vorstellte, dass die Eigenschaften des Spielers auf einen selbst übergingen? Eine ähnliche Vorstellung lag auch dem rituellen Kannibalismus zugrunde, nur dass man sich dabei die Kräfte des anderen buchstäblich einverleibte.

Wenn die Menschen hier also bereit waren, fünf Trikots im Tausch gegen ein Schwein anzunehmen, weil sie ihnen einen Mehrwert zudachten, dann war das ihre Entscheidung. Außerdem trugen sie bereits keine traditionelle Kleidung mehr – welchen Schaden also richteten sie an?

Für Jonah dagegen waren die Trikots alles andere als billig. Sie waren aus einem unverwüstlichen Material gefertigt, und er fand, fünf seien für ein Schwein eindeutig zu viel. Er wusste noch genau, wie er das erste Mal eine Plastikflasche erblickt hatte. In der Missionsschule waren die gläsernen Wasserkaraffen, die er auftragen sollte, regelmäßig zu messerscharfen Lachen zerbrochen, und so war ihm die unzerstörbare Flasche wie ein Wunderding erschienen. Sie trieb in der Bucht, als sie damals, irgendwann Ende der Siebziger, im Fischerboot seines Vaters wieder einmal vor dem drohenden Ausbruch des Vulkans flohen.

In der Nacht zuvor war Jonah, der damals noch Samuel

hieß, wie in einer Vorahnung aufgeschreckt. Nur Sekunden später klapperte das Blechgeschirr in der Küche. Er stand auf und rüttelte am Fuß der Mutter, die, als sie endlich erwacht war, bloß meinte, er solle sich wieder hinlegen, das sei ein kleines Beben, nichts weiter.

Also legte er sich wieder hin, fand aber keinen Schlaf, und so ging er bald nach draußen, auf die Veranda. Ihre Hütte stand auf Stelzen an der Küste, und wenn Flut herrschte, konnte er von der Veranda ins Meer springen. Er stellte sich vor die Aussparung in der Brüstung, zog seine Hose herunter, und das bläuliche Leuchten des Urinstrahls versetzte ihn einmal mehr in Staunen. Es gab kein Licht in seiner Nähe, es war der Strahl selbst, der so glühte. Unter Wasser bewegten sich leuchtende Punkte wie tauchende Glühwürmchen.

Unvermittelt traf ihn ein Schlag im Nacken. Er fuhr herum und sah Margarete, seine Großmutter, auf dem Stuhl neben dem Eingang sitzen, den Gehstock in der Hand. Sie verabscheute es, wenn er oder seine Brüder von der Veranda pinkelten, und sie schimpfte ihn dafür nun in drei verschiedenen Sprachen aus.

Wenn er auf die Toilette gehe, sagte Samuel, sich den Nacken reibend, dann lande doch auch alles im Meer.

Er wolle also wie ein Hund leben und überall hinpinkeln, wo er gerade stehe? Dann könne sie ihm den Fisch nächstes Mal gleich vor die Füße werfen.

Ob sie das Erdbeben auch gespürt habe, fragte er, um sie von ihrem Ärger abzulenken.

Natürlich, sagte sie, schon vor Stunden! Sie fühle sich erinnert an eine Nacht vor vielen, vielen Jahren, als sie –

von einer Vorahnung geweckt – hinausgetreten war, um die Straße mit Kröten übersät zu finden. Und das war wenige Tage vor der vollständigen Vernichtung der Hauptstadt durch Tavurvur.

Die Großmutter bedeutete ihm, näher zu kommen, und Samuel, der den Hieb noch immer spürte, zögerte einen Augenblick. Aber sie machte keine Anstalten, den Stock noch einmal zu erheben, sondern war, im Gegenteil, ganz zärtlich. Die Erinnerung hatte sie milde gestimmt.

Sie bettete seinen Kopf in ihren Schoß und erzählte ihm das Märchen vom RUMPELSTILZCHEN, in dieser seltsamen fremden Sprache, von der Samuel mehr und mehr verstand. *Einmal war ein armer Müller, aber er hat ein schöne Tochter ...*

Am nächsten Morgen, auf dem Weg zur Schule, sah er, wie Geschäfte geplündert wurden, wie Fahrzeuge, beladen mit Kühlschränken, Radios und Gasflaschen, die Stadt verließen. Er rannte zurück nach Hause und fand seine Familie dort vor dem Radio. Es sei, so die Sprecherin, nicht notwendig, die Stadt zu verlassen, noch gebe es keine Anzeichen, dass ein Vulkanausbruch bevorstehe.

Samuels Mutter sah keinen Grund, an diesem Rat zu zweifeln, doch Großmutter Margarete verlangte hartnäckig, sie sollten mit dem Boot auf die andere Seite der Bucht fahren, nach Kokopo – den Ort, der HERBERTSHÖHE geheißen hatte, als sie geboren worden war. Dort seien sie den beiden Vulkanen weniger ausgeliefert.

Samuels Vater vertraute auf die Erfahrung seiner Mutter, und so bestiegen sie sein Fischerboot und glitten hinaus in die Bucht. Sie passierten die BEE HIVES, zwei zuckerhutförmige Felsen, die sich beim Großen Ausbruch aus dem Meer erhoben hatten. Auch damals war Margarete – Samuels Vater war noch nicht geboren – über das Wasser geflüchtet, als plötzlich eine dunkle Fontäne hinter dem Boot in die Höhe schoss, acht, neun Meter hoch, auch Steine flogen empor, schweflige Dämpfe waberten. Sie glaubte schon, das Ende aller Zeiten sei gekommen und ein Lamm mit sieben Hörnern werde dem Meer entsteigen und die Gerechten in den Himmel entrückt. Aber kein Lamm tauchte auf, sondern ein Felsendom, dem bald ein zweiter folgte, welchen sie nun, über vierzig Jahre später, umschifften.

Da sah Samuel eine in den niedrigen Wellen tanzende Flasche, und Margarete sah sie auch und befahl ihm, die Flasche herauszufischen. Sie hielt seine Beine, als er sich über den Bootsrand beugte, um danach zu greifen.

Samuel drehte die Flasche in seinen Händen, war erstaunt über ihr geringes Gewicht. Sie musste aus einem besonderen Glas gefertigt sein. Im selben Augenblick schoss der Tavurvur eine Rauchsäule in den Himmel, vollkommen lautlos, und eine Druckwelle breitete sich kaum sichtbar aus. Margarete hielt sich die Ohren zu und hieß die andern, es ihr gleichzutun, doch Samuel – gebannt von der still in den Himmel quellenden Säule – umklammerte die Flasche bis zu dem markerschütternden Knall. Erst da ließ er sie fallen und hielt sich die Ohren zu – zu spät. Für eine Weile sollte er hören, wie man unter Wasser hört, dumpfe, wabernde Klänge, unterlegt von einem hohen Pfeifen, ähnlich dem der Störsender, die jugendliche Raskols aus bestimmten Straßen fernhalten sollten.

Seine Großmutter hatte die Flasche aufgehoben und

fand sie unbeschädigt. Sie war nicht nur leichter als Glas, sie schien auch widerständiger zu sein. Sie schlug die Flasche probeweise auf den Bootsrand, holte jedes Mal ein wenig weiter aus, doch die Flasche zerbrach nicht.

Ein Flasche, das geht ni kaput, erklärte Margarete, und für Samuel klang es wie der Anfang eines Märchens. Und im Grunde war es das auch. Die Flasche war das erste Stück ihrer Sammlung von Schwemmgut, das der liebe Gott den ganzen weiten Weg über den Stillen Ozean zu ihr sandte: Wäscheklammern, Farbeimer, Spielzeugschaufeln, McDonald's-Becher.

Manchmal ließ sie eines dieser Plastikdinge in gespielter Ungeschicktheit fallen, um es dann lächelnd aufzulesen, weil es unversehrt geblieben war. Weder unbeholfene Hände konnten diesen Dingen etwas anhaben noch Stürme, Fluten oder Vulkanausbrüche.

Margarete beschloss, IHM zu Ehren eine Kathedrale aus dem Schwemmgut zu errichten. Und weil diese Kathedrale aus unzerstörbarem, gleichsam gesegnetem Material erbaut sein würde, sollte sie in Rabaul stehen, dem Pompeji des Westpazifiks – und würde dort noch stehen, wenn die restliche Stadt wieder einmal von Aschestürmen verwüstet wäre.

Jener Ausbruch, der Samuel zeitweise seines Hörsinns beraubte, war einer der harmloseren gewesen. Nachdem es einige Tage lang Asche geschneit hatte, meldete das Radio, man könne in die Häuser zurückkehren. Auf den Palmblättern lag eine dünne Schicht von Asche. Durch die Straßen wanderte ein Orang-Utan, der sich ständig kratzte, wohl ein Haustier, das jemand zurückgelassen hatte.

Einige Jahre später begann Margarete mit der Errichtung einer Kathedrale, die – woher nur hatte sie diese zum Himmel strebenden Spitzen? – so ganz anders wirkte als die kleinen, turmlosen Muschelkalk-Kapellen, die es sonst auf der Halbinsel gab. Bald hatte sich herumgesprochen, dass eine alte Frau in Rabaul eine Kirche aus Plastik baute, und die Leute kamen, um ihr zu helfen, manche für ein paar Tage, manche für Wochen. Für die nächsten Jahre landete der Plastikabfall der Stadt nicht mehr auf dem stetig wachsenden Müllberg landeinwärts oder im Meer, sondern wurde sorgsam in dem neuen Gotteshaus verbaut.

Das ging so, bis der Vulkan, über ein Jahrzehnt später, erneut ausbrach, heftiger diesmal, und die Kathedrale zu einem stinkenden, unförmigen Klumpen zusammenschmolz.

Samuel hatte wenige Tage nach dem Ausbruch seinen Hörsinn nicht nur wiedererlangt, sondern war empfindlicher geworden auf Geräusche. Er hörte, wie ihm schien, nun mehr als andere. Seine freien Nachmittage verbrachte er nur noch selten mit den anderen Jungen in den Straßen, um mit abgesägten Ruderpaddeln Bälle auf Obstkisten zu schlagen und es Cricket zu nennen. Viel lieber blickte er auf das Meer und beobachtete Wellen und Wolken. Wenn er den Blick nach links wandte, sah er unter dem Kegel des Vulkans die einstige Insel Matupit, die sich im Zuge des Großen Ausbruchs angehoben hatte und zur Halbinsel geworden war.

Er erinnerte sich, wie ihr Lehrer Mr. Godfrey ihnen anhand von Karten die landschaftlichen Veränderungen der letzten hundert Jahre gezeigt hatte. Wer einen Griffel halten könne, solle zusehen, dass er Kartograph werde, denn Kartographen hätten hier immer etwas zu tun. Kaum in Druck, seien die Karten schon veraltet, weil sich wieder irgendwo etwas verschoben, angehoben oder abgesenkt habe. Damals, kurz vor dem Großen Ausbruch, hätten sie die Fische körbeweise von der Landbrücke gesammelt, sie fühlten sich, wie man auf Deutsch sagt, *wie im Schlaraffenland*. Doch niemand ahnte, was bald darauf geschehen sollte.

Jonah setzte den Gewehrlauf an den Nacken des Schweins, dessen Wert er mit fünf Trikots reich bemessen fand, und drückte ab. Blum, der neben ihm stand, bedeckte seinen Mund mit der Hand.

«Kaputtene Schwein», sagte Jonah ohne aufzublicken. Er war unwillkürlich in die Sprache seiner Großmutter gefallen, was Blum erst nicht auffiel, da er zu beschäftigt damit war, sich über das Schicksal des Schweins zu entsetzen. Er hatte geglaubt, sie würden es an Bord nehmen, ihm einen Namen geben, es noch einige Tage an Deck herumspringen lassen. Jonahs Worte drangen ihm erst mit einigen Sekunden Verzögerung ins Bewusstsein. Hatte dieser Mann, der den Archipel wohl sein ganzes Leben nicht verlassen hatte, gerade Deutsch gesprochen?

Während Jonah das Schwein zerlegte, ging Blum neben ihm in die Hocke – sein Ekel war plötzlich verschwunden – und wiederholte, auf das Schwein deutend, die beiden Wörter.

Jonah hob den Blick nicht von seinen arbeitenden Händen, zeigte auch sonst keine Reaktion, doch konnte

Blum ein leichtes Heben seiner Mundwinkel, die Spur eines Lächelns erkennen.

Akeret hatte indessen Früchte und Gemüse begutachtet und gegen Tabak oder gefälschte Schals von italienischen Marken getauscht. Als er genug erstanden hatte und dies mit einem Handzeichen deutlich machte, entstand ein kleiner Aufruhr. Mehrere Männer kamen nah an ihn heran und sprachen mit ernster Miene auf ihn ein.

Akeret verstand nicht, was sie so aufbrachte, und er rief Jonah herbei. Der ließ das Messer im Schwein stecken, wusch sich die Hände an der Wasserpumpe und kam herüber, um zu übersetzen. Blum indes blieb, wie in Gedanken, neben dem halbzerlegten Tier stehen.

Mit Jonah an seiner Seite fühlte Akeret sich sofort wohler, denn selbst in dieser angespannten Situation ging eine bemerkenswerte Gelassenheit von ihm aus. Er erfuhr, dass jene, bei denen er nichts gekauft hatte, forderten, dass er auch mit ihnen Handel treibe.

Mit der Selbstsicherheit, die er durch Jonahs Nähe gewonnen hatte, erwiderte er, dass dies seine freie Entscheidung bleibe, und wenn es ihm gefalle, erwerbe er auf der Rückreise bei nur einem einzigen Verkäufer seinen ganzen Proviant.

Jonah hörte das alles ruhig an und begann nach einer kurzen Pause mit dem Dolmetschen. Während er sprach, kühlte die Stimmung spürbar ab, und die Menge hörte auf, Akeret zu bedrängen.

Voller Stolz, nicht nachgegeben zu haben, erklärte Akeret Blum, der herübergekommen war, dass in kriegerischen Gesellschaften Achtung eben nicht derjenige erhalte, der stets nachgebe, sondern jener, der sich zu behaupten wisse und der –

Da unterbrach ihn Jonah: Er habe den Übergangenen versprochen, auf der Rückreise bei ihnen zu kaufen.

Wie konnte Akeret ihm böse sein? Jonah hatte den Streit auf vernünftige Weise geschlichtet, während er selbst sich, das wurde ihm nun unangenehm bewusst, von Hochmut und Trotz hatte leiten lassen.

Bevor die Menschentraube sich verlief, zog Akeret einen eingeschweißten Bogen hervor und zeigte ihn den Umstehenden. Die erste Zeichnung stellte ORANG PENDEK dar, den menschengesichtigen Affen Sumatras, der klein, behaart und langarmig war. Die zweite zeigte den mutmaßlich ausgestorbenen JAVA-MENSCHEN, dessen Gestalt dem modernen Menschen viel näher kam; er blickte ratlos auf ein Werkzeug in seiner Hand.

Mehrere Finger legten sich auf die erste Zeichnung, auf ORANG PENDEK, und eine junge Frau bahnte sich ihren Weg zu Akeret, mit einem Korb, in dem sich kleine Flöten befanden. Akeret bedeutete ihr mit abwehrenden Gesten, dass er keine Flöte kaufen wolle. Indes ergriff ein alter Mann das Wort, Jonah begann zu dolmetschen, und Akeret wusste nicht, wen er anschauen sollte.

Es hätten hier einst kleine Menschen gelebt, ungefähr halb so groß wie sie selbst. Deren wilde Sprache erinnerte an das Zwitschern von Vögeln und wurde nur von wenigen verstanden. Sie lebten in kleinen Gruppen, schliefen in Höhlen oder unter Blätterbaldachinen, und sie verließen nie den Boden. Sie fraßen, was sie fangen konnten – Schildkröten, Echsen, Kuskus oder kleine Krokodile –, und hatten keine Waffen, dafür scharfe Krallen, mit denen sie ihrer Beute den Bauch öffneten, um dann schmatzend und schlürfend die Innereien zu verzehren. Sie betrachteten die Menschen als ihre Feinde, und wenn sie einen von ihnen schlafend im Wald auffanden, dann weideten sie ihn auf dieselbe Weise mit ihren Krallen aus.

Deshalb hätten sie beschlossen, Jonah deutete in die Runde, die kleinen Leute auszulöschen. Sie trieben sie in einer Höhle zusammen, häuften Buschwerk davor auf und zündeten es an, damit sie dort erstickten. Dies, der Alte hielt nun den Korb mit den Flöten, seien ihre Knochen.

Akeret fand keinen Grund, dem Mann nicht zu glauben. Er fragte, ob sie wirklich alle diese Wesen getötet hätten, und der Mann lächelte stolz: Ja, sie seien ausgerottet.

Er nahm eine Knochenflöte aus dem Korb, um sie Akeret zu schenken, und dieser nahm sie ohne Scheu. Die Flöte war, wie die elfenbeinerne Taste eines Klaviers, so glatt und so weiß, dass man nicht glauben mochte, dass sie einst Teil eines Lebewesens gewesen war.

11

Die Erfahrungen dieses Tages hätten die vier Männer auf
der MARIA einander näherbringen können, tatsächlich war eher das Gegenteil der Fall. Nachdem er Mansur
und Jonah angewiesen hatte, die erworbenen Lebensmittel
zu verstauen, setzte sich Akeret auf die Querbank vor dem
Käfig. Er drehte die Knochenflöte schweigend zwischen
den Fingern, hing ungenauen Gedanken nach.

Mansur, der ihn so sitzen sah, kam nicht in den Sinn,
ihn zu fragen, was geschehen war. Auch Blum enthielt sich
eines Kommentars; es hätte seinen Stolz verletzt, durch
Nachfrage Interesse oder Unwissen zu bekunden.

Blum setzte sich neben Jonah, der, die sehnigen Beine
übereinandergeschlagen, auf der hinteren Querbank eine
Filterlose rauchte. Beim Absitzen warf er Jonah ein Lächeln zu, das verschwörerisch wirken und zeigen sollte,
dass Mansur nicht einbezogen war. Und er sah – er gab sich
viel Mühe, es zu sehen – ein leises Lächeln auf Jonahs Gesicht.

Er fragte ihn, wo er Deutsch gelernt habe.

Jonah ließ durch kein Zeichen erkennen, dass er die
Frage verstanden hatte und beabsichtigte, sie zu beantworten. Einige Minuten vergingen, in denen er stumm
Gewürznelkenqualm ausblies. Und dann begann er zu erzählen. Seine Großmutter habe Margarete geheißen, und

die erste Sprache, die sie lernte, war UNSERDEUTSCH. Die Missionsschule, auf die man ihre Eltern schickte, wurde von deutschen Ordensschwestern geführt, und sie verboten den Kindern, Tok Pisin zu sprechen. Und so nahmen die Kinder das Deutsche und machten es sich zu eigen, nannten es UNSERDEUTSCH. Durch die gemeinsame Sprache wurden die Kinder zu einem eigenen Stamm. Viele Ehemalige heirateten andere Ehemalige. So wurde die Sprache an seine Großmutter weitergegeben, von der er sie gelernt hatte.

Hier beendete Jonah seine Erzählung, doch setzte er sie in Gedanken fort. Wieder und wieder hatte seine Großmutter ihm erzählt, wie sie einst ins Reich der GUTENTAG, wie sie die Deutschen nannte, gereist war. Die Geschichte war mit jedem Jahr, das sie lebte, ausschweifender, phantastischer und länger geworden; es schienen sich Gelesenes, Gehörtes und Geträumtes in ihre Erinnerung zu mischen. Zum ersten Mal hörte er sie als nüchternen Bericht der Ereignisse, erst nach und nach kamen Gefühle und Empfindungen hinzu – als hätte sie diese vielen Jahre benötigt, um Worte dafür zu finden. Irgendwann schilderte seine Großmutter Erlebnisse, von denen sie nie zuvor berichtet hatte, und es war unmöglich zu sagen, ob diese, mit Scham behaftet, verschüttet gewesen oder neu entstanden waren. Jonah hatte den sich verändernden Erzählungen mit ungebrochenem Interesse zugehört, auch wenn sie sich mitunter widersprachen. Es war ihm, als nähere sie sich mit jeder neuen Erzählung der Wahrheit weiter an.

Sie hatte ihm von der Überfahrt erzählt; wie sie sich in der ersten Nacht mit der Filzdecke auf das Promenadendeck legte, weil sie es im stickigen Schlafsaal nicht mehr ausgehalten hatte. Morgens, nachdem sie, kurz erwacht, wieder in leichten Schlaf gefallen war, spürte sie eine Bewegung in ihrem Haar, und traumwirr glaubte sie, ein kleiner Vogel habe ihre Locken zu seinem Nest gemacht. Sie schüttelte den Kopf, doch ohne Wirkung, öffnete die Augen: Da war ein GUTENTAG, der in ihrem Haar wühlte! Ein alter Mann mit heraustretenden Adern auf dem Handrücken und behaarten Fingergliedern.

Mit einem Ruck entzog sie sich seiner Berührung, doch streckte er die Hand nur weiter aus, als wäre sie eine widerspenstige Hündin, die eine wohlmeinende Geste nicht erkennt und nicht weiß, wenn ihr Gutes geschieht. Sie schnappte nach seiner Hand – sollte er doch denken, sie sei eine Kannibalin, die einen Bissen will von seinem Fleisch!!

Sie stand an der Reling, als das Schiff unter einem nässenden Himmel in den Hafen einfuhr. An ihre Ellbogen drückten sich heimkehrende GUTENTAG, die nun hinabwinkten. Meinten sie mit diesem Winken jemand Bestimmten? Oder grüßten sie bloß die kleine Menschenmenge, die dort unten wartete? Ihr Nebenmann nahm seinen Hut ab und schwenkte ihn, als sei er von ferne daran erkennbar – dabei trugen hier doch die meisten Männer einen Hut.

Eine Stadt aus Stein lag vor ihr. Wie viele Berge hatte man dafür ausgehöhlt? Sie wollte gerade unter die Plane des nahen Rettungsboots schlüpfen, um sich dort bis zur Rückfahrt zu verstecken, da nahm der Impresario ihre Hand. Er führte sie an der Spitze der Truppe vom Schiff und über eine Brücke zu einer weitläufigen Kreuzung, über die Straßenbahnen quietschten. Überall schob und zog, bimmelte und klingelte, rauchte und zischte es. Wie aufregend das alles war! Kinder richteten fragende Zeigefinger auf sie, blickten hoch zu ihren Eltern; Kinder richteten spöttische Zeigefinger auf sie und lachten mit anderen Kindern.

Auf dem Bürgersteig stand ein Mann in Hemd und Weste hinter einem Tischchen, er verkaufte das Glas Buttermilch zu fünf Pfennig, das Glas Vollmilch zu zehn. Eine Dame trank ein Glas Milch, mit der freien Hand den Handschuh haltend, den sie ausgezogen hatte; immer weiter neigte sie das Glas, in dem sich unheimliche Blasen blähten.

Sie gelangten zu einem Tor, das von bronzenen Tieren bewacht wurde, zwei Elefanten trugen Laternen mit ihren Rüsseln. Margaretes Blick fiel auf einen bunten Aufsteller vor dem Kassenhäuschen, sie las:

DIE SCHÖNE LULU
UND DIE KANNIBALEN AUS DER SÜDSEE

Sollte sie das sein? Der Impresario hatte ihr versprochen, sie würde eine Südseeprinzessin darstellen. Doch das Mädchen auf dem Plakat sah ihr überhaupt nicht ähnlich. Es hatte hellere Haut, eine deutschere Nase und schwarzes Kraushaar. Es war offensichtlich nicht nach ihrem Bild gemalt worden, und sie verstand, dass sie nicht die erste Lulu war. Und sie wäre wohl auch nicht die letzte.

In einigen hundert Metern Entfernung erspähte Margarete auf einem Felsen Tiere, die Ziegen ähnelten, doch mit gewaltigen, nach hinten gebogenen Hörnern. Obwohl sie näher und näher kamen, machten die Tiere keine Anstalten zu fliehen. Als sie ganz herangekommen waren, erkannte sie, dass um den Felsen ein Graben lag. Doch wie konnte der ein entschlossenes und sprungstarkes Tier an der Flucht hindern? Aber die Felsziegen kannten sich in der Stadt ja nicht aus, und so blieben sie eben auf diesem Felsen stehen, der ihnen vertraut war.

Als hätte der Impresario ihre Gedanken gelesen, begann er zu erklären, dass es in diesem Zoo weder Zäune noch Mauern gebe, eine Weltneuheit, die bei der allgemein bekannten Tierliebe der Deutschen nicht verwundere. Dem Deutschen gehe nichts über sein Haustier, er kenne sogar einen Schäferhund mit Vor- und Nachnamen, der nicht von jedem dahergelaufenen Menschen geduzt werden dürfe. Aber wie solle sie, Margarete, das verstehen? Wo doch die Hunde der Südsee die dümmsten und einfältigsten Kreaturen seien, die man sich vorstellen kann, eher den deutschen Schafen vergleichbar. Er habe mit eigenen Augen gesehen, wie sie das Fleisch ihrer Artgenossen fraßen, wenn man es ihnen vorsetzte. Der Südseehund wandere herrenlos umher und schließe sich Menschen nur an, um unbeschadet durch Landstriche zu kommen, wo ihn sonst wilde Rudel zerfleischten.

Ganz anders der deutsche Dackel! Ein solch edles Tier finde man kein zweites auf der Welt: dem Herrchen ergeben und treu bis ins Grab. Er habe selbst einen solchen Hund gehabt, Lumpi sein Name, der vor vier Monaten verstorben sei an Krebs. Wie habe er ihn geliebt! Nun habe er sich einen neuen Dackel angeschafft, den er ebenfalls

Lumpi getauft habe, und es sei wirklich erstaunlich, wie sehr dieser zweite Lumpi dem verstorbenen gleiche. Es gebe keinen Zweifel, dass die künstliche Zuchtwahl nicht bloß anatomische Merkmale verstärke, sondern auch gewisse Charakterzüge ...

Sie waren mittlerweile an einem kniehohen Zaun angelangt. Margarete durchströmte ein warmes Gefühl der Vertrautheit, als sie die Hütten des Dorfes auf der Wiese stehen sah. Doch nach und nach entdeckte sie Kleinigkeiten – etwa die Art, wie die Bambusrohre zusammengebunden waren –, die ihr verrieten, dass die Behausung nicht von ihnen erbaut worden war.

Der Impresario verteilte sie auf die Hütten und formte so gleichsam die Familien, denen sie künftig angehören würden. Margarete bekam zwei Geschwister zugewiesen. Mit ihrer falschen älteren Schwester hatte sie sich auf dem Schiff länger unterhalten und gut verstanden. Ihren falschen Vater mochte sie nicht besonders, er war streng und stolz – wie vermisste sie ihren richtigen Vater, der stark und doch bescheiden war.

Erschöpft setzte sie sich auf eine Liege aus gewobenen Pflanzenfasern. Sie sehnte sich nicht nur nach ihren Schwestern und ihrem Vater, sondern auch nach dem Geruch ihrer Insel.

Bald wurde ihnen das Abendessen gebracht, nicht vom Impresario selbst, sondern von einer freundlichen Angestellten des Tierparks. Sie gab ihnen eingelegten Fisch, Brot, Wurst und Bier. Margarete probierte von allem, doch nichts schmeckte ihr, und was sie schluckte, lag ihr schwer im Magen.

In den folgenden Tagen konnte sie sich an diese Kost so wenig gewöhnen wie an die Blicke der Besucher. Sie spürte ihr Starren auf ihren Gliedern, ihrer Brust, ihrem Gesicht – und sie wandten den Blick auch dann nicht ab, wenn sie ihn erwiderte.

Manche suchten sie mit Süßigkeiten oder Früchten an den Zaun zu locken, um ihr Haar zu betasten und zu fühlen, ob ihre dunkle Haut kalt oder heiß sei und ob sie abfärbe. Als Margarete dies durchschaut hatte, ging sie nicht mehr zum Zaun. An Tagen aber, an denen sie kaum etwas von den Mahlzeiten heruntergebracht hatte, die noch immer aus eingelegtem Fisch und Brot bestanden, verlockte es sie sehr. Doch lieber litt sie Hunger, als sich im Austausch gegen einen Bissen streicheln zu lassen wie eine Ziege.

Viele der kleinen GUTENTAG versteckten sich mit ängstlichen Blicken hinter den Beinen ihrer Eltern. Was hatten sie den Kindern bloß erzählt? Wahrscheinlich, dass sie, die Südsee-Kannibalen, unartige Kinder in ihren Kochtopf werfen, sie garen und dann verspeisen würden. Sie erinnerte sich schmunzelnd daran, wie ihre Mutter ihr damit gedroht hatte, sie auf dieser oder jener Insel auszusetzen, *wo die Menschenfresser hausten*, wenn sie wieder über weite Umwege mit besudelter Schuluniform nach Hause gekommen war. Wie aber erzogen diese wilden Menschenfresser wohl ihre Kinder, womit drohten sie ihnen?

Unter den angeworbenen Tolai war außer Margarete keiner, der die Sprache der GUTENTAG verstand, und sie hütete ihr Geheimnis gut, denn nur so konnte sie erfahren, was die Leute am Zaun wirklich von ihnen dachten. Manche streckten ihnen Bonbons hin, lächelten und erklärten dann in zuckrigem Ton, wie unfassbar hässlich sie doch seien. Wenn sie das hörte, setzte sie ihren bösesten Blick auf und starrte die GUTENTAG so lange an, bis sie weitergingen.

Eines Nachmittags verteilte ein Mädchen Erdnüsse am Zaun, und Margarete wehte ein blasser Geruch entgegen, der sie augenblicklich auf ihre Insel versetzte. Sie sah ihre Mutter im Schatten des Hauses hocken und Erdnüsse aus den feinen Wurzeln der Pflanzen klauben. Ihr Vater nannte sie manchmal *Peanut*, wohingegen ihre Mutter niemals Kosenamen verwendete, sondern ihren Namen auf eine Länge kürzte, die sich gut rufen ließ.

Margarete kauerte vor der Hütte, die Fersen auf dem Boden, die Hände auf den Knien, und beobachtete, wie das Mädchen die Erdnüsse verteilte. Als es in ihre Richtung blickte, wandte sie sich rasch ab und tat, als betrachte sie die Bäume. Als das Mädchen aber den Zaun entlangkam und dort stehen blieb, wo Margarete ihm am nächsten war, ging sie auch nicht fort.

Das Mädchen gab einige Erdnüsse aus der Papiertüte in die hohle Hand und hielt sie über den Zaun. Margarete blieb in der Hocke, schaute nur stumm hinüber, doch als das Mädchen die Erdnüsse in seiner Hand schüttelte und ein trockenes Rascheln hören ließ, konnte sie nicht länger widerstehen. Sie ging hin, nahm eine Handvoll, brach gierig eine nach der anderen auf und verschlang sie. Wie schämte sie sich später dafür, dass sie der Versuchung nachgegeben hatte.

Laut Vertrag sollten sie an sechs Tagen in der Woche eine Stammesfehde zur Aufführung bringen. Ein Stamm überfiel den andern, es wurde wild mit Keulen und Speeren herumgefuchtelt, Kinder weinten, Frauen kreischten. In der nächsten Szene saß der siegreiche Stamm an einem Feuer, über dem die Schenkel der Unterlegenen geröstet wurden. Eine Frau war damit beschäftigt, Haut auf eine feingliedrige Bambuskonstruktion aufzuziehen, und hatte bald einen Lampion gefertigt, in dessen Schirm die bläulichen Linien einer *Tatauierung* leuchteten. Das war natürlich Humbug – die Lampions waren der Phantasie des Impresario entsprungen.

Margarete wanderte Abend für Abend weiter nach hinten, da sich ehrgeizigere Darsteller in den Vordergrund drängten. Der Impresario tadelte sie für ihre Teilnahmslosigkeit. Bald wurde ihr die Rolle der Lulu aberkannt, und ein anderes Mädchen, zwei Jahre jünger, ließ sich nun kreischend und tretend rauben. Margarete war es nur recht, sie war gleichgültig gegen ihre Umgebung geworden, sie verweigerte das Essen und fiel in einen Zustand geistiger und körperlicher Reglosigkeit.

Da betrat eines Nachmittags der Impresario ihre Hütte, ihm folgten eine junge, bebrillte GUTENTAG sowie ein etwas älterer Herr, der erklärte, er sei Professor und gekommen, um sie zu untersuchen. Vor dem Beginn der Untersuchung hielt er einige Instrumente in die Luft, die auf Margarete furchterregend und wie zur Folter erdacht wirkten. Das erste, eine Zange, an welcher eine Zentimeterskala angebracht war, nannte er *Tasterzirkel*.

Der Professor ließ sich ein zweites Instrument geben und drehte es im Licht; es war ein metallenes Lineal mit zwei Querteilen, eines beweglich, das andere fest. Er bedeutete Margarete aufzustehen und brachte ihren Kopf in eine bestimmte Position. Dann tastete er auf beiden Seiten ihres Kopfes zwischen Ohr und Schläfe herum und zeigte bald durch einen Druck seiner Finger, dass er die gesuchte Stelle gefunden hatte. Er öffnete den Tasterzirkel und ersetzte den Druck seiner Finger durch den metallenen der Zirkelenden. Er nannte eine Zahl, welche seine Assistentin niederschrieb, verschob den Zirkel ein wenig nach hinten, nahm erneut Maß, nannte wieder eine Zahl.

Dasselbe wiederholte er an zwei weiteren Messpunkten, bevor er zum sogenannten *Gleitzirkel* griff und die Abstände in ihrem Gesicht vermaß.

Margarete hatte sich bei der ersten Berührung innerlich so sehr angespannt, dass sie sich jetzt kaum mehr rühren konnte. Sie begann zu zittern. Ihr war, als ob es sie zerreißen müsste, und kurz bevor dies geschah, wand sie sich aus dem Zangengriff, sprang in der Hütte umher und warf – begleitet von wüsten deutschen Flüchen – alles zu Boden, was sich zu Boden werfen ließ.

Ihr Anfall blieb scheinbar ohne Folgen, die Vorstellungen liefen weiter, als wäre nichts geschehen, und sie rechnete damit, noch viele Monate zur Belustigung der GUTENTAG auftreten zu müssen. Dann aber nahm der Impresario sie beiseite – er blickte sie nicht an, sondern knetete sich erschöpft die Augen – und sagte ihr, sie solle ihre Sachen packen und mitkommen.

In der Straßenbahn fuhren sie zum Hafen, und nun, da sie wusste, sie würde bald zu Hause sein, erschien ihr die Stadt wärmer und freundlicher. Sie erwog, sich beim Impresario für die Umstände, die sie ihm gemacht hatte, zu entschuldigen, ließ es dann aber bleiben, denn womöglich würde er ihre Entschuldigung als Eingeständnis missverstehen.

Der Impresario zog ein Bündel Scheine heraus und rechnete ihr alles vor. Er multiplizierte den Tagessatz mit der Anzahl der, wie er es nannte, *geleisteten Tage* und übergab ihr ein Billet für eine Schiffspassage dritter Klasse. Zuletzt reichte er ihr die Hand, und sie überließ ihm ihre drucklos. Er wünschte ihr eine gute Reise und verschwand.

Margarete ging an Bord, obwohl das Schiff erst in einigen Stunden ablegen würde, doch war ihr, als könnte sie das Ablegen so beschleunigen. Auch fühlte sie sich ihrer Insel schon näher hier an Bord, wo es anders roch als in der Stadt, nach Salz, nach Holz, nach Algen.

Und als endlich ein Zittern durch den Stahl des Schiffes lief, als, tief unten, die Maschinen sich in Gang setzten, überkam Margarete die Vision einer anderen Welt – einer Welt, in der sie nun zwanzig GUTENTAG nach Kokopo brächte, wo steinerne Häuser stünden, so wie hier, nur dass eine Wand fehlte und man hineinsehen könnte wie in ein Puppenhaus. Und so könnte man zusehen, wie die GUTENTAG schliefen, wie sie aufstanden und mit ihren Messinstrumenten fröhlich alles vermaßen, was sich nur vermessen ließ, wie sie sich an den Schreibtisch setzten, um sich, Wurst in den Mund stopfend, immer neue Maschinen auszudenken.

12

Akeret, eine Decke um die Schultern, die Knochenflöte an den Lippen, stand am Ufer und blickte, noch
traumwirr, auf den Einbaum, den Jonah und Mansur
seitlich an der MARIA festbanden. Im blauen Dunst des
anderen Ufers bewegten sich lautlose Schatten. Er blies
einen Triller in die Flöte, einen misstönenden Warnruf,
und dachte: Ich taufe dich INSEL DER UNBEGRÜNDETEN
HOFFNUNG.

Er hatte wieder kaum geschlafen, denn der Wind hatte
das Boot schaukeln und knarren lassen. Nachdem er erfahren hatte, was mit den kleinen Leuten geschehen war, war
sein Mut gesunken. Der Mensch duldete kein Wesen neben
sich, das ihm ähnlich war, und der Mensch war überall – er
fragte sich, wie die Kreatur, die er suchte, überlebt haben
sollte.

Zog Akeret an diesem Punkt seiner Reise erstmals die
Möglichkeit des Scheiterns in Betracht? Dachte er daran
aufzugeben? Er wusste wohl, dass Scheitern möglich war,
ans Aufgeben aber glaubte er nicht. Mit leeren Händen
heimzukehren, war keine Möglichkeit. Er würde das Wesen finden oder bei der Suche zugrunde gehen.

Auch Blum war nicht ausgeschlafen, ihn hatte Jonahs
Geschichte nicht zur Ruhe kommen lassen. Seinem ursprünglichen Ziel, den Geheimsprachen, war er bislang

nicht einmal nahe gekommen, aber er war, durch einen unwahrscheinlichen Zufall, auf den Sprecher eines Südseedeutschen gestoßen, das von Kindern erfunden worden war. Wer hatte je von so etwas gehört? Das war, als würde er die Geheimsprache seiner Kindheit, die jedem Vokal eine Nonsens-Silbe anhängte, noch heute sprechen. Natürlich waren die Geheimnisse, die er als Kind durch sie hatte bewahren wollen, vollkommen nichtig – und im Grunde auch die Geheimnisse, die er jetzt, als junger Erwachsener, hatte. Wie gern hätte er ein Geheimnis, das unausgesprochen auf seinem Gesicht lag, ihn unergründlich wirken ließ und – einmal ausgesprochen – die Augenbrauen seines Gegenübers hob.

Auf Akerets Gesicht lag ein solches Geheimnis. Doch als er nun zu ihm hinüberschaute, erkannte er darauf einen Anflug von Besorgnis, und er folgte Akerets Blick flussaufwärts.

Ein Einbaum, bemannt mit einem halben Dutzend Männern, fuhr ihnen entgegen, landete aber einige hundert Meter entfernt an. Seit dem Morgengrauen herrschte Niedrigwasser, und sie waren mit der MARIA auf eine Sandbank aufgelaufen. Der seitlich angebrachte Einbaum hatte das Boot nicht nur schwerer, sondern seine Lenkung auch ungenauer gemacht. Am nächstgelegenen Ufer standen Kokos- und Bananenpalmen, aus dem Wald dahinter stiegen dünne Rauchsäulen auf.

Noch mehr Einbäume kamen auf sie zu, und Akeret hatte den Eindruck, dass die Männer darin aufgebracht waren und ihnen nicht unbedingt freundlich gesinnt. Er stellte sich an den Bug und begann, ein weißes Tuch zu schwenken, in der Hoffnung, dass diese Geste überall für Frieden stand und nicht ausgerechnet hier zum Kampf herausforderte.

Die Männer schauten vom Ufer zu ihnen herüber; sie wirkten unschlüssig. Das Wasser war bald so weit angestiegen, dass Jonah es wagen konnte, den Motor zu starten, und tatsächlich kamen sie frei. Kaum hatte der Lärm des Motors die Männer erreicht, gerieten sie in sichtbare Unruhe, sie sprangen zurück in die Einbäume – ließen sogar einen zurück – und ergriffen die Flucht.

Akeret nickte zufrieden. Die Menschen hier waren also noch nicht an den Lärm von Maschinen gewöhnt. Sie waren auf dem richtigen Weg.

Nach einigen Stunden Fahrt machten sie am Ufer einer kleinen, von Muskatnussbäumen bestandenen Insel fest, um der unerbittlichen Mittagssonne zu entgehen. Schnarrende Laute waren zu hören, als deren Quelle man Insekten vermuten wollte, die aber, wie Jonah wusste, von Vögeln stammten. Dann auch lautes, absteigendes Glucksen: die Rufe von Paradiesvögeln.

Akeret kam die Fama in den Sinn, wonach sie angeblich ihr ganzes Leben in der Luft blieben und den Boden nur berührten, wenn sie, von Muskatnüssen berauscht, zu Boden stürzten, um dann, Feder um Feder, von Ameisen davongetragen zu werden.

Ich taufe dich – er bewegte die Lippen stimmlos – INSEL DES BERAUSCHTEN PARADIESVOGELS.

Es war nicht möglich, die Insel zu betreten, denn über die Bäume spannte sich ein undurchdringliches Geflecht. Darunter, das wusste Akeret, taten die Pflanzen einander

Grausames an. Lianen waren noch die Harmlosesten, sie beschwerten zwar den Baum und konnten ihn so zu Fall bringen, doch entzogen sie ihm keine Nährstoffe und kein Wasser. Orchideen wiederum wuchsen aus Astgabeln, in denen sich durch verrottende Blätter und Vogelkot fruchtbare Erde gebildet hatte. Über Luftwurzeln nahmen sie den Morgendunst auf.

Die gnadenlosesten Räuber waren zweifellos jene, die sehr zutreffend Würgefeigen genannt wurden. Sie kämpften sich nicht, wie fast alle anderen, von der Erde zum Licht. Die Würgefeige keimte, in aller Regel als Same von einem Vogel ausgeschieden, in Astgabeln. Wie die Orchidee bildete sie Luftwurzeln aus, doch dienten diese nicht dem Zweck, ein selbstgenügsames Dasein zu erhalten – sie streckten sich zum Boden, drangen in ihn ein, verholzten zu Stämmen. Weitere Wurzeln wuchsen entlang des Stammes nach unten und schnürten den Wirtsbaum in ein Korsett, das den Transport von Wasser und Nähstoffen nach und nach unterband. Ein solch blindes, bewusstloses Würgen erschien Akeret weitaus unheimlicher als die planvolle Jagd etwa des Tigers. Wenn der Wirtsbaum dann unter der Besatzung verhungert war, blieb allein das Geflecht der Würgefeige zurück, ein hohler Scheinstamm, Abbild des Zerstörten. Akeret, der die Neigung hatte, Menschen mit Bäumen zu vergleichen, war glücklich, in seinem Leben noch keiner Würgefeige begegnet zu sein.

Er horchte auf – ein heiseres Fauchen. Er blickte in den Wald und erwartete schon, die Zeichnung einer Raubkatze im sonnenfleckigen Dickicht sich auflösen zu sehen. Das Fauchen war nun in regelmäßigen Abständen zu hören, und es kam von oben, aus den Baumkronen, nein: aus dem Himmel. Er hob den Blick, beschattete seine Augen mit der flachen Hand und sah einen schwerflügeligen Nashornvogel über sich hinwegziehen, und jeder Schlag seiner Flügel erzeugte ein tiefes Fauchen wie von einer drohenden Raubkatze.

Sie verließen die INSEL DES BERAUSCHTEN PARADIESVOGELS am Nachmittag unter den schnarrenden und glucksenden Rufen der Vögel. Die Flussinseln, die sie von da an passierten, waren von riesenhaften Bäumen bewachsen, deren Stämme ganz gerade und beinahe astlos waren. Wieder war der Ruf des Paradiesvogels zu hören, und Blum nahm sein Notizheft hervor und übersetzte den Ruf in Notenschrift.

Akeret war beeindruckt, dass Blum etwas so Flüchtiges wie einen Vogelruf in eine fassbare Form bringen konnte, und zum ersten Mal erschien ihm seine Anwesenheit nützlich. Zu einem Lob konnte er sich dennoch nicht durchringen. Blum, dachte er, habe bestimmt von klein auf Klavierunterricht erhalten, und so betrachtet, war die Fähigkeit kaum außergewöhnlich. Akeret beschränkte sich auf ein wohlwollendes Brummen.

Während Mansur Feuerholz sammelte, warteten Akeret und Blum – jeder auf seiner Bank –, dass Jonah von der Jagd wiederkam. Zurück auf dem Boot, zeigte er ihnen, wie man den Vogel nach einem Schnitt vom Brustbein abwärts mit der Pinzette entbalgte. Mansur arbeitete sorgsam und geduldig, seine Handgriffe offenbarten ein tiefes Verständnis für den inneren Aufbau des Vogels. Aber auch Akeret gelang das Entbalgen nicht schlecht. Blums erster Schnitt

Paradisea minor

∿ = gezogen

Die Vierteltöne zwischen e^2 und es^2
sind durch ✳ gekennzeichnet

dagegen ging zu tief, und das Ergebnis war ein blutiges Durcheinander. Zum Glück war es kein Paradiesvogel gewesen, bloß eine Sperlingsschwalbe.

Obwohl Jonah keinerlei Herablassung zeigte, fühlte sich Blum durch sein Scheitern dermaßen gekränkt, dass er sich stumm entfernte, ohne es noch einmal zu versuchen. Dazu hätte er Jonah schließlich bitten müssen, es ihm ein zweites Mal zu zeigen (das jedenfalls hätte ein kluger Mensch getan) – doch wollte er sich wohl die Blöße nicht geben.

Akeret führte diese Schwäche auf Blums Herkunft zurück. Offenbar hatte der Student sich nie mühsam etwas aneignen müssen, sondern sich stets begnügt mit dem, was ihm leichtfiel. Bei ihrer ersten Begegnung war ihm Blums Selbstvertrauen anziehend erschienen, nun aber wusste er, dass es nicht über Jahre an Herausforderungen gewachsen war, nicht der Kenntnis eigener Stärken und Schwächen entsprang. Blum besaß das Selbstvertrauen eines Menschen, dem es zu wohl war in der Welt und der sich selbst im Grunde kaum kannte. Er ähnelte damit einem Kind, das behauptet, es könne diesen Berg mit Leichtigkeit besteigen oder gleich zu jenem hellen Stern fliegen.

Für Akeret traten Blums charakterliche Schwächen nun immer deutlicher zutage. Er konnte Fehler nicht zugeben. Wann immer man ihm einen nachwies, gestand er ihn nicht ein, sondern verteidigte sich, bis es lächerlich und kindisch wirkte. Er nahm Gesagtes nicht zurück, entschuldigte sich auch niemals, als wäre sein Schweigen schon Entschuldigung genug.

Das Wohlwollen, das er nach der Transkription des Vogelrufs für Blum empfunden hatte, war schon wieder verflogen. Er hatte keine Lust, ihn zum Lernen zu zwingen wie einen missmutigen Schüler. Mansur, so schien ihm, war ganz anders, er ließ sich von seiner Neugier leiten und betrachtete seine Umgebung völlig unbefangen. Scheiterte er, war ihm das nur Anreiz, es erneut zu versuchen, es besser zu machen.

Eigentlich, überlegte Akeret, wäre Mansur der fähigere Assistent – wie aber sollte er das Blum beibringen? Im Grunde war es nicht nötig, den beiden seinen Entschluss mitzuteilen, er würde Blum in Zukunft einfach die schweren und stumpfen Arbeiten auftragen, denn solche verdiente er.

Sie fuhren an weiteren Inseln vorüber, deren einzige Bewohner Vögel waren. Schneeweiße Reiher flogen vor ihnen her, ließen sich auf Sandbänken nieder und zogen, wenn ihr Boot herangekommen war, wieder ein Stück weiter. Einige Kilometer flussaufwärts winkten ihnen zwei Männer vom Ufer aus zu, und als Akeret sah, dass sie auf dem Rücken Pfeil und Bogen trugen, schwenkte er vorsorglich die weiße Flagge.

Jonah hielt auf das Ufer zu, doch lief die MARIA auf eine verborgene Sandbank auf, bevor sie es erreichten. Akeret, erleichtert, dass nicht alle Menschen vor ihnen flüchteten, bedeutete den Männern, zu ihnen an Bord zu kommen. Er hoffte, sie als Führer zu gewinnen. Die beiden wateten ins Wasser, stießen das Boot zurück und sprangen auf den Bug. Sie waren klein, doch muskulös, und trugen, wie Akeret nun sah, Beile mit steinerner Schneide. Sie stiegen am Käfig vorbei, über den sie sich nicht zu wundern schienen, zum Heck.

Jonah begrüßte sie auf Hiri Motu – eine Sprache, die Akeret mittlerweile am Klang erkennen konnte –, doch war sie ihnen augenscheinlich fremd, auch Tok Pisin sprachen sie nicht. Mansur versuchte es auf Indonesisch, und Blum stand kopfschüttelnd daneben: Es sei vollkommen sinnlos, bei den Hunderten Sprachen, die es auf dieser Insel gebe ...

Am liebsten hätte Akeret ihm für seine Überheblichkeit und den Pessimismus, den er verbreitete, auf den Mund geschlagen. Ungeduldig zog er den eingeschweißten Bogen hervor und zeigte den Männern die Bilder von ORANG PENDEK und JAVA-MENSCH. Sie nahmen ihn, betrachteten die Bilder lange, sprachen flüsternd miteinander und deuteten schließlich flussaufwärts.

Als Jonah die Kordel des Motors zog, der hustend startete, flohen sie verängstigt zum Bug, fort von der lauten Maschine. Doch merkten sie bald, dass der Lärm keine Bedrohung bedeutete, und beruhigten sich.

Als es einzudunkeln begann, lotsten die beiden Männer sie zu einer Stelle am Ufer, die tief genug war, dass sie anlegen konnten. Jonah und Mansur hatten Holz geschlagen und ein Feuer entzündet, an dem die Männer nun hockten, die gestreckten Arme auf die angewinkelten Knie gelegt, und stumm, wie entrückt, in die züngelnden Flammen blickten.

Akeret versuchte durch Gesten zu erfragen, wie lange es noch dauere, bis sie ankommen würden (wo eigentlich?), aber sie grinsten nur, und er war sich nicht mehr sicher, ob sie wussten, weshalb er sie mitgenommen hatte. Er zog noch einmal die Illustrationen der Zwischenwesen hervor, zeigte sie den beiden, und jetzt streckte der Ältere der beiden mit Bestimmtheit vier Finger aus.

Vier Stunden, vier Tage oder vier Wochen? Vier Exemplare? Es würde sich zeigen.

Nachdem Akeret am nächsten Morgen seine Kotschau abgeschlossen hatte, sammelte er die bewegungsempfindlichen Kameras ein, die er vor dem Schlafengehen in Flussnähe angebracht hatte. Die Aufnahmen zeigten unterschiedliche Vögel, darunter einen Fasan, der ständig im Kreis ging, sowie einen träge sich voranhangelnden Kuskus mit blitzenden Augen.

Die Schlaufen des Flusses wurden immer enger, und Akeret hatte den Eindruck, sie kämen kaum voran. Ihm kam die Idee, die MARIA ein Stück weit über Land zu tragen – hatte er das nicht in einem Film gesehen? Das Boot ließe sich ohne Beladung zu sechst problemlos ziehen. Mansur und Jonah aber rieten ihm einhellig davon ab, es lohne die Mühe nicht, und so setzten sie ihre Reise auf dem Wasserweg fort.

Am späten Nachmittag – Akeret notierte gerade die Ereignisse des Tages – ließ ein fernes Motorengeräusch ihn aufhorchen. Das Geräusch wurde lauter, und bald kam ein Schnellboot den Fluss heraufgeschossen, auf dem einige Weiße ihre flatternden Hüte festhielten – augenscheinlich Touristen, keine Forscher. Sie zogen an der MARIA vorbei und waren verschwunden.

Doch ungefähr eine Stunde später sahen sie dasselbe Boot an einer flachen Stelle an Land liegen. Akeret war enttäuscht, die Begegnung verdarb ihm diesen Ort, den er für weltabgeschieden gehalten hatte. Gleichzeitig wollte er unbedingt wissen, was diese Leute hier suchten, und seine Neugier war so stark, dass er Jonah anwies, neben ihnen anzulegen.

Es verbot sich, dass er gleich vom Boot sprang und, wie ein ungeduldiges Kind, den Fremden entgegenrannte, um mit ihnen zu sprechen. Also blieb er, während Mansur und Jonah an Land gingen, um Holz zu sammeln und das Nachtlager vorzubereiten, an Bord, um äußerst bedeutende Notate einzutragen.

Akeret sah Mansur ein Feuer entzünden und wie sich die Fremden, auf dessen Einladung hin, daran niederließen. Es war eine seltsame Gewohnheit der Menschen, sich stets zusammenzutun, wo sie sich trafen; sie wussten wohl nicht, wie erhebend das Alleinsein war. Akeret klappte das Notizbuch zu und stand auf.

Mansur lachte und winkte, als er näher kam, und stellte ihn der Runde vor, was Akeret recht unangenehm war – immerhin nannte er ihn einen *Swiss Scientist*. Die Leute, fuhr er in scherzhaftem Ton fort, hätten eben gefragt, wozu der Käfig auf ihrem Boot diene.

Akeret war auf die Frage nicht gefasst, und er verfiel in eine mehrsekündige Starre, blickte dabei stumm ins Feuer; er sah sein ganzes Unternehmen schon der Lächerlichkeit preisgegeben. Hätte er das Boot doch nie verlassen!

Er habe, so Mansur, ihnen geantwortet, dass sie den Käfig bräuchten, um neugierige Touristen einzusperren, zu mästen und zu verspeisen.

Nach dem allgemeinen Gelächter schien niemand mehr eine ernsthafte Antwort zu erwarten. Akeret setzte sich erleichtert auf den einzig freien Platz, neben eine grauhaarige Französin am Ende des liegenden Baumstammes. Wie sich herausstellte, hatten die Touristen, zwei Paare und ein Mann, eine Tour gebucht zu einem Stamm, der bisher keinen Kontakt zu Weißen gehabt haben soll. Akeret wollte wissen, was sie sich von der Begegnung verspreche.

Sie würden die ersten Weißen sein, sagte die Französin mit sonderbar aufgerissenen Augen, die dieser Stamm zu Gesicht bekäme, und sie müssten sie für Geister halten, für ihre Ahnen, die sie besuchen kommen. Sie habe – und nun lächelten ihre Augen – einige Dinge mitgebracht, die sie den Eingeborenen schenken wolle. Sie reichte Akeret einen kleinen Spiegel, oval und in hellblaues Plastik gefasst, etwa so groß wie sein Notizbuch. Akeret schaute in diesen Spiegel, und ein unverwandter Blick aus ernster Miene traf ihn ...

Die früheste Erinnerung, die er nicht anzweifelte, war jene daran, wie er sich zum ersten Mal in einem Spiegel erkannte. Er hatte gerade das Türenöffnen gelernt, und so wankte er durch die Wohnung und blickte, neugierig und ängstlich zugleich, hinter eine Türe nach der anderen. Hinter einer hingen Kleider, und er begab sich in ein nach Mottenkugeln riechendes Dickicht aus abgelegten Wintermänteln und Blazern mit Schulterpolstern. Dann, unvermittelt, entdeckte er vor sich eine Gestalt, und es traf ihn wie ein Schlag. Er hatte sein Gesicht zuvor schon gesehen, natürlich, nicht nur in Löffeln, in Regenpfützen oder der spiegelnden Schwärze des ausgeschalteten Fernsehers, sondern auch in richtigen Spiegeln. Doch jetzt, als ein Lichtstrahl durch die Schneise in den Spiegel der Schranktüre fiel, ihn anleuchtete, sah er sich erstmals ganz nah, ganz klar.

Er trat einen Schritt zurück, und durch diesen Schritt gewann er Übersicht, er sah sich nun als der ganze kleine Mensch, der er war, und wusste plötzlich: *Diese Haut ist meine Grenze.* Und: *So werde ich von allen anderen gesehen.* Das hier war der Raum, den er einnahm in der Welt, ein Raum, der von keinem andern gleichzeitig eingenommen werden konnte. Er fühlte eine ungeheure Schwere auf dem Brustkorb, die lastende Ahnung, dass er etwas mit dem Platz, der ihm überlassen worden war, anfangen müsse, dass es nicht reichte, einfach nur zu *sein.*

Im folgenden Sommer empfand er erstmals Scham, als er sich im Flussbad auf der Wiese vor den Augen aller umziehen sollte. Der Spiegel hatte ihm gezeigt, wie die anderen ihn sahen, und diesen mitgedachten fremden Blick wurde er nun nicht mehr los. Er füllte sich auf der Kiesbank die Taschen seiner Badehose mit Steinen, und seine

Mutter glaubte wohl, er sammle sie wie andere Muscheln am Strand. Doch zu Hause angekommen, ging er geradewegs zur verfluchten Tür, öffnete sie – eine Hand über den Augen, in der anderen den Kieselstein –, holte aus und warf. Es schepperte, und er nahm die Hand von den Augen. Er konnte sich noch immer sehen, aber zerteilt in spinnennetzartigem Bruch. Stück um Stück schlug er heraus, und all die Scherben fielen in den Schrank hinein.

Vier weitere Spiegel fielen seiner Raserei zum Opfer, auch der hohe, der im Flur vor dem Zimmer seiner Schwester hing. Und seine Schwester, die während der kurzen Abwesenheit der Eltern auf ihn hätte aufpassen sollen, hörte das Klirren und kam heraus, ging barfuß und ahnungslos über die Scherben. Ihre Füße blieben unverletzt. (Am Nationalfeiertag desselben Jahres würde sie sich die Sohlen dann fürchterlich verbrennen, im Glauben, sie könne über glühende Kohlen gehen, wenn sie sich nur vorstellte, es wären Eiswürfel.)

Noch Wochen später konnte es geschehen, dass man unversehens ein Zwicken in der Fußsohle spürte, wenn man barfuß über den Flur ging. Dann glitzerte darin, wie ein ferner Stern, ein Spiegelsplitter, der schwierig zu entfernen war. Roberts Mutter hielt fortan zwei Paar Hausschuhe für Besucher bereit, und sein Vater verpasste ihm für die Zerstörung der Spiegel die allererste Ohrfeige.

Akeret horchte auf – die Französin bat ihn um den Spiegel, in den er so lang geblickt hatte, dass nun ein Fremder ihn daraus anstarrte. Sie wandte sich an Blum zu ihrer Rechten und drückte ihm den Spiegel in die Hand.

Akeret ließ den Blick wandern. Die beiden eingeborenen Männer kauerten unbeachtet am Feuer und wärmten ihre Handflächen daran. Ihm gegenüber saß mit überschlagenen Beinen der Mann, der ohne Begleitung gekommen war. Er beklagte sich lauthals, dass seine Tasse keinen Henkel hatte – er verstehe schon, das sei *kein verdammtes Fünf-Sterne-Hotel*, aber sich beim Kaffeetrinken die Finger nicht zu verbrennen, sei das schon Luxus?

Akeret seufzte leise. Er war froh über die Aussicht, die Gruppe am nächsten Morgen zu verlassen, und er hoffte, ihre Wege würden sich nicht wieder kreuzen.

Sie verabschiedeten sich gleich nach dem Frühstück von den Touristen, deren Führer sie landeinwärts bringen würde. Die MARIA fuhr weiter flussaufwärts, und nach einer Weile öffnete sich die Landschaft, die Baumriesen wurden weniger, an den Ufern wuchsen Sträucher und niedrige Bäume. Jonah deutete auf ein Bäumchen voller schwarzer Früchte, die sich, beim Herannahen des Bootes, schrill kreischend in die Luft erhoben. Im selben Maße, in dem die Zahl der Bäume abnahm, wurde auch das Zwitschern der Vögel weniger, die Melodien klangen einfacher.

Gegen Mittag entdeckten sie am rechten Ufer die Überreste einer Siedlung, und als sie dort anlegten, wurden sie von einem Schwarm von Stechmücken angegriffen, die aber mit dem auffrischenden Wind verschwanden. In der Mitte des einstigen Dorfes lag ein Platz von gestampfter Erde, darauf ein halb ausgehöhlter Einbaum. Die beiden Männer fühlten sich sichtlich unwohl, sie hatten die Hand an den Griff ihrer Beile gelegt und schauten sich aufmerksam um. Ein paar mit Schnitzereien verzierte, rot gefärbte

Baumstämme standen auf dem Dorfplatz, die vielleicht, dachte Akeret, einmal Trophäen als Sockel gedient hatten.

Er trat näher heran, und er entdeckte, zwischen für ihn unverständlichen Zeichen, Darstellungen von Tieren mit Menschengesichtern. Auf dem Boden vor den Feuerstellen lagen ein Schweinsschädel und Fischgräten, hinter den Hütten stieß er auf die Spuren eines größeren Tiers.

Da berührte ihn der Ältere, der hinter ihm hergekommen war, ein zweites Mal am Ellbogen, deutete mit dem Kopf zurück zum Boot, wo die anderen schon auf sie warteten.

Akeret wandte sich widerstrebend zum Gehen, als er im Gras verstreut die Schuppen von Fischen glitzern sah. Wie er sich nun aber bückte, um eine davon aufzuheben, hielt er den Splitter eines zerbrochenen Spiegels in der Hand.

13

Jonah, dessen Augenlider so dünn waren, dass er jeden Sonnenaufgang seit seiner Geburt mit angesehen hatte, erwachte und nahm Schnur und Haken zur Hand, um vom Bug aus zu angeln. Da sah er, dass die beiden Einheimischen, die sie mitgenommen hatten, verschwunden waren.

Weil er einen Hinterhalt fürchtete – mit solchen kannte er sich aus –, machte er die Taue los und warf den Motor an. Akeret wurde als Erster wach und fragte auch gleich nach dem Grund für diesen frühzeitigen Aufbruch. Die Antwort nahm er ungerührt zur Kenntnis und zog sich dann mit dem Blechteller hinter den Vorhang zurück. Seit Tagen tendierten seine Werte nach unten, wiesen also auf eine baldige Verstopfung hin, was an der stärkehaltigen Diät aus Reis und Fertignudeln liegen musste. Er würde mit Mansur darüber sprechen müssen.

Sie kamen in ein Land der rollenden Hügel, die Flussufer waren hoch und von rotem Lehm. In den Stamm eines Baumes war, für jeden Vorüberfahrenden gut sichtbar, ein Zeichen geschnitzt: Die Rinde des Stammes war weiß wie die einer Birke, das eingekerbte Zeichen mit Kohle geschwärzt.

Sie vertäuten das Boot in der Nähe, um die Ebbe abzuwarten. Akeret bemerkte, als er, sein Notizbuch auf den

Knien, flussaufwärts blickte, einen Mann in einem Einbaum, der, etwa zweihundert Meter entfernt, den Fluss überquerte. Er drehte auf Akerets beharrliches Rufen und Winken hin zwar den Kopf, glitt dann aber in das Schilf eines schmalen Nebenflusses und verschwand. Es war, als trügen die Vögel einen Warnruf, der von den Menschen verstanden wurde, über das Land.

Die beiden Männer!, rief Akeret, als es ihm schlagartig einfiel. Die beiden Männer hatten vor ihnen gewarnt.

Blum gab zu bedenken, dass der riesige Käfig auf dem Boot womöglich die eine oder andere Frage aufwerfe.

Ohne darauf einzugehen, bestimmte Akeret, dass heute nicht Mansur, sondern Blum Jonah bei der Jagd zur Hand gehen solle.

Aber er wisse doch gar nicht, stammelte Blum, was er zu tun habe.

Die Aufgaben würden nicht nach Hautfarbe verteilt, entgegnete Akeret trocken, und unter diesen ungeheuerlichen Verdacht gestellt, machte Blum sich ohne ein Wort des Widerspruchs bereit.

Wie einfach es war, dachte Akeret, seinen Willen zu bekommen, wenn man den Leuten nur vorwarf, das zu sein, was sie am innigsten verabscheuten. Er sah zufrieden, wie der barfüßige Jonah sich mit einigen gezielten Machetenschlägen einen Weg in das Dickicht bahnte und Blum, das Gewehr tragend, ihm folgte.

«Uns gehen jagen de Kasuar», rief Jonah.

Blum hatte sich vorgenommen, einige Merkmale des Deutschen, wie Jonah es sprach, in seinem Notizbuch aufzuzeichnen. Weil er aber nicht bei jedem Wort stehen bleiben konnte, versuchte er, sich alles zu merken, was Jonah ihm über die Schulter hinweg zurief.

Es schien leicht, sich hier zu verlieren, die Sicht war beschränkt, und Stimmen trugen nicht weit. Blum war es unangenehm, dass er seine Füße nicht sehen konnte, er fürchtete, er könnte auf etwas Weiches treten, das unter seinem Schuh mit grausigem Widerstand zerflösse. Voller Ekel dachte er an die Blutegel Sulawesis, die – wenn es stimmte, was Mansur erzählt hatte – so lang werden konnten wie ein menschlicher Unterarm. Der Egel mache keinen Unterschied zwischen Mensch und Tier, hatte er behauptet und schien eine seltsame Lust am Entsetzen seiner Zuhörer zu empfinden. Er suche nach warmem Blut, ganz gleich aus welcher Quelle. Aber er lasse sich, wie das meiste Getier, mit Salz bekämpfen.

Einige Male war Blum sich sicher, einen Stich in der Wade gespürt zu haben, und er fühlte schon das kalte Gift einer Spinne oder einer Schlange in sein Blut strömen. Gleich würde Muskel um Muskel von unten nach oben sich lösen, und noch bevor sein Herzmuskel erlahmte, hätte er die Kontrolle über den Schließmuskel verloren und müsste sich in die Hosen scheißen. Wie ein erlegtes Tier würde Jonah ihn auf seinen Schultern zurück zum Lager tragen, ihn vor Akeret hinwerfen. Der würde sich die Nase zuhalten und fragen, was hier so erbärmlich stinke.

Blum strauchelte über eine Wurzel.

«Fleisch fi Kasuar is beste. Mehr besser denn Schwein. Mehr besser denn Mann», sagte Jonah und leckte sich schmatzend die Lippen.

Blum bemühte sich zu lachen – ein übermütiges Spiel

146

mit Klischees, wirklich sehr lustig! –, aber etwas in ihm sträubte sich, den Scherz weiterzutreiben. Was, wenn Jonah Geruch, Geschmack und Beschaffenheit von Menschenfleisch so detailliert beschreiben konnte, dass kein Zweifel mehr bestand?

Nachdem Blum und Jonah aufgebrochen waren, nahm Akeret sein Notizbuch hervor, das er stets in einem Frischhaltebeutel verwahrte, um es vor Regen und tropischer Feuchte zu schützen. Es war an der Zeit, den neuen Assistenten in seine Pläne und Gedanken einzuweihen. Im Wesentlichen wiederholte er die Suade, die er einige Wochen zuvor dem Fremden im Zug gehalten hatte, nur dass er Mansur gegenüber offen über den Zweck der Expedition sprach.

Mansur schien nicht besonders überrascht zu sein. Er legte den Finger auf das Bild von ORANG PENDEK und sagte, jemand von Sumatra habe ihm davon erzählt. Warum aber suche er hier danach?

Die Frage brachte Akeret ins Stammeln, er musste eine Entscheidung rechtfertigen, die nicht seine gewesen war, und damit eingestehen, dass nicht er Herr des Unternehmens war. Auf Sumatra, sagte er, seien schon andere auf der Suche. Er reise im Auftrag der Kryptozoologischen Gesellschaft, von deren Mitgliedern er allein Dr. Unland, die Vorsitzende, kenne. Zusammen hätten sie sich darauf geeinigt, dass Neuguinea weitaus bessere Chancen biete, das Zwischenwesen zu finden.

14

Ihr erstes Treffen hatte im Restaurant *Les Halles* stattgefunden, in dem lange Holztische standen, die man mit Fremden teilte. Unland hatte ihm die Hand gegeben, und Akeret, der gelernt hatte, an einem Tisch immer alle Leute zu begrüßen, folgte stur der Regel und gab nacheinander fünf weiteren Gästen die Hand, bis Unland ihm vermitteln konnte, dass diese keine weiteren Mitglieder der Gesellschaft waren, sondern Leute, die sie gar nicht kannte.

Sie gab ihm den Auftrag, ein Dossier zu erarbeiten mit Regionen, wo das Wesen, das so viele Namen hatte, am ehesten zu finden sei. Die Gesellschaft werde dann gemeinschaftlich zu einer Entscheidung finden, sie selbst sei aber die einzige Person, mit der Akeret verkehren würde. Und obwohl Akeret manchmal an der Existenz der Kryptozoologischen Gesellschaft zweifelte, so doch nie an den Absichten von Unland selbst.

Er begann seine Recherche am *Musée de Zoologie* in Lausanne, dem Bernard Heuvelmans sein Archiv vermacht hatte. Heuvelmans hatte ganze Kartonschachteln mit Artikeln über den Yeti oder den Chupacabra gefüllt, die meist nicht aus wissenschaftlichen Magazinen, sondern aus der Boulevardpresse stammten. Gewissenhaft stellte Akeret ein Dossier zusammen, wobei er sich aus Gründen, die ihm selbst nicht recht klarwurden, vor allem mit Asien befasste, insbesondere mit dem indonesischen Archipel.

Nachdem er das Dossier abgegeben hatte, lud Unland ihn zu sich nach Hause ein, um *Einzelheiten zu besprechen*. In seinen Ohren klang es wie eine Andeutung, die zu entschlüsseln er nicht in der Lage war. Hatte sie womöglich ein romantisches Interesse an ihm und suchte einen Vorwand, ihn zu sich zu holen und zu verführen?

Ich werde mich nicht wehren, dachte Akeret. Wenn er sich Frau Dr. Unland hingäbe, könnte es seiner Sache nicht schaden. Aber selber würde er keinen Versuch unternehmen, sie sollte nicht denken, er wolle sich Vorteile verschaffen.

Vor dem Treffen war er aufgeregt, und auf dem Weg sprach er mehrmals laut vor sich hin: *Bleib ganz ruhig, bleib ganz ruhig*. Nicht nur suchte er sich durch die Wiederholung zu beruhigen, auch wollte er seine Stimme ausprobieren, sie stimmen wie eine Geige vor der Symphonie. Es gab Tage, an denen er sich zu hoch und metallen reden hörte, wie der Wolf im Märchen, der Kreide gefressen hat, um die Geißlein zu täuschen. Heute aber war seine Stimme klangvoll und tief, er musste sich nicht anstrengen, um laut zu sprechen. Das gab ihm Selbstvertrauen.

An der Adresse lag ein zweigeschossiges Haus, das teilweise von Efeu überwachsen war. Der Name *Unland* stand, ohne den akademischen Titel, auf dem Briefkasten, und er öffnete das Gartentor. Der Garten war nicht eben verwildert, doch neben den sorgsam gestutzten Rasenflächen der Nachbarschaft wirkte die Wiese verwahrlost.

Er ging die Treppe hoch und überlegte sich, im Windfang stehend, was er zur Begrüßung sagen sollte. Er wusste, dass die meisten Leute nicht bloß einen Guten Abend wünschten, sondern eine unverfängliche Äußerung folgen ließen, die sich auf die Umstände der Einladung bezogen. Was aber sollte er sagen? Sollte er ihren Garten dafür loben, dass er Igeln und Bienen einen Lebensraum bot? Womöglich würde sie die Bemerkung missverstehen. Es passierte ihm immer wieder, dass seine ganz ernst gemeinten Kommentare für Scherze gehalten wurden, wohl aufgrund seiner betonungsarmen Redeweise.

Hinter den schmalen Scheiben, die zu beiden Seiten der Türe eingelassen waren, näherte sich ein Schatten. *Bleib ganz ruhig*, besprach sich Akeret. Etwas aber stimmte nicht – und da erkannte er seinen Fehler: seine Hände waren leer! Er hatte kein Gastgeschenk dabei, wie es üblich war.

«Guten Abend, Herr Ak–»

«Ich habe nichts mitgebracht», unterbrach er sie und schüttelte heftig ihre Hand, woraufhin Unland – überrascht, beleidigt? – auflachte.

Als sie ins Wohnzimmer traten, fiel sein Blick auf einen alten Apothekerschrank, der als Möbel diente. Auf den Schubladen prangten noch metallgefasste Schilder, die den ehemaligen Inhalt verrieten. Aus den Boxen eines Plattenspielers klang ein fremdartiges Saiteninstrument herüber.

«Kimio Eto.» Unland hatte sich neben ihn gestellt, schwenkte ein Glas Rotwein und blickte auf die Vinylplatte, als bringe deren Betrachtung sie der Musik näher. «Und wer ist Ihr liebster Koto-Spieler?»

«Ich habe keinen», sagte Akeret.

Die Musik war andächtig und von asketischer Einfachheit, sie erinnerte ihn an Bach, den er schätzte, die Weltzugewandtheit eines Mozart ertrug er nicht. Gleichzeitig war die Melodieführung weniger starr und mathematisch als bei Bach, Eto verband das Spielerische mit dem Andächtigen, wie etwa auch John Coltrane.

«Ich mag Jazz», sagte Akeret nach einer Pause und merkte im selben Augenblick, wie zusammenhangslos der Satz wirken musste. Unland tat ihm den Gefallen, ihn zu überhören.

«Nehmen Sie auch ein Glas?», fragte sie, und Akeret nickte ein wenig zu schnell, als hätte er eine andere Frage erwartet und nun gegen seinen Willen zugestimmt.

Unland ging in die Küche, wo ein leise arbeitender Abzug den Rauch von zwei Pfannen aufnahm, in denen sie nun rührte. Akeret löste sich indes vom Plattenspieler und ging im Wohnzimmer umher. Es war spärlich möbliert, doch war jeder Gegenstand so wohlüberlegt platziert, dass Akeret die Leere als angenehm empfand.

An einer Wand hing ein Plakat, offensichtlich eine Reklame, wohl über hundert Jahre alt:

DIE SCHÖNE LULU

UND DIE KANNIBALEN AUS DER SÜDSEE

Akeret starrte lange darauf, ohne zu begreifen. Es war zweifellos eine schöne Lithographie, mit kräftigen Farben und gelungener Komposition, doch schien ihm diese Zurschaustellung ein wenig, nun ja, unzeitgemäß.

Unland war neben ihn getreten und reichte ihm ein

Rotweinglas, und er fragte sie, warum sie das Bild hier aufgehängt habe.

«Ich denke –», Unland zögerte, «ich denke, es soll mich an etwas erinnern. Man kann den Menschen nicht verstehen, wenn man annimmt, dass er vernünftig handelt, dass er seine Energie nur verwendet, um zu überleben und Nachkommen zu zeugen. Er verwendet seine Energie auch für sinnlose oder sogar grausame Dinge, die nur seiner Zerstreuung dienen, ihn davon ablenken sollen, dass er einmal sterben muss. Dieser sinnlosen und grausamen Ideen wegen bin ich wohl Ethnologin geworden und keine Biologin, denn sie erscheinen mir viel spannender. Man schaut gerne auf die Irrtümer der Vorfahren zurück und glaubt, sie seien dümmer oder unmoralischer gewesen als wir. Aber gäbe es morgen kein Internet, kein Fernsehen mehr, dann würde übermorgen die nächste Völkerschau eröffnen.»

Akeret stellte sein Glas auf den Tisch und setzte sich. Sie hatten noch kein Wort über die Expedition gesprochen, und wenn diese Einladung dazu dienen sollte, die Einzelheiten seiner Reise zu besprechen, dann entwickelte sich der Abend allzu schleppend. Gerne wäre er ohne Umschweife darauf zu sprechen gekommen, doch wusste er, dass dies forsch, sogar unfreundlich wirken konnte. Er musste sich gedulden, die Sache war zu wichtig, er durfte sich keinen Fehler erlauben.

Dr. Unland nahm einen Schluck Wein und fuhr sich dann mit der Zunge über die Lippen – war das ein Zeichen?

Genau deshalb war er nicht gerne in Gesellschaft: Die

Zeichen, welche die Menschen (meist unbewusst) aussandten, waren immer mehrdeutig, und das verwirrte ihn. Wenn Unland ihn nun am Arm fasste, ihn nicht mehr losließe, wenn sie ihren Kopf seinem näherte, was bedeutete das? Müsste er sie dann küssen?

Akerets Verstand war überfordert, erstickte in Überlegungen, und er suchte Beruhigung in der Wiederholung. *Die Ontogenese rekapituliert die Phylogenese*, durchlief es mantrisch seinen Geist, während Unland in die Küche ging, die Pfanne vom Herd nahm und auf den Tisch stellte.

«Ich hoffe, Sie mögen Bœuf Stroganoff.»

Akeret nickte unschlüssig.

«Wenn wir gegessen haben, möchte ich Ihnen meinen Keller zeigen.»

Akeret schob die Gabel in den Mund und achtete darauf, mit geschlossenen Lippen zu kauen, denn er wusste um seine Angewohnheit zu schmatzen. Ab und zu nahm er einen Schluck Wein, obwohl er Wein nicht mochte und jeder Schluck ihm den herzhaften Geschmack der Soße auf der Zunge verdarb.

Schweigend leerten sie ihre Teller, und gleich nachdem Akeret sein Besteck abgelegt hatte, sagte Dr. Unland, als müsste sie ihn daran erinnern: «Wir wollten doch in meinen Keller gehen.»

Sie stiegen über eine durchgetretene Holztreppe hinab in einen sauber mit Zement ausgegossenen Raum. Er wurde beinahe völlig von den beweglichen Regalen eingenommen, wie Akeret sie aus Bibliotheken kannte. Zwischen solchen Regalen fühlte er immer Unbehagen, denn er stellte sich vor, gleich drehe jemand an der Kurbel, klemme ihn ein und zermalme ihn. Es war kein Unfall, den er fürchtete, sondern einen bösen Menschen, der selbstvergessen Lesende mutwillig verletzte.

Was mochte Unland hier wohl lagern? Waren es seltene historische Schriften auf zerbrechlichem Papier? Kryptozoologische Handbücher? Oder eine Sammlung von Bestiarien aus allen Kulturen und Zeitaltern?

Es lagerten hier unten, wie sich herausstellte, überhaupt keine Bücher, sondern die Federn und Bälge von Vögeln, es mussten Tausende sein – ein so umfängliches und exzentrisches Archiv hätte er Unland niemals zugetraut.

Als Erstes zeigte sie ihm den kompletten Gefiedersatz einer Kragentaube, dessen Spektrum von mattem Schiefergrau bis zu irisierendem Grünblau reichte. Die Federn waren sorgsam nach Farbe und Größe auf schweres Papier aufgezogen, und eine ganze Weile starrte er gebannt auf den Bogen, den sie vor ihm schwenkte, als wolle sie ihn durch das wundersame Farbenspiel hypnotisieren.

Er konnte den Drang, ein Archiv anzulegen, die Dinge zu ordnen natürlich nachvollziehen, doch sich an bunten Federn zu ergötzen, fand er, nun ja, recht kindlich – was er aber für sich behielt. Die Taxonomie hatte ihn gelehrt, dem Äußerlichen gegenüber misstrauisch zu sein, denn es konnte in die Irre führen und zu falschen Schlüssen verleiten.

Unland nahm ihr Rotweinglas, das er für sie gehalten hatte, schwenkte es und trank einen großen Schluck. Er wisse bestimmt, dass die ersten Europäer von den Gewürzinseln mit den Bälgen eines wunderschönen Vogels zurückkehrten. Die malaiischen Händler nannten ihn BU-

RUNG MATI, zu deutsch: toter Vogel, denn sie hatten noch keinen je lebend gesehen.

Akeret nickte.

Bei den Niederländern wurde er als PARADIESVOGEL bekannt, und es hieß, dass er sein ganzes Leben in der Luft verbringe und deshalb keine Füße brauche. Linné taufte ihn folgerichtig PARADISEA APODA, fußloser Paradiesvogel.

So viel war Akeret bekannt, es war im Wesentlichen das, was auch bei Wallace zu lesen war. Er begann seine Meinung darzulegen, wonach die KÜSTENSEESCHWALBE dem mythischen Paradiesvogel am nächsten komme. Als Zugvogel brüte sie im Sommer am Nordpolarkreis, überwintere dagegen am Südpol, nehme also Jahr für Jahr eine scheinbar sinnlose Reise auf sich, sinnlos deshalb, weil die Antarktis keine milderen Gefilde biete. Küstenseeschwalben seien aber Tagjäger, und wenn der sechs Monate andauernde Tag im Norden zu dämmern beginnt, um in eine ebenso lange Nacht überzugehen, spanne die Schwalbe die Flügel, überfliege die Meere und erreiche den Süden in der Morgendämmerung eines halbjährigen Tages.

Für den kühnen Bogen, den Unland nun anscheinend spontan zu einem anderen Thema schlug, bewunderte er sie sehr. Sie leitete nämlich über zur LEBENDEN GÖTTIN von Kathmandu, ein kleines Mädchen, das seinen göttlichen Status verlor, wenn es außerhalb des Palastes den Boden betrat. Das Kind durfte den Palast daher nur zu bestimmten Festen und auf einem Wagen verlassen, der von Männern durch die Straßen gezogen wurde.

Es sei doch bemerkenswert, fuhr Unland fort, dass das

Göttliche über alle Kulturen hinweg gedacht werde als etwas der Erde Enthobenes, als etwas in den Lüften und Wolken Wohnendes. Lévi-Strauss dagegen habe in seinem unvollendeten Theaterstück die Apotheose, also die Erhebung eines Menschen zum Gott, ganz anders geschildert. Bei ihm erfährt der Kaiser Augustus von einem Adler, dass er die bevorstehende Gottwerdung nicht erkennen werde an einer strahlenden Empfindung oder der Fähigkeit, Wunder zu wirken, nein, er werde jede Abscheu vor Schmutz und Getier verlieren, vor Verwesung und Exkrement. Jeder Boden werde ihm gut genug sein, um darauf zu schlafen.

Akeret schien es, als habe er nie zuvor eine so tiefe geistige Befriedigung bei einem Gespräch empfunden. Die Gespräche seiner Kollegen in der Druckerei drehten sich in der Hauptsache um Frauen und um Autos – beides Themen, zu denen er nichts beitragen konnte: Bei Frauen mangelte es ihm an Erfahrung, aber nicht an Interesse, bei Autos an beidem gleichermaßen.

Ihrer Sammlung, sagte Unland, fehlten die Paradiesvögel, und es sei hierzulande schwierig, wenn nicht sogar unmöglich, an ihre Bälge zu kommen. Man müsste schon selbst nach Neuguinea reisen.

Akeret hatte den Wink verstanden, doch wandte er ein, er habe bei der Recherche kaum Hinweise auf Sichtungen eines Zwischenwesens in Neuguinea gefunden, bloß die Notiz eines einzigen Forschers, der am Oberlauf des Flusses Fly mit Stämmen gesprochen haben wollte, die einen Affenmenschen kannten.

Aber das klinge doch wunderbar! Immerhin handle es

sich um einen der größten Regenwälder der Erde. Gerade die Unerforschtheit der Insel sei eine Chance.

Tatsächlich ergab dieses Argument Sinn, zumindest damals, und so war Akeret, Dr. Unlands Wünschen entsprechend, nach Neuguinea gereist.

Und nun, auf der Querbank der MARIA, wie er Mansur zu erklären versuchte, warum sie eben nicht auf Sumatra waren, fiel ihm blitzartig ein, was ihm schon viel früher hätte einfallen müssen: die WALLACE-LINIE! Wie hatte er sie vergessen können! Die Linie, die den Archipel teilte, die Grenze markierte zwischen asiatischer Flora und Fauna auf der einen, australischer auf der anderen Seite. In Australien aber gab es keinen einzigen Primaten, deren Nische hatten die Beuteltiere besetzt.

Akeret fiel es wie Schuppen von den Augen: Wie sollte er einen Affenmenschen dort finden, wo keine Primaten lebten! Er verfluchte sich mehrfach und suchte dann nach einem unschuldigen und nutzlosen Ding, das er zerstören konnte.

15

Wie, muss man sich fragen, hatte Akeret die Wallace-Linie bloß vergessen können? Es war, als ginge er unbewusst davon aus, dass das Halbwesen mythischen Ursprungs war und somit den Gesetzen der Evolution nicht unterworfen. Oder fürchtete er in seinem tiefsten Innern, dem Wesen tatsächlich zu begegnen?

Er hatte kaum Sagen von Affenmenschen gelesen, die von Inseln östlich der Wallace-Linie stammten, und östlich dieser Linie befand er sich nun. Eine ganze Weile wiegte Akeret sich in stummer Wut und Verzweiflung auf der Querbank, und nachdem Mansur ihn einige Male vergeblich gefragt hatte, was denn los sei, wandte er sich von ihm ab. Bald kamen Blum und Jonah mit einem erlegten Kasuar zurück. Jonah trug das Tier, einen schwarzen Laufvogel von straußenähnlicher Gestalt, huckepack wie ein müdes Kind. Der faltige blaue Hals hing ihm über die Schulter auf die Brust. Blum, einige Schritte hinter ihm, wirkte erschöpft und gereizt.

Mansur und Jonah machten sich sofort daran, den großen Vogel zu rupfen, ein mühsames Geschäft, da die Federn tief verankert waren. Danach zog Jonah die Sehnen aus den kräftigen Beinen und erklärte, er werde sie mit nach Hause nehmen und dort am Fuße einer Bananenpalme vergraben, damit sie reiche Frucht trage.

Nach einer üppigen Mahlzeit – allein Akeret hatte das Kasuarfleisch des strengen Geschmacks wegen beinahe ungenießbar gefunden – legten sie ab. Der Fluss, nun schmaler, aber noch tief genug für die MARIA, wand sich zwischen höher werdenden Hügeln. Die Vegetation wurde wieder dichter, die Vögel zahlreicher, es blühte gelb und rot in den Wipfeln der Bäume. Sie wurden kaum mehr von Stechmücken heimgesucht, dafür plagte sie nun eine bösartige Biene, die zwar stachellos war, sich aber vorzugsweise im Gesicht niederließ und die Nähe der Augen suchte – vermutlich, um aus ihnen zu trinken. Sie schlugen sie zu Hunderten tot, doch es wurden nicht weniger. Offenbar lebten sie in morschen Bäumen.

Akeret hätte gerne angehalten, um sich der Beobachtung der Vögel zu widmen und so eine Weile nicht mehr an sein schwerwiegendes Versäumnis denken zu müssen. Doch er durfte sich keine Ablenkung gestatten, seine Zweifel ließen sich nur zurückdrängen mit der Vorstellung, er werde einst in Schulbüchern Erwähnung finden als ein Max Planck der Zoologie. Und zweifellos, sagte er sich, zweifellos wäre die Sensation viel größer, wenn er HOMO AKERETI auf dieser Insel fände, wo er noch weniger als anderswo existieren durfte.

Auf einem Felsen in der Mitte des Flusses lag ein Krokodil, sein kaltes Blut in der Sonne wärmend, mit offenem Maul. Es tauchte, als sie näher kamen, ins Wasser und war verschwunden, Jonah drosselte die Geschwindigkeit, um den Felsen zu umfahren. Ein Knirschen des Kiels verriet ihm, dass der Fluss hier seichter war als erwartet.

Akeret fuhr erschrocken auf. Er wusste: Am tiefsten

war ein Fluss dort, wo sein Wasser am schnellsten floss und das mitgeschwemmte Gestein sich nicht ablagern konnte – bei einem geraden Flussabschnitt war dies die Mitte, in einer Schlaufe lag die schnellste Strömung weiter außen. Eine Flussinsel wie diese teilte den Strom in zwei Arme, und meist strömte das Wasser des einen Armes langsamer als das des anderen.

Als sie den Felsen hinter sich gelassen hatten, beruhigte sich ihre Fahrt. Akeret aber ging das Geräusch lange nach, er ahnte, dass sie die MARIA bald würden zurücklassen müssen, um entweder mit dem Einbaum weiterzufahren oder sich zu Fuß einen Weg durch den Regenwald zu schlagen.

Im Laufe des Tages begegneten sie weiteren bemannten Einbäumen, die nicht ihre Nähe suchten, sondern vor ihnen zu flüchten schienen. Es wäre wohl am besten, dachte Akeret, die Reise zu Fuß fortzusetzen, denn im dichten Regenwald wären sie nicht weithin sichtbar wie auf dem Fluss. Allerdings wären nicht nur sie selbst unsichtbar, sondern auch alles, was vor ihnen lag und sich ihnen näherte.

Erstmals erschienen ihnen die Berge im Landesinnern nicht nur als dunstblaue Ahnungen, sondern als solide Erhebungen. Der Anblick war Akeret vertraut, doch weckten diese Berge keine anheimelnden Gefühle. Ihre Gipfel lagen im Licht, der Rest des Himmels aber war von Wolken verfinstert.

Am Nachmittag stieß die MARIA zwei-, dreimal gegen Felsen im Flussbett, und das Geräusch des Entlangschrammens ging Akeret durch Mark und Bein. Mansur band einen Stein an eine Schnur, ließ das Lot hinab ins Wasser und maß eine Tiefe von knapp einem Meter. Es ergab wenig Sinn, mit der MARIA weiterzufahren.

Der Wind hatte aufgefrischt, schon fielen Zweige von den Bäumen, und Mansur drängte darauf, ein Zelt aufzustellen. Aus Bambusrohren errichteten sie eilig ein Gerüst, dessen Grundfläche und Seiten sie mit Plastikplanen bespannten.

Sie hatten gerade im Zelt Platz genommen – Akeret befestigte noch die bewegungsempfindlichen Kameras an einigen umstehenden Bäumen –, als sie den Regen kommen hörten: ein gewaltiges himmlisches Brausen, das die klebrige Schwüle fortwusch. Der lehmige Boden des Regenwaldes nahm kaum Wasser auf, und so stürzten draußen kleine Bäche dem Fluss entgegen, der rasch anschwoll.

In dieser Nacht fand Akeret keinen Schlaf, zu viel Getöse machten Wind und Regen. Auch glaubte er mehrmals, das Knirschen und Knacken eines Baumes gehört zu haben, der sich bereit machte zu fallen. Er überlegte, Mansur zu wecken, doch konnte er sich nicht durchringen, es erschien ihm übergriffig, einen andern Menschen aus dem Schlaf zu reißen.

Da spürte er einen Stich wie von einer Biene in seiner linken Schulter, er setzte sich auf und leuchtete mit der Taschenlampe umher. Einige Ameisen – entweder eingesperrte oder geflüchtete, die einen dem Wasser verschlossenen Weg in das Zelt gefunden hatten – wuselten besinnungslos in der Ecke herum. Nun hatte er einen Grund, Mansur zu wecken.

Erst flüsterte er seinen Namen, blies ihm dann ins Gesicht, schließlich nahm er seinen Arm und schüttelte ihn. Mansur, in seinen Sarong gehüllt, setzte sich auf, rieb sich die Augen und blickte Akeret fragend an. Er schien überhaupt nicht verärgert darüber zu sein, dass er ihn geweckt hatte, und dafür mochte Akeret ihn sehr in diesem Augenblick.

Mansur stieg über die beiden andern hinweg zu den Küchenutensilien und brachte ein Päckchen Salz, von dem er einige Prisen in die Ecke streute.

Akeret sprach mit Mansur nicht über seine Ängste (dazu war er nicht in der Lage), sondern fragte ihn um Rat. Mit der MARIA würden sie nicht weiterfahren können, was also sollten sie tun – zu Fuß weiter oder mit dem Einbaum den Fluss hinauf?

Sie sollten, meinte Mansur, mit dem Einbaum weiter bis zur Stelle, wo die Rauchsäulen aufgestiegen waren, und dort in den Wald hinein.

Akeret nickte, das klang vernünftig. Und da im Einbaum bloß zwei Personen Platz hätten, bat er Mansur, ihn zu begleiten.

Mansur zuckte mit den Schultern. Er halte Jonah für die bessere Wahl. Einen Kasuar zu erlegen sei schließlich kein Leichtes, es seien gefährliche Vögel.

Sie saßen eine Weile stumm nebeneinander, dem Prasseln des Regens lauschend. Akeret dachte nach.

Nein, sagte er, Jonah sei auf der MARIA besser aufgehoben, denn ihm, Mansur, vertraue er am meisten.

Akeret war nicht daran gewöhnt, jemanden zu loben, und seine Stimme hatte, wie er zu hören glaubte, einen unnatürlichen Klang.

Gut, erwiderte Mansur, so würden sie es machen, *inshallah*. Nun aber sollten sie beide schlafen.

Er hüllte sich wieder in seinen Sarong und schlief, wie es schien, augenblicklich ein.

16

Am nächsten Morgen hatte der Regen aufgehört, Dunst zog die Hügelflanken hoch, und das Grün des Waldes erschien leuchtend und gesund. Abgebrochene Zweige lagen auf der Dachplane, und eine Pfütze hing schwer darin. Jonah hob die Plane von unten mit den Händen an und ließ das Wasser über den Rand klatschend auf den Boden fallen.

Akeret teilte Blum mit knappen Worten seinen nächtlichen Beschluss mit, den dieser ohne Widerrede hinnahm. Blum wirkte erleichtert, ja geradezu beschwingt von der Aussicht, auf der vergleichsweise komfortablen MARIA zurückzubleiben. Es schien ihn nicht einmal zu stören, dass er das Boot mit Jonah würde teilen müssen, den er seit ihrem Jagdausflug auffällig gemieden hatte.

Während Jonah und Mansur den Einbaum mit Proviant und Ausrüstung beluden, sammelte Akeret die Kameras ein. Sie hatten diesmal weder Vögel noch Kuskus aufgezeichnet, bloß springende Palmblätter sowie einen über den nassen Lehmboden gleitenden Oktopus, dessen Arme Äste und Steine befühlten.

Der Einbaum wurde zu Wasser gelassen, Akeret und Mansur stiegen hinein und begannen, flussaufwärts zu paddeln. Über den Wipfeln waren keine Rauchsäulen zu sehen, aber Akeret glaubte sich zu erinnern, aus welchem Teil des Waldes sie aufgestiegen waren.

Bald gerieten sie in Stromschnellen, große und kleine Felsen beschleunigten und verwirbelten hier das Wasser, und sie entschlossen sich, ein Stück über Land zu gehen und weiter oben zu wassern. Es war mühselig, den Einbaum durch den dichten Wald zu tragen, immer wieder verfingen sich dornenbewehrte Lianen in ihrer Kleidung, und sie mussten anhalten, den Einbaum absetzen und sich gegenseitig davon befreien.

Oberhalb der Stromschnellen war der Fluss breit und langsam, und sie fuhren ein Stück weiter, bis zu der Stelle, wo Akeret die Rauchsäulen gesehen haben wollte. Mansur band den Einbaum – einmal am Bug, einmal am Heck – mit zwei Tauen an Ästen fest, die über das Ufer hingen. Hier wäre er, dank der hohen und steilen Böschung, vom Wald aus nicht zu sehen, und sie könnten die Ausrüstung zurücklassen. Sie deckten den Einbaum sorgfältig mit einer Plane ab und machten sich auf den Weg, im Gepäck bloß ein wenig Proviant, selbst das Gewehr ließen sie zurück – Akeret wollte unbedingt den Eindruck vermeiden, dass sie in kriegerischer Absicht kamen.

Sie folgten einem Pfad entlang des Flusses, dessen lehmiger Boden glatt und rutschig und schon halb zugewachsen war. Aber was bedeutete ein zugewachsener Pfad schon in den Tropen, wo keine Schneise lange bestehen konnte? Vielleicht, dachte Akeret, war er vor zwei Tagen noch benutzt worden.

Da traf ihn ein schwerer Tropfen auf der Stirn, und als er seine vertropfte Brille abnahm, um sie zu reinigen, hörte er in der Nähe ein Bellen. Bewaffnet mit Stöcken, passierten sie eine Pflanzung von Taro und Bananen, deren

Bewachung die Hunde sehr ernst nahmen. Glücklicherweise folgten sie ihnen nicht. Bald gelangten sie in ein Dorf, das auf den ersten Blick verlassen schien, doch blitzten im Dämmer der Hütten Augen auf, ängstliche, neugierige, misstrauische Augen.

Niemand kam, um sie zu begrüßen, als hoffte man, sie würden gleich wieder umkehren. Die Hütten waren zu einem Hufeisen geordnet, in dessen Mitte sich Akeret und Mansur stellten und die Stöcke niederlegten, um zu zeigen, dass sie in friedlicher Absicht gekommen waren.

Da sich auch jetzt niemand zeigte, trat Akeret an eine der Hütten heran und klopfte außen gegen das Bambusrohr, streckte dann den Kopf in eine Fensteröffnung und sah, im trüben Licht auf dem Boden kauernd, eine Schar von Kindern, die ihn anblickten, ohne sich zu rühren: wie einen Geist, der vorübergehen werde.

Mansur hatte indes ein Cricket-Trikot hervorgeholt und streckte es einem Jungen hin, der zögernd auf ihn zukam, den Kopf bisweilen zu einer Hütte hin umwendend, aus der nun anstachelnde Rufe drangen. Er griff nach dem Trikot, und nachdem er es langsam, wie in Zeitlupe, an seine Brust gedrückt hatte, rannte er kreischend zurück.

Akeret tadelte Mansur, was ihm einfalle, diesen Menschen, die sich augenscheinlich ihre traditionelle Kleidung und unbeschwerte Nacktheit bewahrt hatten, solch einen Plastikunsinn aufzunötigen. Ob er denn nicht begreife, dass alles, was sie von außen brachten, hier fehl am Platz sei – alles Mittel, die Menschen zu korrumpieren, moralisch und ästhetisch?

Mehr und mehr Kinder kamen aus den Hütten geschlichen. Akeret ging in die Hocke, um nicht auf sie hinabzuschauen, und war bald umschart von scherzenden Kindern, die über seine Haut strichen, seinen Kopf betasteten, als hätten sie noch nie solch helle Haut, solch glattes Haar gesehen. Es schien ein Dorf von Kindern zu sein, noch immer zeigten sich keine Erwachsenen – waren sie auf die Jagd gegangen und hatten sie allein zurückgelassen?

Da deutete Mansur auf eine Frau vor einer Hütte, die, einen Säugling wiegend, argwöhnisch auf das Geschehen blickte, nach Art der Mütter eben: immer bereit, Zurechtweisungen zu rufen. Akeret erhob sich rasch, um zu verdeutlichen, dass er sich diesen nicht würde fügen müssen. Er ging auf sie zu, mit ausgestreckter rechter Hand, hoffend, dass die Darbietung der rechten Hand, der Waffenhand, auch hier als Friedensgeste galt. Weder ergriff sie seine Hand, noch blickte sie ihm in die Augen, und einer Eingebung folgend, hielt er ihr den eingeschweißten Bogen mit den Bildern der Nachtmenschen hin.

Während sie die Bilder anschaute, scharten sich nach und nach die Kinder um sie, und die Mutigeren unter ihnen drückten den Bogen in seiner Hand nach unten, um selbst einen Blick zu erhaschen. Einige begannen zu kichern. Ein Mädchen packte den Bogen und zog daran, und Akeret hielt erst dagegen, um zu zeigen, dass er ihn noch brauche. Da deutete das Mädchen mit dem Kopf in Richtung einer Hütte, und er überließ ihm den Bogen und folgte ihm, ohne nachzudenken. Die Hütte, in die das Kind verschwand, war weitaus größer als die übrigen im Dorf. Eine Schar von Männern trat heraus, deren Ausdruck zwar ernst, aber nicht feindselig wirkte; sie schienen durch ihre

Anwesenheit nicht beunruhigt zu sein. Zwar sprachen sie keine Sprache, die Mansur verstand, doch deuteten sie mit entschlossenen Gesten erst auf die Bilder, dann zum Wald – wozu genau sie entschlossen waren, konnte Akeret nicht herausfinden.

Die Baumkronen rauschten über ihnen, Wolken trieben über den Himmel, Regen war nah. Einige junge Männer brachten Bambusrohre und banden sie zusammen. Rasch hatten sie ein Gerüst errichtet, das, gedeckt mit Palmblättern, zu einem Hüttchen wurde, dem zwar Wände fehlten, dessen erhöhte Plattform aber Schutz vor den neuen Bächen bieten würde.

Mit ruhiger Geste bedeutete ihnen ein älterer Mann, sich in dem Hüttchen niederzulassen, und Akeret, gerührt von diesem Akt der Gastfreundschaft, verbeugte sich. Daraufhin versammelte der Mann eine Gruppe von Männern um sich, die mit Steinbeilen bewaffnet waren, und führte sie in den Wald.

Ob sie tatsächlich loszogen, um ihm das Wesen, das er suchte, zu bringen? Würde seine Suche hier enden? Er hatte es versäumt, ihnen mitzuteilen, dass er ein lebendiges Exemplar benötige – was, wenn sie ihm ein totes brächten?

Die Plattform des Hüttchens war gerade so groß, dass ihre Knie, wenn sie nebeneinander im Schneidersitz saßen, sich berührten. Einige zähe Stunden vergingen, bis der Regen kam. Er kam erst in Schwallen, die als silberne Wellen über die Erde liefen, verkam dann zum eintönigen Tropfen, zur geisttötenden Gleichmäßigkeit

Nackte Kinder spielten auf dem regennassen Dorfplatz ihre Kinderspiele, deren Regeln ein Erwachsener nicht begreifen konnte. Sie streckten ihnen die nassen Hintern entgegen und klatschten mit den Händen darauf. Mansur rief ihnen vergnügt etwas zu, Akeret aber bereitete es Unbehagen, die nackten Menschenkinder anzuschauen, und er hob seinen Blick in den verhangenen Himmel, als läge dort oben ein Rätsel, dessen Lösung seine ganze Aufmerksamkeit erforderte.

Sonst beachtete sie niemand, es war, als hätte man sie vergessen. Akeret erwartete nicht, dass man sie bewirtete, schließlich hatte der Stamm seine Gastfreundschaft schon durch die Errichtung des Hüttchens bewiesen. Und wenn die Männer gerade das herantrugen, was Akeret so sehr begehrte, wäre es anmaßend, weitere Forderungen zu stellen. So gab er sich mit den Butterkeksen zufrieden, die Mansur mit ihm teilte, und diese freundschaftliche Geste ließ seine Zuneigung noch wachsen. Die Krumen fielen zwischen die Bambusrohre und wurden fortgespült.

Was er von Blum halte, fragte Akeret.

Mansur überlegte lange Zeit, wohl um nichts Verfängliches zu sagen, und meinte dann, Blum nehme sich ein wenig zu ernst.

Zu wichtig, könne man auch sagen.

Mansur nickte zustimmend, und dann schwiegen sie wieder.

Der Regen war eine gewaltige Macht in diesen Breiten, und in der Nacht fürchtete Akeret, sie könnten mitsamt ihres Hüttchens in den Fluss geschwemmt werden und morgens auf dem Wasser treibend erwachen. Als Bub hatte er davon geträumt, auf einer Flussinsel zu leben und sich von Zeit zu Zeit hinabtreiben zu lassen, zur nächsten Insel, um dort wieder ein Weilchen zu leben. In diesem Augenblick aber, eingesperrt vom Regen, umgeben von Fremden, die er nicht verstand, hatte die Vorstellung vom Leben in der Wildnis jede Romantik verloren, sie war ins Albtraumhafte verkehrt. Nicht einmal den Kopf hin- und herwenden konnte er, um sich zu beruhigen, weil er zweifellos Mansur angestoßen und ihn geweckt hätte.

Und so fand er auch in dieser Nacht kaum Schlaf. Einzelne Tropfen drangen durch das Palmblattdach und fielen so schwer und kalt herab auf seine Haut, dass ihn schauderte. Am nächsten Morgen regnete es nicht mehr aus dem Himmel, aber noch immer aus den Bäumen. Die Männer kehrten heim und trugen Unaussprechliches heran. Der Körper, der vor Akeret niedergelegt wurde, war weder ganz menschlich noch ganz der eines Tiers. Ein eindeutig menschlicher Kopf war mit grobem Garn an einen haarigen Rumpf genäht worden.

Es war nicht bloß ein entsetzlicher Anblick, sondern ein ganz und gar lächerlicher, und Akeret begann – zum ersten Mal in seinem Leben – hemmungslos und laut zu lachen. Ähnlich mochten jene empfunden haben, die erstmals das Präparat eines Schnabeltieres in Händen hielten, dieser seltsamen Kreatur mit Biberschwanz und Entenschnabel, deren Echtheit lange Zeit so umstritten war wie die der Meerjungfrauen, die man von japanischen Matrosen erwarb. Sie waren aus Affen und Fischen zusammengenäht, aber nicht in der Absicht, die europäischen Händler zu täuschen. Man nannte sie, wenn er sich recht erinnerte, NINGYO, und sie dienten als Glücksbringer.

Es war weniger der Anblick selbst als vielmehr die

170

Tat, die Akeret entsetzte, der stümperhafte Akt des Zerteilens und Zusammennähens. Ohne ein Wort drehte er sich um und ging in Richtung des Flusses davon, und Mansur musste erst die ihren Lohn fordernden Männer mit Trikots und Tabak bezahlen, bevor er ihm folgen konnte.

Akeret kam hinab zum Fluss, und was er sah, traf ihn wie ein Schlag. Erst meinte er, der Einbaum sei gestohlen, erkannte dann, dass er vollständig unter Wasser lag – ein Tau hatte sich gelöst, das andere führte vom Ast des Baumes in das lehmgelbe Wasser hinab. Er verfiel nicht in Panik, er wurde, im Gegenteil, ganz ruhig und überlegte kühl, wie man die Ausrüstung bergen könnte. Man müsste wohl hinabtauchen, den Einbaum umdrehen und Luft darunter blasen, sodass er dank des gewonnenen Auftriebs nach oben stiege.

Mansur kam herbei, und sogleich begaben sie sich ins brusthohe Wasser und tauchten unter, um tastend herauszufinden, wie viel von der Ausrüstung verloren war. Die Plane, mit der sie den Einbaum abgedeckt hatten, war fort, doch bargen sie die beiden Navigationsgeräte. Sie nahmen die Batterien heraus und legten sie zum Trocknen in die Sonne.

Mansur tauchte erneut und schaffte es, den Einbaum zu drehen. Der aufgeblasene Plastiksack ließ sich allerdings nicht tief genug unter Wasser drücken.

Einige Kinder waren ihnen nachgekommen, und sie fanden ihre Bemühungen, den Einbaum zu bergen, zum Kichern. Was die Kinder wussten, würden bald auch die Männer wissen, dachte Akeret, und was mochten sie tun, wenn sie Mansur und ihn so hilflos fänden? Auch kam ihm das Krokodil auf dem Felsen in den Sinn, das in diesem undurchsichtigen Wasser nicht zu sehen wäre.

Sie müssten zu Fuß zurück, sagte er zu Mansur. Und zwar umgehend!

Mansur zögerte, er wollte noch nicht aufgeben. Erst als Akeret die geborgenen Geräte eingesteckt hatte und schon im Wald verschwunden war, ließ er von dem Einbaum ab, stieg aus dem Wasser und holte ihn rennend ein.

Der lehmbraune Strom wälzte sich neben ihnen in Schrittgeschwindigkeit hinab, wie am Treibgut zu erkennen war, hinter den Stromschnellen aber konnten sie mit dem Fluss nicht mehr Schritt halten. Wenige Stunden später erblickten sie am anderen Ufer die MARIA, und sie riefen und winkten, damit Jonah das Boot hinübersteuerte, doch niemand war zu sehen.

Blum erschien an Bord, blickte in ihre Richtung, doch weder winkte er zurück, noch gab er auf andere Weise zu erkennen, dass er sie gesehen hatte. Wo war Jonah? Hatte er Blum alleine auf der MARIA zurückgelassen? Akeret würde ihn zurechtweisen, vielleicht sogar bestrafen müssen. Doch da bemerkte er eine Bewegung im Käfig. Eine liegende Gestalt regte sich, richtete langsam den Oberkörper auf (stehen war darin nicht möglich), bis ihr Scheitel den Stahl berührte.

Es war Jonah.

Mansur und Akeret winkten heftig weiter, Blum aber stand bloß da, unentschlossen, ratlos, wie es schien. Mansur gab ihm rufend zu verstehen – Stimmen trugen weit über Wasser –, dass der Einbaum verloren war.

Auch jetzt machte er keine Anstalten, Jonah freizulassen. Stattdessen begann er, Handgriffe nachzuahmen, die er Jonah viele Male hatte ausführen sehen, doch waren seine Bewegungen ungerichtet, und man erkannte, dass er ihren Zweck nicht verstand.

Akeret beschattete seine Augen und sah, wie Blum die Kordel des Außenborders zog, er hörte den Motor husten, aber nicht anspringen – er wäre ohnehin nicht weit gekommen. Das Boot war noch angebunden.

Jonahs Mund begann sich zu bewegen, offenbar sprach er auf Blum ein, entweder um ihn anzuweisen, wie der Motor zu starten sei, oder um um seine Freilassung zu bitten.

Einen Moment lang saß Blum reglos auf der Heckbank. Er schien zu überlegen, ob der Nutzen größer als der mögliche Schaden wäre, zog dann erneut unentschlossen und erfolglos an der Kordel. Schließlich bewaffnete er sich mit dem Gewehr und erhob sich, um den Käfig zu öffnen. Akeret hoffte inständig, Jonah möge Blum nicht unterschätzen, der, als vormaliger Rekrut, mit Schusswaffen umzugehen wusste, auch wenn er nicht danach aussah.

Doch Jonah verhielt sich besonnen. Er band das Boot los, ging achtern, drehte an einem Ventil und startete den Motor mit dem ersten Zug. Beim Versuch, auf die andere Seite überzusetzen, lief das Boot mehrmals auf, und der Motor arbeitete schwer, um es freizubekommen. Einmal musste Jonah bis zum Bauchnabel ins Wasser steigen, um sein ganzes Gewicht gegen den Bug zu drücken, und Akeret dachte an die Krokodile, die unsichtbar in diesem lehmgelben Fluss lauerten. Als er das Boot freibekommen hatte, sprang Jonah mit einer Gewandtheit wieder auf, die für einen Mann seines Alters bemerkenswert war.

So schaffte er es schließlich, sich so weit dem andern Ufer zu nähern, dass Akeret und Mansur mit einigen watenden Schritten an Bord kommen konnten. Nachdem die MARIA wieder an vorheriger Stelle vertäut lag und alle etwas zur Ruhe gekommen waren, bat Akeret Blum unter vier Augen um eine Erklärung.

Letzte Nacht, so Blum, habe Jonah ihm erzählt, wie er in der Straße von Malakka mit seiner Bande Tanker überfallen und deren Öl geraubt hatte. Als er dies hörte, habe er sich nicht mehr sicher gefühlt in seiner Gegenwart und ihn schließlich eingesperrt. Jonah, das müsse er ihm zugutehalten, sei fügsam in den Käfig gekrochen, doch er sei sich unsicher, ob diese Widerstandslosigkeit ein Zeichen von Schuld oder von Unschuld sei.

Akeret rief Jonah heran und fragte ihn rundheraus, ob er Pirat sei. Der lächelte milde und nickte dann, ja, tatsächlich, aber als anderer Mensch mit anderem Namen.

17

Er sei, sagte Jonah, geboren und aufgewachsen als Samuel, Sohn eines Fischers und Seegurkentauchers, der ihn schon früh mit hinausnahm aufs Meer.

Er lehrte ihn, die Form und Farbe der Wolken zu erkennen, die hinwiesen auf Land; die Muster der Wellen, die sich an fernen, noch nicht sichtbaren Inseln beugten; die Orientierung am Aufgang der Sterne bei Nacht. Er lehrte ihn, ruhig hinab in die Tiefe zu gleiten, den Drang zu atmen zu unterdrücken, auf Riffen zu gehen, die Seegurken zu pflücken.

Doch von Jahr zu Jahr fing sein Vater weniger, was an den Trawlern lag, deren Schleppnetze den Meeresboden leerräumten, und an den vietnamesischen Booten, deren Crews Seegurken wilderten. Manche Fischer trugen Waffen, um sich zu wehren, und ihre Söhne, die oft keine Zukunft mehr in der Fischerei sahen, zogen fort. Die Waffen der Väter nahmen sie mit. Falls sie zurückkamen, kauften sie sich Autos und Häuser und brauchten nicht mehr zu arbeiten.

Samuel ließ sich von dem Versprechen auf schnellen Reichtum verführen. Über mehrere Ecken erfragte er den Namen einer Hafenbar auf Batam, einer Insel am anderen Ende des Archipels. In einem kleinen Boot (kleiner noch als die MARIA) fuhr er los, und wenn es dämmerte, legte er an unbewohnten Inseln an, um kein Aufsehen zu erregen.

Auf Batam angelangt, fand er jene Hafenbar, wo sich die Piraten Billard spielend und Palmschnaps trinkend die Zeit vertrieben bis zum nächsten Auftrag. Sie sahen nicht aus, wie er sich Piraten vorgestellt hatte. Sie trugen weder Augenklappen noch Holzbeine, sondern wirkten in ihren Shorts aus verschossener Baumwolle und den Flip-Flops wie gewöhnliche Fischer. Und die meisten von ihnen waren Fischer gewesen, wie Samuel herausfand, andere wiederum Soldaten der indonesischen oder malaysischen Armee, und eine kleine Gruppe, die unter sich blieb, waren ORANG LAUT, staatenlose Seenomaden, die ihr ganzes Leben auf Booten zubrachten.

Ein eher kleiner und schmächtiger Mann, der Rambo genannt werden wollte, hatte offenbar eine höhere Stellung inne. Schon in der ersten Nacht vertraute er Samuel in schnapsseliger Laune an, dass er nichts fürchte, nicht einmal den Tod – vor Geistern aber müsse man sich hüten. Er belehrte ihn auch darüber, dass das Betelnusskauen den Lebenssaft des Mannes zersetze und ihn mürbe und entschlussschwach mache, wohingegen der Qualm der Nelkenzigaretten nicht nur heilsam sei, sondern auch Geister fernhalte.

Am dritten Abend erschien ein Mittelsmann, der den Anschein eines rechtschaffenen Bürgers machte, in der Bar, um eine Mannschaft anzuheuern. Aber auch er war bloß der Handlanger eines der Syndikate in den verglasten Türmen Singapurs, die an dunstfreien Tagen verführerisch herüberglitzerten.

Sie sollten einen Tanker überfallen, der in wenigen Tagen, von Singapur kommend, die Straße von Malakka durchfahren würde. Position und Kurs des Schiffes würden ihnen von einem Komplizen an Bord des Tankers durchgegeben, denn anders war ein solcher Überfall kaum zu bewerkstelligen.

In der Abenddämmerung näherten sie sich dem Tanker, der in voller Fahrt war. Er lag tief im Wasser, sodass der Freibord, der Abstand zwischen Wasserlinie und Deck, entsprechend gering war. Sie hängten ein langes Bambusrohr, an dessen Ende ein Haken befestigt war, in die Reling ein und kletterten daran nach oben. Rambo trug, als Zeichen seiner Autorität, eine Kalaschnikow vor der Brust, der Rest der Mannschaft war mit malaiischen Macheten, sogenannten *Parang*, bewaffnet.

Sie schlichen zur Brücke, nahmen den Kapitän und die Offiziere fest, zerstörten die Kommunikation und begannen, das Rohöl abzupumpen. Einer entfernte den ersten und letzten Buchstaben des Tankers, denn die Reederei hatte bestimmt schon einen Notruf abgesetzt, damit andere Schiffe nach dem gekaperten Tanker Ausschau hielten. In der Morgendämmerung machten sie sich mit einer Menge Rohöl davon, die Millionen einbringen würde.

Samuel nahm an solchen Überfällen bald ein-, zweimal in der Woche teil, meist mit Rambo als Anführer. Seltener raubten sie Schlepper, die, umbenannt und umlackiert, eine beträchtliche Summe einbrachten. Fast nie wehrte sich die Crew, es reichte meist, wenn ihr Anführer die Hand an den hölzernen Griff seiner Kalaschnikow legte und sie ihre Parang schwangen. Wen das nicht schreckte, dem wurde eine Klinge über die Handfläche gezogen, denn kaum einer, der sein eigenes Blut sah, leistete noch Widerstand.

Wenn sie schnelles Geld brauchten, gingen sie auf *Shopping Tour*, wie sie es nannten, überfielen in einer einzigen Nacht bis zu zehn Frachter, sackten Wertsachen und Bargeld der Crew ein. Am liebsten waren ihnen Schiffe unter panamaischer Flagge, denn die führten meist Dollar mit sich. Zurück auf Batam, kauften sie Prostituierte und Kokain, eine Kombination, die Samuel hochmütig werden ließ, ihn glauben machte, er sei unverwundbar. Er war bald überzeugt, dass er sich unsichtbar machen konnte, wenn er sich auszog und nackt auf die Tanker kletterte, und der Erfolg schien diese magische Kraft zu bestätigen.

Aber bei einem ihrer Überfälle entkam der leitende Ingenieur, bevor sie die ganze Crew festsetzen konnten, und flüchtete in einem Beiboot. Ein Sonderkommando des malaysischen Militärs, dem sie wenig entgegenzusetzen hatten, stürmte das gekaperte Schiff. Sie wurden nach Malaysia gebracht, und im Gefängnis, einem dreckigen und finsteren Ort, traf Samuel auf einen besonderen Mann.

Auf die Frage, was ihn hierhergebracht habe, antwortete er, er habe dem Erlöser auf dem Kreuzgang an seiner Haustür die Rast verwehrt, und jener habe ihn verflucht: *Ich will stehen und ruhen, du aber sollst gehen*, und seitdem wandere er durch aller Herren Länder. Dann fragte er Samuel, was er getan habe.

Er habe gestohlen, ja, das gebe er zu, aber bloß um zu essen, es sei ihm nichts anderes übriggeblieben.

Der andere erzählte ihm von den Lilien auf dem Felde,

die nicht arbeiteten, von den Vögeln im Himmel, die nicht säten und nicht ernteten, und doch ernährt wurden vom himmlischen Vater.

Lilien auf dem Felde, Vögel im Himmel, was für ein Bullshit, ein Mann brauche *Rupiah* und *Ringgit*, um zu überleben. Nein, er bereue nichts, die Regierung habe nichts unternommen gegen die Wilderer und die Trawler.

So redete sich Samuel in Rage, und der andere sagte kein Wort, sondern hörte bloß mit wachen Augen zu. Und als Samuel geendet hatte, ging er auf die Knie und begann, ihm mit seiner Ration Trinkwasser die Füße zu waschen.

Samuel gab ihm einen kräftigen Tritt.

Doch der andere wusch ihm die Füße von da an jeden Tag, und bald ließ Samuel es still über sich ergehen, und eines Tages begann er, ohne eigentlich zu wissen, weshalb, zu weinen. Er dachte an seine Großmutter, die so viele Beschwernisse hatte erdulden müssen, aber den Glauben nie verloren, sondern IHM zu Ehren noch eine Kathedrale errichtet hatte.

Da erhob sich der andere, wusch sich die Hände, zeichnete mit dem Daumen ein Kreuz auf Samuels Stirn, vergab ihm seine Sünden und taufte ihn auf den Namen Jonah.

18

Akeret wusste nicht, was er sagen sollte, nachdem Jonah geendet hatte. Seltsam genug, wie er über sich selbst in der dritten Person gesprochen hatte, als sei dieser Samuel tatsächlich ein anderer gewesen. Doch dass ein zweitausend Jahre alter Wiedergänger ihm die Füße gewaschen haben sollte?

Aber dass seine Reue und sein Wandel aufrichtig waren, zweifelte Akeret nicht an, Jonahs Besonnenheit angesichts der Bedrohung durch Blum hatte es bezeugt. Deshalb verspürte er nicht das Bedürfnis, seinen Zweifeln an der Geschichte durch Fragen Ausdruck zu geben. Es war beruhigend zu wissen, dass Jonah sich einem Gott verpflichtet fühlte und diesem Rechenschaft abzulegen hatte, auch wenn er selbst an diesen Gott nicht glaubte.

Der Zwischenfall hatte allein Blum in ein schlechtes Licht gerückt. Jonah dagegen schien ihm nichts nachzutragen – er nahm das Ganze mit der Gelassenheit eines alten Mannes, der zu viel erlebt hat, um eines solchen Vorfalls wegen Rache zu suchen.

Akeret wechselte das Thema, schilderte, wie sie den Einbaum und einen Großteil ihrer Ausrüstung verloren hatten; vom Unaussprechlichen aber schwieg er. Mansur, der unterdessen die Navigationsgeräte mit neuen Batterien bestückte, sah offenbar keine Notwendigkeit, dem Bericht etwas hinzuzufügen. Er drückte ein paar Tasten, aber die Displays der Geräte blieben blind. Nun hatten sie allein noch den Kompass zur Orientierung.

Das sei es dann wohl gewesen, bemerkte Blum, der Mansur über die Schulter geschaut hatte. So könnten sie jedenfalls nicht weiter. Er hob die Stimme: Sie müssten umkehren! Sofort!

Er hätte sich, dachte Blum, niemals auf eine Expedition einlassen sollen, die er nicht selbst leitete, deren Ziel er noch nicht einmal kannte. Dass Akeret bis zuletzt so verschlossen geblieben war, zeigte nur, wie wenig er sich um andere Menschen scherte. Er konnte sich nicht vorstellen, was es für sie bedeutete, ohne Zweck und ohne Ziel durch diese Wildnis zu irrlichtern. Blum war der Verzweiflung nahe, und es gab niemanden auf diesem Boot, dem er sich anvertrauen konnte, niemanden, der ihm wohlgesinnt war.

Auch Akeret war erschöpft, seine Entschlossenheit geschwächt, und beinahe hätte er von dem verstörenden Erlebnis berichtet. Doch hätte Blum sich dann kaum mehr zum Weitergehen bewegen lassen, und die Expedition wäre gescheitert. Was diese Mannschaft zusammenhielt, war nicht ein gemeinsames Ziel, sondern seine, Akerets, Entschlossenheit, und solange sie sich unbrüchig zeigte, wären die andern bereit, ihm zu folgen.

Sie sollten eine Nacht darüber schlafen, meinte Akeret. Morgen werde er darüber entscheiden, morgen.

Als Akeret die Augen aufschlug, war er wild entschlossen, sein Ziel zu erreichen, noch entschlossener als zuvor. Hätte man ihm die gesuchte Kreatur gestern zu Füßen gelegt, dann wäre alles zu einfach gewesen, dann hätte er zweifeln *müssen*. Große Taten, sagte er sich, wurden stets gegen Widerstände vollbracht. Während seiner morgendlichen Kotschau bereitete er sich geistig auf die unvermeidliche Auseinandersetzung vor. Als sie dann beieinandersaßen und Fertignudeln zum Frühstück aßen, richtete er das Wort zuerst an Mansur, auf dessen Loyalität er zählte. Wie er darüber denke, sollten sie weiter?

Er finde, entgegnete Mansur, sie sollten weiter. Er sehe keinen Grund aufzugeben. Aber das Gesagte wollte nicht recht zu seinem Gesicht passen, auf dem leise Sorge, stiller Zweifel lagen.

Und er, Jonah? Was denke er?

Jonah zuckte bloß mit den Schultern. Sie könnten schon weiter, das sei kein Problem. Sein Gesicht zeigte einen Gleichmut, der von Gleichgültigkeit kaum zu unterscheiden war.

Blum schlug die Augen nieder und sagte nichts. Er war unberechenbar geworden, Akeret würde ihn nicht mehr aus dem Auge lassen, sondern auf leiseste Gemütsschwankungen achten müssen. Er nahm Mansur beiseite und gab ihm die Anweisung, das Gewehr zu entladen und die Munition stets bei sich zu tragen.

Wozu das alles?, rief Blum plötzlich. Warum sollten sie weiter? Wonach suchten sie überhaupt? Ohne eine Antwort weigere er sich, auch nur einen Schritt weiter zu gehen.

Sie würden wissen, was sie gesucht hatten, wenn sie es fänden, sagte Akeret.

Seine Sentenzen könne er sich sonst wohin stecken. Er verlange eine klare Antwort.

Akeret kramte den Bogen hervor, der die beiden Zwischenwesen zeigte, und hielt ihn Blum hin.

Er kenne das Bild, er habe es oft genug gesehen. Zwei Primaten, und weiter? Suchten sie eine noch unbekannte Art?

Akeret, der sich Blums Spott nur zu gut ausmalen konnte – das ironische Grinsen, die sarkastischen Bemerkungen –, nickte. Das schien Blum zu beruhigen, wenigstens forderte er nicht länger umzukehren. Er verfiel bald in Teilnahmslosigkeit, zog sich in sich selbst zurück.

Im Grunde, überlegte Akeret, konnten sie nur zu Fuß weiter, auf dieser Seite des Flusses, um das Dorf der Barbaren zu umgehen. Und dann weiter zum Gebirge hin, über dem sich unheilvoll dunkle Wolken zusammenzogen. Er hieß Mansur auf der MARIA zurückzubleiben – ihm allein vertraute er rückhaltlos –, ließ sich von ihm die Munition geben und ging, das Gewehr auf dem Rücken, mit Jonah und Blum los.

Sie folgten einem Pfad, der sie bald zu einem Nebenfluss führte, überquerten ihn auf einem vom Sturm gefällten Baum und fanden sich bald vis-à-vis des versunkenen Einbaums wieder. Von hier war das dahinterliegende Dorf nicht einmal zu erahnen. Vermutlich waren sie auf ihrem Weg an etlichen Siedlungen vorübergekommen und dabei gesehen worden, ohne selbst zu sehen.

Nach einigen Stunden waren sie noch immer auf keine Spuren von Menschen gestoßen, und Blum begann nervös zu werden. Sie sollten umkehren, drängte er. Es sei nicht gut, hier von der Nacht überrascht zu werden.

Er habe das Gefühl, sagte Akeret kühl, sie würden bald

in ein Dorf kommen. Und so geschah es auch, nur war es verlassen. Sie betraten eine der Hütten, deren Inneres von Rauch geschwärzt war. Blum atmete flach, er wollte dieses Gemisch aus Asche und ranzigem Talg nicht zu tief in sich eindringen lassen. Überall sah er Schmutz und Krankheit, in jeder Mücke die Überträgerin der Malaria, und schlug nun wild umher, als er ein Summen hörte. Sie müssten sofort umkehren, wiederholte er, beinahe panisch, sonst schafften sie es vor dem Eindunkeln nicht zum Boot zurück.

Akeret, den Blums Weinerlichkeit befremdete, bestimmte, dass sie hier übernachten und morgen in dieselbe Richtung weitergehen sollten.

Aber was, wenn die Bewohner zurückkehrten und sie hier schlafend fänden? Darüber wären sie wohl kaum erfreut.

Auf diesen Einwand ging Akeret gar nicht erst ein.

Jonah hatte indessen vor einer der Hütten eine Decke ausgebreitet und ging los, um Holz zu sammeln. Der Wald lag schon im Schatten, allein die Wipfel hatten noch Licht. Blum setzte sich auf die Decke, schlang die Arme um die Knie; er machte einen entmutigten, hoffnungslosen Eindruck und tat Akeret plötzlich leid.

Er nahm neben ihm Platz, räusperte sich, suchte nach einer versöhnlichen Geste, einem tröstenden Wort. Erfolglos.

Es war bereits dunkel, als Jonah zurückkam, die gesammelten Zweige aufschichtete und ein Feuer entzündete. Eine Gottesanbeterin, angezogen von dem hell lodernden Feuer, schlug nach den Flammen wie nach einem Gegner, den sie besiegen könnte. Jonah wischte sie sanft weg mit der Bemerkung, sie werde sich selbst verbrennen, da sie keine Hitze fühlen könne und vielleicht nicht einmal Schmerz.

Man würde meinen, dachte Akeret, dass die Unfähigkeit, Schmerz zu empfinden, einen unbesiegbar machte. Aber offenbar konnte diese Unempfindlichkeit auch dazu führen, dass man sich in sinnlosen Kämpfen selbst beschädigte.

Am nächsten Morgen – sie waren schon einige Zeit in stummem Trott gegangen – deutete Jonah auf etwas, das nur er sehen konnte. Nach einem Augenblick erkannte Akeret einen Baldachin aus Ranken und Zweigen, in die unteren Äste eines Baumes gehängt, so kunstfertig gewoben, dass es sich bloß um das Werk von Menschen handeln konnte.

Doch was sie dann, eine gute Wegstunde weiter flussaufwärts, fanden, war mehr als erstaunlich: Auf einer Lichtung kauerte eine Horde von einem Dutzend unbekleideter Gestalten. Als sie sich zu ihrer vollen Größe aufrichteten, erkannte Akeret, dass sie stark behaart waren und nicht viel kleiner als er selbst.

Jonah versuchte es zuerst mit Tok Pisin, wechselte dann zu Hiri Motu, doch antworteten sie ihm weder in dieser noch einer anderen Sprache, auch redeten sie untereinander nicht. Sie wirkten keineswegs besorgt oder verängstigt, viel eher neugierig als scheu. Bald waren sie herangekommen und begannen, Akeret vorsichtig, eigentlich zärtlich, zu betasten. Er streckte seine Hand aus, und ein junger Mann nahm sie, drehte sie, betrachtete sie von allen Seiten – es schien, als sei ihm die Geste des Händeschüttelns völlig unbekannt.

Er reichte Akeret ein Stück Baumrinde, auf welche eigenartige Schriftzeichen geschrieben waren, wohl mit einer Tinte aus Ruß und dem Öl irgendeiner Nuss. Auch die meisten andern trugen ein solches Rindenstück bei sich, und Akeret zögerte eine Weile und steckte es dann verstohlen ein.

Wenig später hatte sich die eben noch müßige Horde geschwind ins umliegende Gehölz zerstreut. Akeret überlegte kurz, ihnen zu folgen, doch gab er es angesichts der undurchdringlichen Wirrnis gleich wieder auf.

Nachdem sie eine Weile gegangen waren, blieb Jonah stehen. Ob sie das auch hörten?

Akeret vernahm das leise, ferne Knacken von Zweigen im Unterholz. Er nickte.

Sie beschleunigten ihre Schritte, um den Tross abzuhängen, doch schien es, als bewegte er sich durch das pfadlose Unterholz rascher als sie. Akeret entschied umzukehren, zurück zum verlassenen Dorf, wo sie Zuflucht fanden in einer Hütte, deren Eingang Jonah mit Ästen versperrte – viel eher ein Signal als ein wirkliches Hindernis.

Die anfängliche Zurückhaltung ihrer Verfolger wich einer Zudringlichkeit, die bedrohlich wirkte. Sie begannen, mit hohlen Händen um Essen zu betteln, und Akeret gab ihnen einige Butterkekse. Doch je mehr sie aßen, desto mehr forderten sie. Es schien, als wären sie ständig hungrig, und er bereute, dass er ihnen einen Teil ihrer Wegzehrung überlassen hatte.

Da kam ihm der Gedanke, dass sie ihnen vielleicht

der Rinde wegen, die er eingesteckt hatte, nachgekommen waren. Er gab sie einem alten Mann zurück, doch schaute der das Stück nur ratlos an, ließ es fallen und packte stattdessen seinen Arm. Akeret entwand sich seinem Griff und zog sich hastig in die Hütte zurück, sodass die Hände ihn nicht mehr erreichten.

Es dunkelte und wurde Nacht, aber die Horde ließ nicht von ihnen ab. Jonah warf Steine nach ihnen oder drohte mit erhobenem Stock, doch kamen sie weiterhin zur Hütte und klopften, scharrten, kratzten.

Wenn sie einen dieser Affen anschießen würden, sagte Blum, der starr vor Angst in einer Ecke der Hütte kauerte, dann ließen sie sie vielleicht in Frieden.

Jonah nickte, und nach kurzem Überlegen befand auch Akeret, man lasse ihnen keine Wahl. Er reichte Jonah das Gewehr.

Als Jonah in der Dunkelheit traf, waren beinahe menschliche Laute zu hören.

19

Allein auf dem Boot, versank Mansur in Erinnerungen an sein Vagabundenleben. Dutzende, nein: Hunderte Male war er mit den Schiffen der PELNI, der indonesischen Schifffahrtsgesellschaft, von Insel zu Insel gefahren.

Er hatte im künstlichen Wind der Deckenventilatoren gesessen, in langsam sich füllenden Hallen, hatte beobachtet, wie Kinder mit Händen und Haaren talgige Flecken auf den Glastüren hinterließen, gegen die sie sich drückten, um die gigantischen Frachter anzustaunen. Beschallt von der Popmusik vergangener Jahrzehnte, hatte er gewartet, sich mit Fremden unterhalten und Freunde gefunden für zwanzig Stunden oder drei Tage. Auf einem Schiff brauchte man einen Freund.

Sobald die Glastüren aufgingen, hatte er am allgemeinen Drücken und Schieben teilgenommen, denn selbst der Besitz eines Billets garantierte keinen Schlafplatz, und manche machten daraus ein Geschäft: Sie gingen an Bord, besetzten einige Matten und verkauften diese dann weiter. Aber auf solche Betrügereien ging Mansur niemals ein.

Er fand sich auf jedem Schiff sofort zurecht, denn die Flotte bestand aus baugleichen Modellen, jedes davon benannt nach einem der launischen Vulkane des Archipels. Mansur war es ein Rätsel, warum man es für eine gute Idee gehalten hatte, die Schiffe in Verbindung zu bringen mit Tod und Verderben.

Die stählernen Ungetüme legten so gemächlich ab, dass kein Auf und Ab, kein Schaukeln zu spüren war. Das Schiff schien stillzustehen, während der Hafen kleiner wurde und die Inseln am Horizont sich in kaum sichtbarer Langsamkeit gegeneinander verschoben. Manchmal verlor Mansur, wenn er über das Deck ging, das Gleichgewicht, schwankte nach rechts oder links, ohne eine Bewegung des Schiffes bewusst wahrgenommen zu haben. Nur wenn er sich an die Reling stellte und senkrecht hinabsah, konnte er mit Sicherheit sagen, dass sie sich bewegten.

Mansur hatte in fensterlosen Schlafsälen, tief im Rumpf der Schiffe genächtigt, wo es nach Nelkenzigaretten, Stinkbohnen und vollen Windeln roch. Eines Nachts – er konnte nicht schlafen, weil vom Palmschnaps besoffene Männer neben ihm rauchten und Karten spielten – stieg er auf das oberste Deck und fand es, zu seiner Überraschung, menschenleer vor. Wegen des ständigen Windes war es den meisten wohl zu kühl hier oben, und sie schliefen sogar lieber auf Treppenabsätzen in grellem Licht.

Mansur blickte lange in die Schwärze des Meeres und des Himmels, noch nie hatte er sich so allein, so verlassen gefühlt. Erschrocken stieg er wieder hinab zu den Menschen mit ihren Gerüchen und Spielen. Als er wieder auf der Matte lag, kam eine tiefe Ruhe über ihn; er hatte in einen Abgrund geschaut und war zurückgekehrt.

Von da an ging er jede Nacht auf das Oberdeck, um zu sehen, wie lange er die Leere dort aushielte. Es war für einen Indonesier höchst ungewöhnlich, das Alleinsein zu suchen, und noch ungewöhnlicher, es tatsächlich zu finden, aber nach und nach wurde es ihm zum Bedürfnis.

Und doch war er immer freundlich zu den Fremden, die sich neben ihn setzten und ihn fragten, woher er komme, wohin er reise, was er dort zu tun habe. Er antwortete ihnen wahrheitsgemäß, er stamme aus dem Süden Sulawesis und fahre auf diese oder jene Insel, um Arbeit zu finden. Warum er sein Dorf verlassen hatte und nicht mehr zurückkehren konnte, sagte er ihnen freilich nicht.

Er beschaffte sich einen langen Sarong, in den er sich nachts hüllte, und verbrachte die Nächte auf den geschwungenen Holzbänken des Oberdecks. Morgens weckte ihn der Ruf zum Gebet, der aus den Lautsprechern aufs Meer hinausschallte, und er folgte den andern Männern in den Gebetsraum. An dessen Decke war ein rundum schwenkbares Schild angebracht, das die Qibla, die Gebetsrichtung, bei der gegenwärtigen Position des Schiffes anzeigte.

Nach dem Morgengebet begab er sich meist zwei Decks nach unten, um von der Reling die fliegenden Fische zu beobachten, die vom Bug seitlich wegstoben und nach Art geflitschter Steine einige Male auf dem Wasser aufkamen. Und immer gab es einen Fisch, den seine metallisch glänzenden Schwingen viel weiter über die Wellenköpfe trugen, zwanzig, dreißig Meter, und der so zeitweise einem Vogel ähnlicher war als einem Meerwesen.

Wenn sie in den Hafen einliefen, standen am Pier schon vierzig, fünfzig Männer, von denen jeder das zweifarbige Hemd trug, das ihn als Hafenarbeiter auswies. Auch Mansur hatte das Tenue eine Zeitlang getragen, im

Hafen von Ambon, und auch er hatte sich nach vorn gedrängt mit ausgefahrenen Ellbogen. Die Treppe war noch nicht einmal abgesenkt, als sich die Stärksten hochzogen und, ungeachtet ihres Vorsprungs, die Treppe in Sprüngen hochhasteten. Jeder versuchte, so viele Koffer, Taschen oder Pakete wie möglich zu ergattern – und damit Trinkgeld.

Bald hatte Mansur durch die Arbeit im Hafen genug Geld zusammen, um sich ein Billet nach Semarang kaufen zu können, wo ein Schiffsfreund ihm eine Stelle versprochen hatte. Unglücklicherweise, es war nicht zu vermeiden, legten sie auf dem Weg dorthin in Makassar an, der Stadt im Süden Sulawesis, die nicht weit entfernt lag von Mansurs Heimatdorf. In den Stunden, in denen das Schiff in Makassar vor Anker lag, zeigte sich Mansur nicht an der dem Hafen zugewandten Reling, sondern blieb auf der Meerseite, denn er fürchtete, dass jemand ihn erkannte.

Von diesem Hafen war er aufgebrochen mit dem Schwur, niemals zurückzukehren. Einige Nächte hatte er in einem Zimmer in der hafennahen JALAN SERUI verbracht, zum ersten Mal in seinem Leben ohne Mutter, ohne Vater, ohne Brüder. Ein Zustand, den er oft herbeigesehnt hatte – wie oft hatte er sich ein eigenes Bett gewünscht –, der ihn nun aber ängstigte. Dazu drangen seltsame Vogelrufe durch die Straßen in sein Zimmer, wie sonst nur der Ruf zum Gebet. Mansur fragte die Wirtin beim Abendessen, was es mit diesen Rufen auf sich habe.

Mittels Tonbändern, erklärte sie, versuche man SALANGANE anzulocken, damit sie in den höhlengleichen Betontürmen nisteten, denn ihre Nester galten, insbeson-

dere in China, als Delikatesse. WEISSNESTSALANGANE
bauten ihre halbmondförmigen Nester aus zähem, eiweiß-
haltigem Speichel, SCHWARZNESTSALANGANE dagegen
flochten auch Federn hinein. Für diese Nester wurden
hohe Preise gezahlt.

Mansur hörte der Wirtin staunend zu. Er hatte nicht
geahnt, dass es essbare Vogelnester gab und Menschen, die
sich tagein, tagaus damit beschäftigten, ja vielleicht sogar
reich geworden waren, weil sie die Vorlieben der Vögel
und Menschen so gut kannten.

Unter die künstlichen Rufe der Salangane mischten
sich nun die Rufe zum Gebet. *Gott ist groß* schallte es
dumpf ins Zimmer, und Mansur öffnete auf seinem Handy
das Programm, das ihm die Gebetsrichtung anzeigte. Er
führte die Handflächen an seine Ohren, ging auf die Knie,
beugte sich vornüber, und als seine Stirn das erste Mal den
Boden berührte, war er zurück in seinem Dorf.

Gott ist groß wehte es durch die Reishalme und in den
Wald, aus dem das an- und abschwellende Sirren der Zi-
kaden drang. Mansur folgte seinem älteren Bruder Anwar
auf dem Damm zwischen zwei Reisfeldern, und ihm wiederum folgte der jüngste Bruder, Hanur. Schwalben und
Fledermäuse jagten in der Dämmerung, und die Brüder
gingen SINGKONG ausgraben, dessen Blätter aussahen wie
die gespreizten Finger einer Hand.

Sie zogen einige der Sträucher aus dem Boden und
hackten die knollenartigen Wurzeln ab, um sie später in
der Glut eines Feuers zu garen. Eine der Wurzeln konnten
sie aber auch zu dritt nicht herausziehen. Anwar schüttete
Wasser auf die Stelle, wo der Stiel aus der Erde kam, und

bewegte ihn eine Weile kreisend, dann zogen sie noch einmal mit aller Kraft, und so schafften sie es.

Anwar trennte die Wurzel mit einem Hieb vom Stamm, steckte sie zu den andern in den Sack und meinte, das werde reichen. Sie saßen in der Hocke, um vor der Heimkehr noch ein wenig auszuruhen. Hanur konnte nicht stillhalten, ließ den Lichtkegel seiner Taschenlampe umherirren und kicherte.

«Wie oft habt ihr's schon gemacht?», fragte er Anwar übermütig.

«Ein paar Mal», entgegnete sein Bruder, der erst seit wenigen Tagen verheiratet war. «Ich kann euch etwas beibringen», sagte er. «Passt auf.»

Mit der Hochzeit hatte er Zugang bekommen zu den alten Texten, in denen die Regeln des Ehelebens festgeschrieben waren. Er nahm einen Zweig und begann, in die Erde zu zeichnen. Hanur hob die Lampe und spendete Licht.

Vier Striche verband Anwar zu einem Quadrat, das auf der Spitze stand, und in die Mitte sowie auch außen, neben jede Ecke, setzte er einen Punkt.

«Wisst ihr, was das ist?»

«Eine Raute», sagte Mansur.

«Du irrst dich, lieber Bruder. Es ist eine Rose, die Rose der Frauen, zwischen ihren Beinen. Sie hat vier Türen, und jede wird von einer Wächterin gehütet.»

Er legte die Stockspitze auf den obersten Punkt und sagte: «Aisyah.» Dann benannte er die anderen. «Jede Wächterin muss gegrüßt werden. *Assalamu alaikum ya Aisyah.*»

194

Hanur, der nicht recht zu wissen schien, worum es überhaupt ging, kicherte wieder, und Anwar hieb mit dem Zweig auf sein Schienbein, dass er aufschrie.

Als Mansur an diesem Abend im Bett lag, stand ihm Anwars Viereck vor Augen, und er wiederholte bei sich die Formeln, die der Bruder ihm beigebracht hatte. «Ohne die magischen Formeln sind wir nicht besser als Hunde, die es auf der Straße treiben», hatte er gesagt.

Dann sprangen Mansurs Gedanken hin zu Nurul, seiner Zwillingsschwester, die getrennt von ihm aufgewachsen war. Er hatte sie erst vor wenigen Tagen, bei der Hochzeit des Bruders, kennengelernt und gleich eine tiefe Zuneigung für sie empfunden. Ob auch sie gerade wach lag und an ihn dachte, sich danach sehnte, ihm nah zu sein?

Nurul war in Sengkang aufgewachsen, bei ihrer Tante, einer Näherin, und war zu Anwars Hochzeit zurückgekehrt ins Haus der Großeltern, nur ein paar Häuser weiter. Mansur wusste, warum man sie nach ihrer Geburt getrennt hatte. Gebar eine Bugis-Frau Zwillinge unterschiedlichen Geschlechts, mahnte die bekannteste Episode aus dem

LA GALIGO vor dem, was geschehen konnte. Jedes Kind kannte die Geschichte.

Die Zwillinge Sawérigading und Wé Tenriabeng wachsen in unterschiedlichen Flügeln des Palastes auf, ohne sich je zu sehen. Eines Tages aber schleicht Sawérigading auf dem Dach zum andern Ende des Palasts und erblickt durch ein Fenster erstmals die wunderschöne Schwester. Er bittet seine Mutter um Wé Tenriabengs Hand. Die Mutter aber warnt ihn, dass Geschwister kein Liebespaar sein dürften, weder für einen halben Tag noch für einen Augenblick. Ein solches Paar bringe Plagen übers Land und alles verschlingende Fluten!

Mansur, noch immer im Gebet, hörte die hohe Stimme seines Vaters die Verse singen, die Sawérigading seiner Mutter entgegnet:

> *Dann sollen die Menschen sterben,*
> *die Dörfer ausgelöscht werden,*
> *solange mein Wunsch wahr wird*
> *und meine Hoffnung sich erfüllt.*

Glücklicherweise gibt es in einem fernen Land eine Cousine, Wé Cudai, die – man mag es kaum glauben – der Schwester bis aufs Haar gleicht. Sawérigading beschließt, nach dem fernen Land zu segeln, nur fehlt ihm ein Schiff. Er ruft eine Mannschaft zusammen, fällt den sagenhaften Wélenreng-Baum, fährt in das Land Cina und heiratet Wé Cudai.

Diese Episode war Mansur besonders oft vorgelesen worden, und lange Zeit begriff er nicht, warum. Seine Eltern hatten die abwesende Schwester zwar manchmal erwähnt, aber sie war unfassbar und ohne Beziehung zu ihm geblieben. Vielleicht, dachte Mansur jetzt, hatte das getrennte Aufwachsen sein Verlieben erst möglich gemacht, denn er hatte sie, Nurul, als eigentlich Fremde kennengelernt.

Als er zum ersten Mal in ihr von einem schwarzen Kopftuch gerahmtes Gesicht blickte, war er verloren. Er sah darin nicht nur das zutiefst Vertraute, das Geborgenheit stiften konnte, sondern auch das verführerisch Fremde, das noch zu Entdeckende, das Versprechen auf Leidenschaft.

Am Vorabend des Hochzeitsfestes füllte sich die Küche mit entfernten Tanten und Cousinen, die fröhlich plaudernd die im Hof geschlachteten Rinder zerteilten, bis sie in einen der vielen Töpfe passten, aus denen es alchemistisch dampfte. Mansurs Vater hatte die beiden jüngeren Söhne zuvor zur Seite genommen, um ihnen zu erklären, man habe auch Nurul nach Hause geholt, um ihre Verlobung mit einem älteren Englischlehrer in die Wege zu leiten.

Es wurde aus dem Leben des Propheten rezitiert, dann begann die Nachtwache, während derer die Frauen kochten und die Männer in der Stube, auf der Terrasse oder im Garten saßen, süßen Tee tranken, Nelkenzigaretten rauchten und Karten spielten. Mansur hatte sich so gesetzt, dass er das Ende der Treppe im Blick hatte, die von der Küche hinauf in die Stube führte, und jedes Mal, wenn eine der Frauen heraufkam, hob er den Blick, in der Hoffnung, es handle sich um Nurul.

Die anderen Männer schäkerten mit den Frauen und Mädchen, warfen ihnen vieldeutige, mitunter anzügliche

Bemerkungen zu. Nur ein einziges Mal kam Nurul nach oben, und Mansur blickte sie lange an, was sie nicht zu bemerken schien. Er sah sie über den dümmlichen Witz eines Cousins soundsovielten Grades lachen und spürte Eifersucht – er wollte der Einzige sein, der sie zum Lachen brachte.

Am nächsten Morgen wurde Anwar eingekleidet: mit einem eng anliegenden blauen Blazer, goldbestickter Seidenschärpe und einem Sarong, ebenfalls aus Seide, den geometrische Muster in Violett zierten. Vorn aus dem Kummerbund ragte der Griff eines Dolches.

Dann brach die Entourage zum Haus der Brauteltern auf. Eine Gruppe von zwölf Mädchen, die verschiedene Speisen trugen, ging an der Spitze, unter ihnen auch Nurul, in einer bezaubernden roten Kebaya und einem knöchellangen Rock, der so eng anlag, dass ihr Hintern sich abzeichnete. Mansur konnte seinen Blick nicht abwenden, und zum ersten Mal ermahnte ihn sein Gewissen: Sie ist deine Schwester, schau ihr doch nicht die ganze Zeit auf den Hintern! Aber es fiel ihm schwer, sie als Schwester zu sehen und nicht als das hübsche Mädchen, das sie war.

Hinter den Mädchen folgte Anwar im schleichenden Toyota Land Cruiser von Hadschi Abdur, einem Geschäftsmann und Freund des Vaters. Beinahe das ganze Dorf hatte sich am Straßenrand versammelt, und als die Prozession vor dem Haus der Brauteltern angekommen war, stieg Anwar aus dem Wagen und ließ sich zum Festzelt führen, in dem sich bereits etwa hundert Gäste eingefunden hatten.

Der Imam nahm ihn kurz beiseite, um ihm, in Anwesenheit eines Zeugen, den hochzeitlichen Eid abzunehmen.

Dann wurden Anwar und seine Braut zusammengeführt. Sie trug einen Sarong mit demselben violetten Muster, darüber eine golden schimmernde Kebaya, und aus ihrem Hüfttuch ragte ebenfalls das Heft eines Dolches, wenn auch eines kleineren.

In den folgenden Stunden würden sie stumm nebeneinander auf einer gepolsterten Bank sitzen, um Glückwünsche und Geschenke entgegenzunehmen. Einer nach dem anderen legten die Gäste Umschläge mit Rupiah-Scheinen zu ihren Füßen ab. Jeder Stuhl im großen Zelt war besetzt, und dahinter standen weitere Leute, die einen Blick auf das Geschehen erhaschen wollten.

Mansur saß zwei Reihen hinter Nurul, und er konnte nicht aufhören, zu beobachten, wie die feinen Haare ihres Nackens sich wiegten im sanften Wind der Fächer ihrer Sitznachbarinnen. Einmal wandte Nurul sich um, schaute in die Menge, und Mansur suchte vergeblich ihren Blick. Doch während sie sich wieder umdrehte, war ihm für einen Moment, als sehe sie ihn an – wie leicht er sich plötzlich fühlte!

Nun machte sich die Entourage der Braut zum Aufbruch bereit. Das hochzeitliche Paar nahm im Auto Platz und wurde zu Anwars Elternhaus gefahren. Die Eltern der Braut waren nicht Teil des Geleits, denn das Treffen der Schwiegereltern fand traditionsgemäß erst einige Tage nach dem Fest statt.

Hadschi Abdurs Fahrer brachte den Wagen zum Stehen, und nach einer Weile öffnete Mansurs Mutter die Tür, nahm die Braut an der Hand und führte sie hinein. Mansurs Blick blieb indessen immer wieder unwillkürlich an

Nurul hängen, und ihm war, als sähe er sie viele Male wie zum ersten Mal und als verliebe er sich immerzu auf den ersten Blick in sie.

Als die Gäste in lockeren Gruppen plaudernd beisammensaßen, schob Mansur sich neben seine Schwester. Überall ringsum kamen Jungen und Mädchen sich jetzt näher, denn Begegnungen, die sonst Anstoß erregt hätten, waren im Rahmen einer Hochzeit geduldet.

Nurul begann, freundlich zu plappern, über die Schule, über Sengkang, die beinahe blinde Tante, die sie, als sie klein gewesen war, mit einer Nadel an ihrem Kleid festgesteckt hatte, damit sie ihr nicht abhandenkam. Mansur überliefen Wellen der Zuneigung, es fiel ihm schwer, ihr still zuzuhören. Aus den Boxen klang ein Lied, das ihn berührte, obwohl er kaum verstand, was da gesungen wurde, ja nicht einmal sagen konnte, ob es die Stimme eines Mannes oder einer Frau war.

> *You got a fast car*
> *Is it fast enough we can fly away*
> *We gotta make a decision*
> *Leave tonight or live and die this way*

Er unterbrach Nurul und fragte sie, ob sie verstehe, worum es in diesem Song gehe. Tatsächlich konnte sie ihm einige Zeilen übersetzen, und bei der letzten war ihm, als blicke sie ihn traurig und sehnsüchtig an – dachte sie an ihre bevorstehende Verlobung mit dem Englischlehrer, den sie insgeheim verabscheute?

In dieser Nacht wälzte Mansur sich schlaflos im Bett,

und Hanur, neben ihm, brummte missbilligend. Er wollte sich ein Leben ohne dieses Mädchen, dessen Dasein fern und unwirklich gewesen war, nun nicht mehr vorstellen. Natürlich konnte er nicht einfach an die Tür seiner Großeltern klopfen und nach Nurul verlangen – sie hätten ihm von Plagen und Fluten erzählt und sie beide nie wieder allein gelassen.

Das Wichtigste für einen Bugis war SIRIQ, die Ehre, und verlor man sie, war man sprichwörtlich kein Mensch mehr, sondern bloß noch Tier. Wenn sich ein junges, unverheiratetes Mädchen mit Jungen traf, brachte sie ihre Ehre und die ihrer Familie in Gefahr. Es oblag den männlichen Verwandten, die Ehre der Familie zu beschirmen und notfalls mit Gewalt wiederherzustellen.

Es gab auch keinen Ort, an den man heimlich gehen konnte. Ganz gleich, wie eilig man durch das Dorf ging, es war undenkbar, auf einen kurzen Schwatz mit Nachbarn und Bekannten zu verzichten. Wenn Mansur das Haus verließ, ohne seinen Eltern Bescheid zu sagen, dann konnte er sicher sein, dass sie wussten, wo er gewesen war, wenn er zurückkehrte. Nicht aus Misstrauen oder Argwohn wurde es den Eltern zugetragen. Es gab einen anderen, tieferen Grund: An jedem Tag wurde an der großen Erzählung über das Dorf gewoben, deren Protagonisten seine Einwohner waren: Pak Jhimy hat im Reisfeld übernachtet und kehrt erst gegen Mittag nach Hause zurück; Bu Fhira besucht ihre Tante, um ein Medikament für die fiebernde Tochter zu holen; Pak Risal hat einen Eimer Langsat gepflückt und bringt ihn nun seinem Bruder Hamsah zur Versöhnung. Aus solchen Geschichten setzte sich das Epos ihres alltäglichen Lebens zusammen, dessen Episoden keiner alle kannte. Sich als Teil dieser großen Erzählung zu begreifen, sich zu bekennen zur eigenen Rolle darin, gab den Menschen Halt und Sinn.

Mansur aber entschied, die Rolle, die ihm zugedacht war, nicht anzunehmen. So stahl er sich in der Nacht nach der Singkong-Ernte fort zum Haus seiner Großeltern. Er schlich über die Hintertreppe nach oben, hielt sich am Rand, wo die Bretter weniger knarrten, und trat in die große Stube mit dem Wandteppich, der die Kaaba zeigte.

Drei Schlafstellen waren mit Vorhängen abgetrennt, und Mansur schob den ersten beiseite, horchte und nahm das glucksende Schnarchen des Großvaters wahr. Hinter dem zweiten Vorhang fand er die schlafende Nurul. Er kniete auf den Boden und betrachtete ihr Gesicht. Wie bezaubernd sie schlief! Er hielt seine Hand in ihren Atem, es war, als berühre sie ihn. Ihre Wimpern zitterten, ihre Augen bewegten sich unter den Lidern, sie musste träumen – träumte sie von ihm?

Er flüsterte ihren Namen, und sie gab ein summendes Seufzen von sich, das beinahe lustvoll klang und ihn bestärkte. Er berührte ihre Schulter, bewegte sie sachte vor und zurück, und bald öffnete sie die Augen und blickte ihn leer an.

«Wir haben nicht viel Zeit. Pack bloß das Wichtigste ein.»

Nurul rieb sich die Augen. «Was? Warum? Was ist passiert?»

«*Leave tonight or live and die this way*», sagte er beschwörend. Nurul schaute ihn verständnislos an. Er begann, die Worte leise zu singen, was die Schwester noch mehr zu verwirren schien.

«Lass mich schlafen», sagte sie gereizt.

«Wir müssen fortgehen, weil die anderen unsere Liebe nicht verstehen.»

Sie fuhr zurück. «Bist du irre? Lass mich in Ruhe oder ... Oder ich fange an zu schreien.»

Mansur fühlte einen Stich im Herzen. Wieder und wieder hatte er sich mögliche Abläufe vorgestellt, um auf alles vorbereitet zu sein, dass aber Nurul seine Gefühle nicht erwidern könnte, hatte er nicht bedacht.

Verzweifelt polterte er die Treppe hinab, trat auf die Straße, über die bereits erste Reisbauern im frühen Lichtschein zu den Feldern gingen. Er folgte der Straße in Richtung Bulukumba und hatte das Dorf bald hinter sich gelassen. Ein Rollerfahrer hielt neben ihm und fragte, ob er ihn mitnehmen könne. Mansur saß auf und ließ sich in die Stadt fahren. Sein ganzes Erspartes und die notwendigsten Dinge trug er in einem kleinen Rucksack auf dem Rücken.

In wenigen Stunden wüsste seine Familie Bescheid und bald auch die Familie von Nuruls künftigem Verlobten, und diese würde Maßnahmen ergreifen, um die angegriffene Ehre von Nurul wiederherzustellen. Um ihrer Rache zu entgehen, floh er noch am selben Tag nach Makassar und von dort, mit dem erstbesten Schiff, weiter.

Auf der folgenden Irrfahrt durch den Archipel lernte Mansur Pak Riswan kennen, der auf einer Teeplantage in der Nähe von Semarang auf Java beschäftigt gewesen war und ihn der Inhaberin empfahl. Mansur sah sich schon zwischen sanft rollenden Hügeln in diamantgrünen Feldern stehen und war ein wenig enttäuscht, als er feststellte, dass er in der sogenannten Fabrik eingesetzt werden würde, einer überdachten Halle ohne Wände, wo die Teeblätter verarbeitet wurden.

Doch bald begriff er, dass das Pflücken die weitaus härtere Arbeit war und zudem noch schlechter bezahlt. Einige der Pflückerinnen prostituierten sich nebenbei, und Mansur verlor seine Unschuld an die elf Jahre ältere Ayu, deren Brustwarzen schielten. Sie stammte aus dem Norden Sumatras, von einer Insel in der Insel: Samosir lag inmitten eines Sees, der von einem gewaltigen Vulkanausbruch geschaffen worden war.

Wann immer sie miteinander schliefen, sprach Mansur in Gedanken die Formeln, die sein Bruder ihm am Vorabend seiner Flucht beigebracht hatte. Wenn sie verschwitzt und nackt unter dem Moskitonetz lagen, begann Ayu, Geschichten zu erzählen, und Mansur wusste manchmal nicht, ob es sich um Geschehenes, um Geträumtes oder um Sagen handelte.

Ayu erzählte von einer Frau, die in Berastagi eines Morgens auf der Spitze eines Telefonmastes sitzend gefunden worden war. Sie sei auf dem Weg zu einem Kongress von Hexen gewesen und habe sich verflogen, antwortete sie denen, die wissen wollten, was sie dort oben suche.

Oder Ayu erzählte von dem See, den sie auf Samosir für die Wasserbüffel angelegt hatten und aus dem sich wiederum ein Stück Land erhob, eine Insel in der Insel in der Insel.

Oder sie berichtete von einem Affen mit Menschengesicht. Man nenne ihn ORANG PENDEK, er lebe in den Wäldern um den Gunung Kerinci und steige aus den Bäumen nur herab, um Ingwer auszugraben oder Krabben zu jagen.

Zweimal am Tag brachten die Pflücker die Teeblätter zur überdachten Halle. Für Grüntee wurden bloß die hellgrünen, frisch aufgeschossenen Blätter gepflückt, für Schwarztee durften es auch dunklere und größere sein.

Die Arbeiter lebten in Hütten gleich neben der Plantage, die Besitzerin aber, Bu Sahanaya, wohnte in einem Haus in der Stadt, das Mansur erstmals sah, als er Vorarbeiter geworden war. Auf der Veranda vor ihrem Büro ließ Bu Sahanaya Ernteproben von einer Frau degustieren, die ihres hellen Teints und der schwarzen Haare wegen *die Japanerin* genannt wurde.

Die Japanerin füllte von jeder Charge eine Probe in ein Papiersäckchen ab und prüfte als Erstes den Geruch. Mansur stand daneben und fühlte sich wie ein Schuljunge bei der Prüfung. Er sah zu, wie die Japanerin etwas Tee zwischen die Finger nahm und ihn zusammendrückte. Wenn die gerollten Blätter zu sehr nachgaben, waren sie zu feucht, wenn sie gar nicht nachgaben, zu trocken. Sie stellte sechs Tassen auf und wog mit einer Feinwaage je drei Gramm ab, erhitzte das Wasser (für Schwarztee bis zum Siedepunkt, für Grüntee auf achtzig Grad) und ließ die Blätter genau drei Minuten lang ziehen. Sie nahm schlürfend einen Schluck, bewegte ihn geräuschvoll im Mund und spuckte ihn dann in einen Busch. Danach tippte sie ihre Bewertungen in den Laptop.

Manchmal bewegte Bu Sahanaya ihren schweren, von einem Klumpfuß gezeichneten Körper auf die Veranda, um die Verkostung persönlich vorzunehmen. Einmal stauchte sie Mansur zusammen, weil die Farbe einer Charge Grüntee ins Rötliche spielte. Die Blätter, rief sie, seien nach dem Pflücken nicht rasch genug gedämpft worden, um die Oxidation zu unterbrechen!

Als sie ihn bald darauf wieder anging, diesmal, weil der Schwarztee zu viele Pflanzenfasern enthielt, entschied Mansur, dass es an der Zeit war weiterzuziehen. Kaum an Bord, merkte er, dass es ein Fehler gewesen war, Ayu mitzunehmen. Unentwegt redete sie von einem gemeinsamen Leben und schreckte nicht einmal davor zurück, ihren noch nicht gezeugten Kindern Namen zu geben. Im Grunde sehnte auch Mansur sich nach der Geborgenheit einer Familie, doch wenn er sich derartige Szenen ausmalte, trug die Mutter seiner Kinder Nuruls Züge, niemals jene Ayus.

Auf Batam, eine Tagesreise von ihrem Zielhafen entfernt, schlich Mansur sich von Bord und fühlte Erleichterung, als er sah, wie das Schiff, auf dem Ayu wohl gerade nach ihm suchte, von einem Schlepper aus dem Hafen gezogen wurde. Wie sich herausstellte, gab es auf der Insel eine erstaunliche Anzahl von Bordellen, und Mansur folgte einem Mann, der ihn auf der Straße angesprochen hatte, in eines davon. Dort saßen Frauen, von denen jede eine Nummer trug, hinter einer Glasscheibe aufgereiht. Das erinnerte Mansur an ein Restaurant in Ambon, wo man den Fisch, den man essen wollte, selber aus dem Aquarium keschern konnte. Aber die Gegenüberstellung berührte ihn unangenehm, und er verließ das Etablissement, ohne mit einer der Frauen geschlafen zu haben.

Da kam ihm in den Sinn, dass es in Singapur eine Straße geben sollte, die nach ihnen, den Bugis, benannt war. Hadschi Abdur, der durch den Export von Nähmaschinen und Radios reich geworden war, hatte früher, beim Dominospiel auf der Veranda, gern davon erzählt: von den Schönheitswettbewerben der Transvestiten, von den chinesischen Essbuden, die geröstete Skorpione, Frösche und Schlangen anboten, von den Lady Boys, die nach Kundschaft suchten. Und er erzählte von den britischen Matrosen, die sich regelmäßig auf dem Dach des Toilettenhäuschens Ecke MALABAR STREET und der von ihnen so genannten BOOGIE STREET nackt auszogen, sich Zeitungspapier zwischen die Arschbacken steckten, es anzündeten und über das Dach rannten.

Seltsame Bräuche waren das, kam man jeweils in der Männerrunde überein, und man müsse sich fragen, wie ausgerechnet dieses Volk von einer Insel, kaum größer als Sulawesi, einmal die halbe Erde hatte beherrschen können.

Vielleicht, dachte Mansur, würde er in dieser BUGIS STREET auch die Speisen seiner Kindheit und Jugend finden: Burasak, in Bananenblättern gegarter Reis, der mit Bejabuk serviert wurde, einem Gemisch aus Kokosflocken und zerkleinertem Fisch. Oder Onde-Onde, mit Kokosflocken überzogene Bällchen, aus denen der Palmsirup troff, wenn man hineinbiss. Sein Mund füllte sich mit Speichel.

Noch am selben Tag nahm Mansur die Fähre nach Singapur und fragte sich zu der legendenumwobenen Straße durch. Doch fand er dort weder brennende Matrosen noch Speisen, die sein Heimweh hätten lindern können, bloß eine zwischen Einkaufszentren eingeklemmte Gasse voller Tand: Schlüsselanhänger, Nackenkissen, Kühlschrankmagnete, auf denen das Maskottchen der Stadt, ein Fisch mit Löwenkopf, abgebildet war.

Ziellos ging Mansur durch die Gassen und weiter, bis zu einem Turm, der in den höchsten Himmel zu reichen schien. Als die Glastüren sich teilten, wehte ein herrlich kühler Hauch ihn an, und da die Schwüle der Stadt kaum auszuhalten war, ging Mansur hinein. Er wanderte umher und stieß auf zwei BULE, die sich verlaufen hatten und denen er den Ausgang zeigte.

Bei dem Gedanken an Akeret überlief Mansur selbst in der Hitze des Vormittags ein Schauer. Weder der Anblick des zusammengenähten Körpers noch der Verlust der Ausrüstung hatten Akeret zweifeln lassen, wie es schien, sondern ihn erst recht entschlossen gemacht. Mansur glaubte nicht an Wiedergeburt, diese Idee verabscheute er – doch musste ein bestimmter Charakter früher oder später in einem anderen Menschen wiederkehren ... Zeigte Akeret nicht dieselbe rücksichtslose Entschlossenheit wie Sawérigading, dieselbe Gleichgültigkeit gegenüber den Regeln der Gesellschaft? *Dann sollen die Menschen sterben, die Dörfer ausgelöscht werden, solange mein Wunsch wahr wird und meine Hoffnung sich erfüllt.*

20

Sie fanden sich auf dem offenen Meer wieder. Der Sturm hatte sie den Fluss hinab und aus der Mündung gepeitscht, in einem Boot, das in der Weite nun so verloren wirkte wie eine Mücke im Weltraum. Die MARIA war nichts im Vergleich zu den mächtigen Schiffen, auf denen Mansur gereist war, die sich von jeder Strömung, von jedem Wellengang so unbeeindruckt durch das Meer schoben, dass man glauben musste, das Schiff stehe still und die Welt bewege sich. Dieses Boot nahm jede kleinste Bewegung des Wassers auf, sodass es auf zermürbende Weise ständig schaukelte.

Sie hatten den Fluss nicht durch die Mündung verlassen, über die sie gekommen waren, dessen war Mansur sich sicher, auch wenn er sich nicht erklären konnte, was geschehen war. Sie hatten Akerets Plan, eine Schlaufe des Flusses zu Fuß abzukürzen, nicht verwirklicht, hatten den Fluss nicht verlassen – und trotzdem waren sie auf ein fremdes Meer gelangt.

Der Sturm hatte mit ihrem Boot Hunderte von Vögeln hinausgeweht, die nun verschreckt auf dem Bootsrand aufgereiht saßen und ihr aufgeplustertes Gefieder untersuchten. Sie waren vollkommen still. Sie kannten wohl bloß den Wald und waren das Meer nicht gewohnt, hatten es vielleicht nie zuvor gesehen.

Das Boot war ganz den unsichtbaren Strömungen und Winden ausgeliefert. Jonah hatte viele Liter Diesel verbrannt, um gegen den reißenden Fluss anzukommen, bis er es schließlich aufgab und das Boot treiben ließ. Er hatte Akeret angeboten, sich in den Fluss zu werfen, dann würde der Sturm wohl aufhören, das Boot verschont bleiben; Akeret hatte abgelehnt.

Nun war kaum noch Diesel übrig, und der Kompass nützte ihnen nichts, da sie nicht wussten, in welcher Richtung Land lag. Das Satellitentelefon war verloren, aber das kümmerte Akeret nicht sehr, denn eine Verbindung zum Gewohnten wäre womöglich gefährlich, weil sie einen in falscher Sicherheit wiegte. Dr. Unland könnte ihnen nicht helfen, niemand könnte ihnen helfen, sie konnten sich nur selbst aus dieser Lage befreien.

Bald tauchten Sturmvögel auf, gänsegroße, hakenschnabelige Meeresvögel, die begannen, die anderen Vögel vom Boot zu hacken, um sie im Wasser zu ertränken und sie, angefangen beim Bürzel, zu verzehren. Die Kleinsten verbargen sich im Gefieder der Größeren, aber harmlosen, um den mordenden Sturmvögeln zu entgehen.

Akeret forderte Jonah auf, sie zu erschießen, doch der zuckte mit den Schultern und tat nichts. Er werde, so Akeret, nicht tatenlos zusehen, wie diese widerlichen Kreaturen die anderen auffressen, er solle das Gewehr nehmen und wenigstens einen abknallen.

Nun stand Blum auf und streckte die Hand nach dem Gewehr aus, das Akeret hielt. Er werde es tun, sagte er ernst. Doch Akeret ließ nicht los, und endlich erhob sich Jonah und nahm die Waffe.

Im Stand legte er auf einen besonders dreisten Sturmvogel an, der sich auf dem Bootsrand niedergelassen hatte. Er drückte ab. Der Vogel fiel ins Meer, noch lebend, mit den Flügeln hilflos flatternd, und ertrank.

Die andern Vögel waren aufgestiegen und umflatterten das Boot als zwitschernde Wolke, die sich langsam wieder auf das Boot absenkte. Mansur erinnerte sich, wie er mit seinen Brüdern die Äste unterschiedlicher Fruchtbäume – Mangostane, Duku, Langsat – mit Leim bestrichen und die gefangenen Vögel am nächsten Tag wie Früchte eingesammelt hatte. Die Singvögel hatten sie verkauft und die anderen, die nicht singen konnten, gebraten und gegessen.

Die VOGELGESPRÄCHE kamen ihm in den Sinn, das Werk eines Dichters, der, wie sein Namenspatron, dem Sufismus angehangen hatte. Er begann Akeret davon zu erzählen, der abwesend vor sich hin blickte und mechanisch nickte.

Tausende Vögel machen sich auf, um den König der Vögel zu finden, der den Namen SIMURGH trägt. Auf dem langen Weg durch sieben Täler sterben viele von ihnen an Durst, Hitze, Krankheit. Andere fallen Raubtieren zum Opfer. So bleiben nach einer beschwerlichen Reise von dem gewaltigen Schwarm bloß dreißig Vögel übrig, und am Ziel erkennen sie, dass sie selbst der König sind: *Si murgh* bedeutet nichts anderes als *dreißig Vögel.*

Dies sei der Grundsatz des Sufismus, erklärte Mansur, Himmel und Hölle seien nicht *über* oder *unter* der Erde zu finden, sondern in einem selbst. Nicht Ungläubige gelte es auszulöschen, sondern das eigene begehrende Selbst.

Mansur wandte sich ab, da sich Tränen in seinen Augen sammelten. Hatte er seiner Begierde nicht alles geopfert, beinahe auch sein Leben? Er trug eine Hölle in sich, in der er sich ununterbrochen mit seinen Gedanken quälte: dass es Sünde gewesen war, die eigene Schwester zu begehren, und dass etwas mit ihm nicht stimmte; dass er noch sein altes Leben lebte, hätte er der Begierde nicht nachgegeben; dass im Grunde auch Nurul Schuld trug; dass alles schön sein könnte, wäre sie mit ihm gekommen ...

Akeret blickte noch immer starr vor sich hin und gab durch nichts zu erkennen, dass er überhaupt zugehört hatte. Waren sie, fragte sich Mansur, wie dieser Vogelschwarm? Würden sie das, was sie in der Welt suchten, am Ende in sich selbst finden? Und wie sähe es aus? Wäre es wie eine Perle? Wie ein Diamant? Oder wie jenes zusammengenähte Geschöpf, das man ihnen gebracht hatte?

Jonah blickte in die Ferne, sah Wolken, die nach oben quollen wie unter Wasser aufgewirbelter Sand. Ein schwarz gefiederter Vogel, der sich auf dem Bootsrand niedergelassen hatte, stellte den Kopf schräg und blickte ihn an. Sein Auge glänzte feucht, aber hart, als wäre es, und sein ganzes Inneres, aus poliertem Obsidian.

Der Vogel hüpfte ein Stück auf ihn zu, sodass das Licht anders auf sein Gefieder fiel, und da erkannte Jonah, dass es nicht kohlschwarz war, sondern irisierend wie Öl, das auf Wasser schwimmt. Der Vogel begann, Töne nachzuahmen: den Jingle eines bekannten Handy-Herstellers, den Warnton eines rückwärtsfahrenden Lastwagens, das hustende Starten eines Motors oder einer Kettensäge.

Jonah legte sich auf die Planken und schloss die Augen, um die Muster der Wellen besser zu spüren.

Er sagte, er fühle eine Insel.

21

Elisabeth Unland passierte eine schmale Fußgängerbrücke, an deren Streben Liebespaare Vorhängeschlösser angebracht hatten. Sie wurden von Zeit zu Zeit, das hatte sie einmal melancholisch beobachtet, mit dem Bolzenschneider entfernt.

Sie betrat den Detektivposten der Polizei, meldete sich am Empfang, und man sagte ihr, in welchem Büro sie Herrn Finger fände, mit dem sie einen Termin ausgemacht hatte. Unland folgte dem Gang bis zu der bewussten Türe, klopfte zweimal und trat ein.

Finger, ein stämmiger Blonder, saß zwischen seinem Schreibtisch und einem Wandregal, das nicht ganz bis zur hohen stuckverzierten Decke reichte und mit Ordnern in vielerlei Farben bestückt war. Sein Schreibtisch war mit Aktenbündeln so zugestellt, dass ihm bloß ein kleiner Halbkreis zur eigentlichen Arbeit frei blieb. Unland war erstaunt über die offen zur Schau gestellte Nachlässigkeit, sie hatte angenommen, dass auf den Schreibtischen der Polizei Ordnung herrsche.

Finger hatte sich bei ihrem Eintreten erhoben. Er gab ihr die Hand und deutete auf einen kleinen Tisch vor dem Fenster, der offenbar dem Zweck diente, Besucher zu empfangen. Unland setzte sich auf den Stuhl bei der Heizung und breitete ihren Mantel über die Lehne. Vor ihr auf dem

Tisch standen ein Glas mit Stiften und ein Namensschild, auf dem *FwmbA Anton Finger* zu lesen war. Da es Unland nicht gelang, die Abkürzung *Fwmba* sinnvoll aufzulösen, fragte sie ihn, wofür sie stehe.

«Feldwebel mit besonderen Aufgaben», sagte er. «Wie kann ich Ihnen helfen?»

«Es geht um einen Freund von mir, von dem ich seit über einer Woche nichts mehr gehört habe.»

«Wissen Sie, im August verschwinden die meisten Leute. Es ist halt verlockend, draußen zu übernachten. Warm genug ist es ja ... aber beim nächsten Gewitter stehen sie dann wieder vor der Türe.»

Er lächelte selbstsicher, als habe er mit diesem einen Satz das Rätsel bereits gelöst. Vermutlich drängte er ihn jedem auf, der zu ihm kam, um eine Vermisstenmeldung aufzugeben. Er wollte damit wohl Hoffnung stiften oder seine Erfahrung beweisen, doch die Wirkung war eine ganz andere: Unland fühlte sich nicht ernst genommen.

«Es ist anders, als Sie denken. Er ist auf einer Expedition in Papua-Neuguinea.»

«Neuguinea, verstehe. Gibt es dort nicht Kannibalen?»

«Kaum noch.»

«Dann werde ich Ihnen einmal erklären, was eine Verschollenenerklärung ist.»

Er zog eine Schublade auf, legte eine mehrseitige Broschüre vor sich auf den Tisch und las einen Gesetzesartikel langsam vor.

«Ist der Tod einer Person höchst wahrscheinlich, weil sie in hoher Todesgefahr verschwunden oder seit langem nachrichtenlos abwesend ist, so kann das Gericht auf das

Gesuch derer, die aus ihrem Tode Rechte ableiten, für verschollen erklären. Das Gesuch kann nach Ablauf von mindestens einem Jahr nach den Zeitpunkt der Todesgefahr oder von fünf Jahren seit der letzten Nachricht angebracht werden. – Haben Sie das verstanden?»

«Ich glaube schon. Aber was heißt *Todesgefahr*?»

«Das ist natürlich Auslegungssache. Stellen Sie sich zum Beispiel vor, jemand reist in ein Gebiet, das kurze Zeit später von einem Tsunami überschwemmt wird. Das wäre ein klarer Fall. – Wann haben Sie das letzte Mal von Ihrem Bekannten gehört?»

«Bis vor ein paar Tagen hat er mir Nachrichten geschickt über das Satellitentelefon. Mal länger, mal kürzer.»

«Er hat nie angerufen? Wenn er Ihnen Nachrichten schicken konnte, hätte er sicherlich auch anrufen können.»

«Ich glaube, er telefoniert nicht gerne», sagte sie.

«Und was ist das für eine Expedition?», fragte er in skeptischem Tonfall.

Unland hatte gehofft, er werde nicht danach fragen. Eine wahrheitsgemäße Antwort würde kaum helfen, etwaige Zweifel zu zerstreuen. «Es soll eine neue Primaten-Art entdeckt werden», sagte sie leise.

«Verstehe. Und Sie sagten, es gibt noch Kannibalen dort?»

«Das haben *Sie* gesagt.»

«Ist der Umstand der Todesgefahr nicht gegeben, müssen Sie fünf Jahre warten, bis Sie eine Verschollenenerklärung beantragen können.»

«Aber ich will ihn ja nicht als verschollen erklären. Ich will, dass Sie ihn finden!»

216

Laut ausgesprochen, erschien ihr diese Hoffnung selbst lächerlich. Wie sollte die Polizei dieser Stadt jemanden finden, der in einem fernen Regenwald verlorengegangen war? Und so gingen sie beide über den Ausfall hinweg, als wäre nichts gewesen.

«Nach dieser Frist wird eine Annonce geschaltet, um allfällige Hinweise über den Verbleib der Person zu sammeln. – Sie sind mit dem Vermissten nicht verwandt, oder?»

Unland schüttelte den Kopf.

«Hat seine Familie Sie geschickt?»

«Nein, ich habe keinen Kontakt zu seiner Familie.»

«Das sollten Sie vielleicht tun, Kontakt zur Familie aufnehmen», entgegnete Finger in jenem unverschämt vorwurfsvollen Ton, den Polizisten so gut beherrschen. Dann stand er auf und führte Unland unter einigen tröstenden Worten, die eingeübt klangen, zur Tür.

Natürlich war es eine naive Annahme gewesen, die Sache könne erledigt werden, ohne die Familie mit einzubeziehen. Aber würden sie nicht ihr die ganze Schuld an Akerets Verschwinden geben?

Es war nun knapp einen Monat her, dass er aufgebrochen war, und jeden Tag schwand ihre Hoffnung, ihn wiederzusehen, ein wenig mehr. Womöglich hatte er nicht gewusst, worauf er sich einließ – aber welcher Forscher wusste das schon? Jemand, der keinen Hang zur Verdrängung möglicher Folgen hatte, würde gar nicht erst aufbrechen.

Unland, die zu Hause angekommen war, legte die Post auf den Tisch und zögerte einen Moment, ihr Handy aus der Tasche zu nehmen. Akeret hatte ihr die Nummer seiner Eltern gegeben, für Notfälle, hatte er gesagt. War es das – ein Notfall?

Sie wusste nicht, was sie sagen, ja nicht einmal, wie sie sich melden sollte. Wenn sie sich als Vorsitzende der Kryptozoologischen Gesellschaft vorstellte, würde sie wohl erst einmal erklären müssen, was Kryptozoologie überhaupt war. Nicht, weil sie annahm, seine Eltern seien ungebildet, sondern weil der Begriff den meisten unbekannt war. Zudem glaubte sie nicht, dass Akeret seine Eltern eingeweiht hatte. Er war ihr in höchstem Maße geheimnistuerisch begegnet, es gab ein Mundartwort, das ihn gut beschrieb: *heimlifeiss.*

Unland, die mittlerweile ihr Handy in der Hand hielt, drückte die Nummer von Akerets Eltern weg und suchte stattdessen nach dem Ursprung des seltsamen Wortes. Ziegen, las sie, die feister waren, als ihnen von außen anzusehen war, waren eben heimlich feist, *heimlifeiss.* Genauso war Akeret, der als Drucker arbeitete, nicht anzusehen, welch tiefe Kenntnisse der Naturwissenschaften er besaß. Kenntnisse, die er sich teilweise bei der Arbeit angelesen haben musste, denn die Druckerei gehörte zum Teil dem Verlag, für den sie selbst edierte und der auch zoologische Schriften drucken ließ.

Das erste Mal waren sie sich begegnet, als der Verlag sie gebeten hatte, einige heikle Korrekturen direkt an der Druckmaschine abzunehmen. Heikel deshalb, weil es nicht bloß um Rechtschreibung ging, sondern um urheberrechtliche Fragen. Der Abteilungsleiter hatte sie begrüßt und in den Keller geführt, wo an einer der Maschinen ein Drucker arbeitete, der ihr als Herr Akeret vorgestellt wurde.

Sie spürte gleich, dass dieser Akeret anders war als die anderen Drucker; er versuchte nicht, sie durch Kalauer zum Lachen zu bringen; sie las Empfindsamkeit und Intelligenz in seinen Augen. Während er verschiedene Handgriffe an der Maschine ausführte, stand Unland neben dem Leuchtpult und wusste nicht, wohin mit sich. Akeret entnahm der Auslage einen Bogen, legte ihn auf das Pult und blickte mit einer Lupe in alle vier Ecken. Später gestand er ihr, dass ihn lange Zeit nicht interessiert habe, was er da druckte, er misstraute den Akademikern, die sich damit begnügten, ein ganzes Leben lang das immergleiche Feld zu beackern, und so zwar regelmäßig eine sichere Ernte einholten, doch niemals in neue Gebiete vorstießen. Sein eigener Verstand sei eher *neolithisch*. Er ziehe umher wie Nomaden, von Gebiet zu Gebiet.

Es begann mit der Kartographie, wobei besonders die alten Karten, die unübersehbare Fehler enthielten, ihn faszinierten. Karten, auf denen Kalifornien eine Insel war oder sich im Süden der lange vermutete, nie gefundene Kontinent TERRA AUSTRALIS erstreckte.

Wieso aber, habe er sich gefragt, waren manche Karten verblasster als andere? Und so begann seine Auseinandersetzung mit Pigmenten und Farben. Blaue und schwarze Pigmente, lernte er, waren besonders beständig, weswegen alte Bilder oft einen Blaustich hatten. Und von der Frage, warum das eine Pigment dem Auge als Blau, das andere als Rot erschien, war es kein weiter Weg zum Licht.

Je länger er sich mit dem Licht beschäftigte, desto weniger verstand er es. Er las vom Doppelspalt-Experiment, in dem sich seine ganze widersprüchliche Natur offenbarte. Photonen wurden durch einen Spalt auf eine Leinwand geschossen, doch ließ sich ihre Bahn nicht vorhersagen. Sie verhielten sich nicht wie Pistolenkugeln, die, bei unveränderter Haltung abgefeuert, immer am selben Ort einschlugen. Die Verteilung der Photonen auf der Leinwand war gleichmäßig und bildete die rechteckige Form des Spaltes ab. Und wenn man nun einen zweiten Spalt öffnete, was für ein Verteilungsmuster bildete sich dann?

Nein, es waren keine zwei rechteckigen Bereiche mit gleichmäßiger Verteilung. Die Verteilung der Photonen ähnelte vielmehr dem Beugungsmuster einer Welle.

Was also war das Licht: Teilchen oder Welle?

Feynman zufolge war es weder das eine noch das andere, sondern ein Drittes, das eben mal als Welle, mal als Teilchen in Erscheinung trat. Akeret verstand es als Gleichnis – der Mensch lässt sich nicht in Geist und Materie teilen, er ist etwas Drittes, das niemand versteht. Und so gelangte er zu Haeckel, der Geist und Materie nicht unterschieden sehen wollte, sondern darauf bestand, sie seien nur Erscheinungen ein und derselben Substanz. Die beschränkte Wahrnehmung des Menschen, der Dinge nur im Vergleich begreifen kann und unablässig Gegensätze schafft, wo keine sind, habe zu diesem unsäglichen Dualismus geführt.

In einer seiner Nachtschichten druckte Akeret eine Neuauflage mit dem Titel DIE BENENNUNG DER ORGANISMEN UND ORGANE NACH GRÖSSE, FORM, FARBE UND ANDEREN MERKMALEN. Es war eine Offenbarung für ihn, ein Buch, das der Welt Ordnung gab und ihr Sinn verlieh, eine verschollene und wiederaufgetauchte Bauanleitung der Welt!

Er nahm von den Makulaturbogen je einen, faltete jeden sauber und steckte einen in den andern, sodass er ein Buch ohne Einband und mit Schnittmarken erhielt. Zu Hause trennte er mit einer Schere die Ränder ab und begann zu lesen, diesmal gründlicher, konzentrierter. Er unterstrich einzelne Sätze mit Bleistift.

So kam er zur Taxonomie, der Ordnung aller Lebewesen, die ihn zur Kryptozoologie und schließlich in den neuguineischen Regenwald führte.

Unland legte ihren Mantel ab, suchte TRISTEZA EN GUITAR von Baden Powell heraus und setzte die Nadel in die Pause nach dem ersten Lied. Aus dem leisen Knistern erhob sich eine Flöte, ein melancholischer Tropenvogel, der die Vergänglichkeit allen Seins beklagte; der Auftakt zur *Canto de Xangô*.

Sie ließ sich auf das Sofa fallen, legte das Handy auf die Lehne und überlegte, wie sie sich Akerets Eltern vorstellen solle. Es wäre wohl am besten, wenn sie schlicht als Bekannte des Sohnes um ein persönliches Gespräch bitten würde, zunächst unter Aussparung weiterer Details. Früher oder später aber würde sie berichten müssen, dass es ihre Idee gewesen war, Akeret nach Neuguinea zu schicken, und eingestehen, dass der Wunsch, die Federn eines Paradiesvogels zu besitzen, sie gegen mögliche Gefahren blind gemacht hatte.

Sie zog die Broschüre hervor, die ihr der Feldwebel mit besonderen Aufgaben gegeben hatte. *Auf das Gesuch derer, die aus ihrem Tode Rechte ableiten ...* Was für eine widerwärtige Sprache das war – aus verzweifelten Angehörigen wurden Aus-dem-Tod-Rechte-Ableitende!

Das Einzige, was sie erhielte, wenn Akeret für tot erklärt würde, wäre Gewissheit – die vorgetäuschte Gewissheit eines amtlich beglaubigten Dokuments. Und doch hätte sie in diesem Augenblick vieles dafür gegeben. Heute zu hoffen, morgen zu verzweifeln, für die nächsten fünf Jahre – das würde sie vernichten.

Seit einigen Nächten erwachte sie unter panischen Anfällen. Sie schreckte hoch im Glauben, jemand sei gekommen, um sie aus ihrem Haus zu vertreiben; jemand habe jeden Gegenstand in ihrem Haus durch eine exakte Nachbildung ersetzt; jemand wolle all ihre Zähne stehlen; sie schlafe am Rande eines Abgrundes, in den sie jederzeit fallen konnte. Manchmal sah sie die körperlosen Gesichter von Unbekannten noch über sich schweben, wenn sie bereits sicher war, erwacht zu sein.

Diesen Anfällen mussten Träume vorausgegangen sein, an die sie sich nicht erinnerte, nur die Panik, das Entsetzen spürte sie noch. Es ging ihr wie ihrer Schwester mit dem Schauen von Filmen: Sie wusste noch genau, was sie dabei gefühlt hatte, doch hätte sie die Handlung niemals nacherzählen können. Sobald sie morgens die Augen öffnete, wurde die nächtliche Empfindung überlagert von den schrillen Eindrücken der Welt.

22

Das Freizeichen erklang einmal, zweimal, und Unland hätte nach dem dritten Ton gerne aufgelegt, als sich die Stimme einer Frau meldete.

«Ja, Akeret?», sagte sie knapp.

«Hier spricht Elisabeth Unland. Ich hatte mit Ihrem Sohn zu tun, mit Robert.»

«Robert – haben Sie von ihm gehört? Geht es ihm gut?»

«Wollen wir uns nicht treffen? Es ist schwierig, darüber am Telefon zu sprechen.»

Sie verabredeten sich für den Nachmittag, und Unland fühlte sich seltsam erleichtert. Akerets Mutter schien eine zurückhaltende Frau zu sein, die bestimmt keinen Gefallen daran fände, sie bloßzustellen. Statt einen Vorwurf auszusprechen, würde sie sich mit einem missbilligenden Blick begnügen oder scheinbar vergessen, ihr ein Getränk anzubieten.

Akerets Eltern lebten in einem Block unter Mietern mit hauptsächlich portugiesisch, albanisch und serbisch klingenden Namen. Die Haustür unten war unverschlossen, und Unland trat ins Treppenhaus, ging die Stufen hoch und hielt vor der Türe der Akerets kurz inne, um sich zu sammeln, bevor sie klingelte.

In der Stube standen ein abgewetztes Ledersofa und ihm gegenüber eine Vitrine, die ein vielbändiges Lexikon enthielt. Darüber thronte ein Hase mit Entenflügeln und Reißzähnen, ein WOLPERTINGER, wie Frau Akeret mit schmalem Lächeln anmerkte, den ihr Mann beim Kegeln gewonnen habe. Er sei auf der Arbeit, fügte sie hinzu und begann, ohne dass Unland eine Frage gestellt hätte, von ihrem Sohn zu erzählen.

Robert habe ihr als Kind manchmal den letzten Nerv geraubt, weil er alles, was man ihm sagte, wörtlich nahm. Nie ließ er sich abspeisen mit Antworten, wie man sie Kindern gibt, um ihre Fragerei abzustellen. Er fragte einfach immer weiter, unwillig oder unfähig zu erkennen, wie gereizt sie schon war. Menschliche Unsinnigkeiten schienen ein Jucken in seinem Kopf zu erzeugen, das sich bloß durch Fragen lindern ließ. Und wenn die Antwort keine Linderung brachte, verfiel er in ermüdende Monologe.

Einmal, sie erinnerte sich genau, hatte er sich eine ganze Zugfahrt darüber ausgelassen, dass man Amerikaner *Ami* abkürzte. Warum nicht *Ame*? Warum bloß machten die Menschen die Welt so unnötig kompliziert?

Einmal gebrauchte Frau Akeret die Wendung, etwas sei für ihren Sohn *sozial schwierig* gewesen, und schob hinterher, dass es ihm an Intelligenz ganz sicher nicht fehle. Er hätte mit seinen Noten problemlos auf das Gymnasium wechseln können – sie habe mit seinem Klassenlehrer darüber gesprochen –, doch die Vorstellung, aus dem gewohnten Umfeld gerissen zu werden, habe Robert dermaßen beunruhigt, dass er sich weigerte.

Unland war erstaunt. «Ich hatte nicht den Eindruck, dass er sich vor dem Unbekannten fürchtet. Er hat sich gleich bereit erklärt, und das mit großem Eifer, unsere Expedition anzuführen.»

«Wissen Sie, was ihm wirklich Angst macht, ist nicht Entbehrung oder Schmerz, sondern die unfreiwillige Nähe zu anderen Menschen. Ich glaube, Robert würde lieber allein durch die Sahara wandern als eine Sauna zu besuchen.»

Unland folgte Frau Akeret zu dem Zimmer, wo er bis zu seiner Abreise gelebt hatte. Es sei bemerkenswert, sagte seine Mutter, wie aufgeräumt er es zurückgelassen habe, meist herrsche hier ein unaussprechliches Chaos. Als sie ihn einmal auf zwei Bananen hingewiesen habe, die pechschwarz verfärbt auf seinem Schreibtisch lagen, kam er ihr gleich mit Schiller, dem der Geruch faulender Äpfel angeblich neue Verse eingegeben hatte. Auch hier, lachte sie, in diesem Zimmer habe stets ein leicht fauliger Geruch gestanden, den Robert nicht zu bemerken oder der ihn nicht zu stören schien.

Das Bücherregal war bestückt mit Werken von Darwin, Wallace, Humboldt, Linné; Romane waren in der Unterzahl. Neben *Huckleberry Finn*, *Moby Dick* und *Lord Jim* fiel Unland ein Büchlein ins Auge, aus dessen offenem Rücken die Fäden der Bindung staken. Es musste sich um ein *Stripped Book* handeln, ein Buch also, das man aus seinem Einband gerissen hatte, um diesen dem Verlag zuzuschicken zum Beweis, dass es eingestampft worden war. Manchmal landeten diese Bücher dennoch auf dem Straßenmarkt.

Unland zog das Büchlein behutsam heraus. Es stammte von einem Autor namens Nyein (das war sein voller Name) und trug den Titel BUCH DER GETRÄUMTEN STÄDTE. Einige Seiten waren aus dem Faden gegangen und lagen lose darin, das Papier war an den Rändern gelb und roch nach Vanille.

«Würden Sie mir das ausleihen? Ich … ich werde es zurückbringen … Oder Ihrem Sohn zurückgeben, falls er … wenn er wiederkommt.» Nun hatte sie genau jenen Fauxpas begangen, den zu vermeiden sie sich geschworen hatte.

Sie starrten eine Weile stumm auf das Bücherregal, und Unland suchte nach Worten, um über das Undenkbare zu sprechen. Was konnte sie sagen, um die Mutter zu trösten? War es überhaupt schon an der Zeit für Trost? War es nicht vielmehr an der Zeit, Hoffnung zu geben, wie unbegründet sie auch sein mochte? Und war Hoffnung nicht immer unbegründet?

Die Augen von Akerets Mutter glänzten, ihr Blick sprang hin und her, ein Lächeln ging über ihr Gesicht, als durchlebe sie eine Erinnerung. Sie sah Unland an, öffnete den Mund, schloss ihn gleich wieder. Offenbar wusste sie nicht, wie sie anfangen sollte.

«Dieses Büchlein stammt von einem Straßenhändler in Mandalay. Das hat Robert mir jedenfalls erzählt.»

Vor vier Jahren habe er angekündigt, er werde auf eine längere Reise gehen, nach China, Indien und Myanmar, das einst Burma geheißen hatte. Bis dahin war er noch nicht ein Mal geflogen, hatte den Kontinent nie verlassen, weswegen er erst einen Reisepass beantragen musste, bevor er sich die notwendigen Visa beschaffen konnte. Er ließ sich gegen Tollwut und Typhus impfen und ein Medikament gegen Malaria verschreiben.

Schließlich verabschiedete er sich von ihr mit einem Kuss auf die Wange, in einem Monat sei er zurück. Und tatsächlich blieb er den ganzen Monat fort und meldete sich nicht ein einziges Mal. Als er wiederkam, hatte er Wundersames zu berichten, von Ameisen, die nach Gold gruben, von einem Felsen, der am Rande einer Klippe jeden Moment herabzustürzen drohte, von rotem Regen, von Dörfern ohne Türen. Sie seufzte tief.

Man dürfe ihrem Sohn keinen Vorwurf machen, er sei kein Lügner, er könne nur das Erlebte mitunter nicht von der Vorstellung trennen. Aber dass er sich die ganze Reise damals nur ausgedacht hatte, das habe sie nicht geahnt!

Einige Monate später war sie durch Zufall dahintergekommen. Als sie in sein Zimmer trat, um zu lüften, lag da sein Reisepass, und sie schaute hinein, nicht aus Argwohn, wie sie betonte, sondern aus Neugier. Fein säuberlich waren die Visa eingeklebt, und auf keiner einzigen Seite fand sich ein Stempel. Im ersten Moment erklärte sie sich das mit der Nachlässigkeit der Grenzbeamten. Doch wie wahrscheinlich war es, dass die Beamten gleich dreier Staaten mit ungenügend eingefärbten Stempelkissen arbeiteten?

Als sie mit ihrem Mann darüber sprach, meinte der, er habe an Roberts Erzählung tatsächlich jene an sich bedeutungslosen Details vermisst, die einen Reisebericht erst glaubwürdig und anschaulich machen.

Aber welchen Nutzen zog Robert aus der Scharade? Bereitete es ihm Vergnügen, in eine vielleicht nur wenige Kilometer entfernte Stadt zu fahren, um den Anschein zu erwecken, er sei in Asien unterwegs? Oder hatte im letzten Moment die Ängstlichkeit über die Neugier gesiegt?

Und seine Scham darüber ihm nicht gestattet, die Reise abzusagen?

Was auch immer seine Gründe gewesen sein mochten, schloss Frau Akeret ernst, es ändere nichts daran, dass ihr Sohn nun seit vier Wochen verschwunden sei. Am Ernst der Lage dürfe kein Zweifel aufkommen.

Unland hatte sich verabschiedet und stieg, beansprucht von ihren Gedanken, in das erstbeste Tram, und selbst als sie merkte, dass es das falsche war, konnte sie sich nicht losreißen und aussteigen.

Akeret war ihr als jemand mit einer starken inneren Stimme erschienen, ein Mensch, im Grunde zu aufrichtig für diese Welt, in der manche Lügen unvermeidbar waren. Nun hatte ausgerechnet er eine Reise fingiert und seine Eltern hinters Licht geführt – war es da nicht zumindest denkbar, dass er dasselbe ein zweites Mal tat?

Nein, es war nicht auszuschließen. Aber was bedeutete sein gegenwärtiges Schweigen, wenn er gar nicht fortgegangen war? Akeret blieb verschollen, ganz gleich, wo er sich befand. Nur wie sollte sie das Ganze dem Feldwebel mit den besonderen Aufgaben erklären?

Unland erinnerte sich, wie ihr in London eine Bettlerin, der sie kein Kleingeld gegeben hatte, ins Gesicht schrie: *Get lost*. Das hatte sie, die gerade erst zum Studium in die riesige Stadt gezogen war und niemanden kannte, viel tiefer getroffen als eine der üblichen Beschimpfungen wie *Cocksucker* oder *Cunt*. *Get lost* sollte nicht bloß erniedrigen, sondern zielte darauf ab, den andern allen vertrauten Zusammenhängen zu entreißen, ihn ins Nichts zu stoßen. Aber es gab wohl Menschen, denen diese Beleidigung nichts anhaben konnte, weil sie verlorengehen *wollten.*

Nun, da sie annehmen musste, dass Akeret nie in Ostasien gewesen war, erschienen ihr seine Berichte merkwürdig frei von alltäglichen oder persönlichen Eindrücken: zum Wetter, dem Essen, den Eigenheiten der Menschen ... Aber fehlten sie nicht auch im Bericht eines Marco Polo? Weder war darin von der Großen Mauer die Rede, noch von Essstäbchen oder dem seltsamen Krautaufguss namens Tee, der – in Europa noch völlig unbekannt – dem aufmerksamen Venezianer zweifellos hätte auffallen müssen. Und tatsächlich gab es Leute, die solche Lücken zum Beweis nahmen, dass Marco Polo nie in China gewesen sei, sondern bloß, in Konstantinopel angekommen, die Berichte anderer Seidenstraßenreisender niedergeschrieben habe.

Selbst wenn Akeret niemals in den Ländern gewesen war, von denen er ihr berichtet hatte – er wäre nicht der erste Reisende seiner Art. Auch Karl May war bekanntlich nie in Amerika gewesen, als er seine Romane über Winnetou und Old Shatterhand schrieb. Kafka verschickte seinen armen Karl Roßmann in die Neue Welt, ohne selbst dort gewesen zu sein. Genauso hatte Chateaubriand weite Teile seiner Amerikareise erfunden (sie erinnerte sich dunkel an eine in dem Bericht beschriebene Insel, die im Laufe verschiedener Überarbeitungen von Florida nach Ohio wanderte). Wohl kein Zufall, überlegte Unland, dass sie alle Amerika gewählt hatten, den Kontinent, der in keiner alten Schrift erwähnt wurde und sich deshalb mit den wildesten Phantasien füllen ließ.

Sie war bis zur Endhaltestelle sitzen geblieben, wo das Tram eine Weile wartete, bis es sich wieder in Bewegung setzte. Erst jetzt begann sie, im mitgebrachten Büchlein zu lesen, blätterte die Seiten behutsam um, da sie nicht zu seinem Zerfall beitragen wollte.

General Tan Shwe, Herrscher über Burma, träumte eines Nachts von einer Stadt im Regenwald. Am nächsten Tag rief er seinen Astrologen zu sich und fragte ihn, was der Traum zu bedeuten habe. Der Astrologe erklärte ihm, dass die meisten Träume verschlüsselte Botschaften seien und ihre Deutung oft schwierig. Dieser Traum aber sei einfach zu deuten: Er solle jene Stadt, die er geträumt habe, genau so errichten lassen, dann sei ihm ewiger Ruhm gewiss.

Der General rief seinen Architekten zu sich und wies ihn an, ihm eine Stadt im Regenwald zu bauen. Der Architekt befragte den Herrscher lange, und der beschrieb ihm den Verlauf der Straßen, das Aussehen der Gebäude und die Lage der heiligen Orte.

Wo genau die Stadt errichtet werden sollte, überließ der General dem Astrologen und dem Architekten. Der Astrologe befragte die Sterne und wählte ein Gebiet im Tiefland. Während er mit einem Amulett durch das Unterholz stapfte, ließ der Architekt hier und dort den Boden aufgraben, um sicherzustellen, dass die neue Stadt nicht auf sumpfigem oder sandigem Boden erstehe. Sie einigten sich auf den Punkt, an dem der zukünftige Palast zu errichten wäre, und markierten ihn mit einer Flagge.

Ein Feuer wurde gelegt, um eine genügend große Fläche zu roden. Der Brand geriet außer Kontrolle und vernichtete

eine kleine Stadt am Rande des Waldes. Der Herrscher nahm
es zur Kenntnis.

Es folgte eine Art Traumtagebuch des Generals, eine Beschreibung von 89 Städten, denen gemeinsam war, dass sie
Planstädte waren. Sie wurden angelegt, um ihre künftigen
Bewohner zu dem einen oder andern Verhalten zu ermuti-
gen oder zu zwingen.

Unland erinnerte sich, wie Akeret und sie sich einmal beinahe eine Stunde lang über Planstädte unterhalten
hatten. Es hatte vor allem Akeret gesprochen, den sie bis
dahin als wortkarg gekannt hatte, und sie war überrascht
gewesen, ihn so redselig zu erleben. Die ausladenden Bewegungen seiner Hände ließen auf den Grad seiner inneren
Erregung schließen, wie auch sein beinahe zwanghaftes
Sich-an-die-Nase-Fassen. Die Fakten durchmischte er mit
Erfahrungen, die er in drei Planstädten – Chandigarh,
Xinying, Naypyitaw – angeblich gemacht hatte.

23

Dem Drang, eine Planstadt zu errichten, so Akeret, liege
derselbe Antrieb zugrunde wie der Erfindung einer
Plansprache: Natürlich gewachsene Strukturen werden als
unübersichtlich, als asymmetrisch, als ineffizient empfunden, man glaubt, dass ein einzelner, ordnender Geist dem
über lange Zeit Gewachsenen überlegen sei.

Die wohl erste bekannte Planstadt wurde von Alexander dem Großen errichtet, nachdem ihm eines Nachts
Homer im Traum einige Zeilen aus der *Odyssee* vorgetragen
hatte. Da diese Zeilen auf die ägyptische Insel Pharos Bezug
nahmen, reiste Alexander am nächsten Tage hin und entschied, ebendort eine Stadt errichten zu lassen, die seinen
Namen tragen sollte.

Sein Architekt Dinokrates zeichnete einen Entwurf
der neuen Stadt – ihre Straßen, ihre Plätze, ihre Gebäude –
mit Gerstenmehl auf den Boden. Doch kaum hatten seine
Handlanger ihre Berechnungen und Aufzeichnungen
abgeschlossen, stießen Seevögel herab und vertilgten den
Plan der Stadt. Manch einer sah darin ein böses Omen,
Alexanders Wahrsager aber deutete es anders: Eines Tages
werde Alexandria alle Völker mit seinen reichen Ernten
ernähren können.

Dieser Prophezeiung, so Akeret, liege eben die Annahme zugrunde, dass die geplante Stadt einer gewachse-

nen überlegen sei, nicht nur ihre wirtschaftliche Leistung betreffend, sondern auch das Verhalten ihrer Einwohner. Unerwünschtes Betragen werde gewissermaßen architektonisch verunmöglicht.

Am Beispiel der Stadt *Celebration* in Florida, einer vom Disney-Konzern in der Nähe des Vergnügungsparks errichteten Siedlung, lasse sich das anschaulich zeigen. Die Häuser sind in Pfefferminzgrün oder Kaugummirosa gestrichen und könnten allesamt aus den 1920ern stammen, einem bloß im Rückblick idyllischen Jahrzehnt. Jeder neue Hausbesitzer erhalte ein Regelwerk, demzufolge etwa keine anderen Vorhangfarben erlaubt seien als Weiß und Beige. Regelmäßig kontrolliere ein Einsatzteam die Einhaltung der Vorgaben und ahnde jedweden Verstoß – der Annahme folgend, dass bereits das zerbrochene Fenster eines einzigen Hauses den Abstieg eines ganzen Viertels nach sich ziehen kann. – Ist es noch möglich, fragte er, in einer Stadt wie Celebration böse Gedanken zu entwickeln? Oder ist es, im Gegenteil, sogar wahrscheinlicher?

Akeret hatte sich während seines Monologs ein wenig von Unland abgewandt und war nun offenbar nicht mehr auf Zeichen des Interesses von außen angewiesen. Er sprach in höchstem Maße konzentriert, bildete verschachtelte Sätze, ohne die Enden fallenzulassen. Fast war es, als spräche etwas *durch* ihn, und Unland stellte sich den seinen Mund verlassenden Lautstrom als Ektoplasma vor, den Stoff, der spiritistischen Medien aus dem Mund tritt.

Bald war Akeret beim *Plan Voisin* des Architekten Le Corbusier angelangt, der vorsah, einen Teil der Pariser Altstadt abzureißen und durch Wohntürme zu ersetzen.

Unland glaubte Bewunderung in seiner Stimme mitklingen zu hören für diesen kühnen Plan.

Le Corbusiers Vision war niemals Wirklichkeit geworden, doch bot sich ihm nach dem Krieg die Möglichkeit, in Indien eine ganze Stadt zu planen. Mit der Unabhängigkeit vom Vereinigten Königreich wurden die Grenzen neu gezogen, quer durch den Nordwesten Indiens, mitten durch den Punjab, dessen Hauptstadt Lahore auf der Seite des neuen Staates Pakistan verblieb. Eine neue Hauptstadt sollte errichtet werden, und zu deren Planung wurde, nach dem plötzlichen Tod des ursprünglich mit der Aufgabe betrauten Architekten, Le Corbusier herangezogen.

Er sei, sagte Akeret, selbst in der von Le Corbusier geplanten Stadt Chandigarh gewesen, die so sauber und reibungslos funktioniere wie keine andere Stadt in Indien, außerdem sei sie überraschend grün. Wohntürme habe er dort übrigens keine gesehen.

Eine ganz andere Erfahrung sei die neue chinesische Hauptstadt Xinying, die in der Nähe der einstigen Sommerresidenz des Kublai Khan wachsende *Neue Blüte*. Hundert Millionen Menschen würden einmal in den Wohntürmen leben, die sich, Zeile um Zeile, in endlosen Reihen hinziehen. Noch sei dort nachts kaum eines der Fenster erleuchtet, und auf den Straßen treffe man nur vereinzelte Menschen. Das Ziel sei aber, ganze Dörfer aufzulösen, um die Bauern in diesen Türmen unterzubringen, auf dass sie als willige Fabrikarbeiter und Konsumenten im 56. Stock irgendeines Hochhauses ihre Fertignudeln kochten – Bauern ohne Erde.

Am Ende dieses Jahrhunderts, meinte Akeret raunend, werde jede einmal erdachte Dystopie wahr geworden sein,

weil der Mensch seine Ideen zwanghaft zur Verwirklichung bringen müsse.

Von China sei er weiter nach Yangon in Myanmar gereist, wo ihm, schon auf dem Weg vom Flughafen zum Hotel, eine seltsame Eigenheit aufgefallen sei: Die Autos fuhren auf der rechten Seite, die Lenkräder aber befanden sich ebenfalls rechts. Vom Taxifahrer habe er Folgendes erfahren: Ne Win, vormals General der Militärdiktatur, habe eines Nachts geträumt, dass eine Umstellung auf den Rechtsverkehr das Land voranbringen werde, und so ordnete er diese schon am nächsten Tag an. Aber natürlich kauften sich die Burmesen deswegen nicht gleich neue Autos, und so fuhren eben immer noch dieselben japanischen oder indischen Vehikel mit dem Lenkrad auf der rechten Seite auf den Straßen.

Besagter Ne Win habe übrigens auch Geldscheine mit den Nennwerten 45 und 90 Kyat eingeführt, weil die Neun seine Glückszahl war. Alle anderen Geldscheine erklärte er für ungültig.

In Yangon, fuhr Akeret fort, sei er in den Zug nach Naypiytaw gestiegen, der neu errichteten, ebenfalls am Reißbrett geplanten Hauptstadt. Er habe sich einen ganzen Tag in dieser Stadt herumfahren lassen, von einem Taxifahrer, der kaum Englisch sprach, über vielspurige, beinahe leere Straßen, immer in der Erwartung, er werde irgendwann ins Zentrum gelangen.

Doch es gab kein Zentrum. Die Stadt zerfiel in Zonen, die durch Straßen verbunden waren, eine Hotelzone, eine Ministerienzone, eine Einkaufszone, und zwischen ihnen Brachen, eine bedrückende Leere wie nach einer verheerenden Seuche. Der Mangel an Sehenswürdigkeiten ließ den Fahrer vor jedem Ministerium anhalten, damit Akeret die Schilder fotografiere.

Damals hatte Unland ihm gebannt zugehört – denn welchen Grund hätte es gegeben, ihm nicht zu glauben? Das BUCH DER GETRÄUMTEN STÄDTE hatte er nie erwähnt, aber es war offensichtlich, dass das meiste, was er ihr erzählt hatte, aus diesem Büchlein stammte.

Spätabends langte Unland beim letzten Kapitel an.

Nachdem der General dem Lakaien seinen neunundachtzigsten Traum geschildert und dieser ihn niedergeschrieben hatte, verlangte er zu erfahren, ob sein Volk ihn liebe.

Natürlich, sagte der Lakai, ohne zu überlegen, er sei ihre Sonne.

Aber liebten sie ihn denn so aufrichtig und bedingungslos wie ein Kind die Mutter?

In der folgenden Nacht wartete der Lakai vergeblich, dass der General die Glocke läutete und ihm eine geträumte Stadt beschrieb. Der General schlief die ganze Nacht, und bis zum Mittag wagte niemand, ihn zu wecken. Dann sandte man den zweithöchsten Offizier ans Bett, der die Schulter des Generals ergriff und ihn sachte schüttelte. Der General aber wachte nicht auf. Man verdächtigte den Lakaien, ihm Gift eingeflößt zu haben, und warf ihn in den Kerker.

Auf dem großen Platz der neuen Stadt, dem Platz der bedingungslosen Liebe, *versammelten sich die Menschen und weinten um den geliebten General. Welch absonderliche Träume mochte er nun haben in seinem endlosen Schlaf?*

Sie belagerten den Palast, da sie den General sehen und

berühren wollten. Um die Würde des Verstorbenen zu schützen und gleichzeitig den Bedürfnissen des Volkes zu entsprechen, ließ man einen gläsernen Sarg anfertigen, in den man den Verstorbenen legte. Es wirkte, als schlafe er nur.

Bald verbreitete sich das Gerücht, der General könne erweckt werden von jemandem, der ihn tief und aufrichtig liebe. Zur selben Zeit ging der Architekt durch die Straßen der Stadt, die er nach den Träumen des Generals entworfen hatte, und ihm kam ein eigenartiger Gedanke. Hätte der General am Abend vor jener Nacht schwer gegessen, hätte er das Fenster offen gelassen oder vor dem Schlafengehen Fernsehen geschaut: Ganz anders verliefen nun die Straßen, ganz andere Gebäude säumten sie, ganz anders wären ihre Bezirke verteilt.

24

Über Stunden lag Unland in ihrem Bett, unfähig einzuschlafen, obwohl sie so erschöpft war wie lange nicht mehr. All die Hoffnungen und Befürchtungen, die ihr im Laufe des Tages im Kopf herumgegangen waren, bewegten sich unablässig und hielten sie wach.

So gab sie es schließlich auf, erhob sich seufzend und begann, die Nachrichten, die Akeret ihr von seinem Satellitentelefon geschickt hatte, in ein Dokument zu übertragen. Sie hoffte, dabei auf ein Detail zu stoßen, das ihr bislang entgangen war und ihr Aufschluss geben könnte über seinen Verbleib.

> geankert bei insel im delta des fly. haben yams,
> bananen etc. erworben. den leuten ein bild von
> orang pendek gezeigt. hoffnungsmachende
> reaktionen.

In diesem lakonischen Ton waren die Nachrichten abgefasst, kaum eine länger als diese. Unland hatte mindestens eine jeden Tag erhalten, an manchen Tagen auch zwei. Siebenunddreißig waren es, und die letzte las sich so:

> fluss zu seicht für boot. fahren weiter mit
> einbaum. rauchsäulen weisen auf menschen hin.

Niemals schrieb Akeret *Ich*, niemals schrieb er von Angst oder von Zweifeln. Wenn aber das, was er schilderte, gar nicht auf äußeren Geschehnissen beruhte, wenn das alles seiner Vorstellung entsprang, dann waren Ängste und Wünsche in diese scheinbar oberflächlichen Mitteilungen eingeschrieben. Dann durchmaß sie ein von ihm geschaffenes Land, gerade so, als beträte sie nachts einen seiner Träume.

Unland hatte sich als junge Frau oft gefragt, was es bedeutete, einen andern Menschen *wirklich* zu kennen. Als sie sich in ihrem letzten Jahr am Gymnasium das erste Mal in ein Mädchen verliebte, drängte es sie, alles über dieses Mädchen in Erfahrung zu bringen: Jede kleinste Vorliebe wollte sie kennen, die Geschichte jeder Narbe auf ihrem Körper. Als sie ein Paar geworden waren, glaubte sie, es dürfe keine Geheimnisse zwischen ihnen geben, sie sehnte sich nach völliger Verschmelzung.

Über die Jahre musste sie die Erfahrung machen, dass jede Annäherung an einen anderen Menschen asymptotisch erfolgte, nach Art einer Kurve, die sich einer Geraden immer weiter annähert, ohne sie jemals zu berühren. Ein Mensch war natürlich keine geometrische Gerade, sondern viel eher ein Bündel widersprüchlicher Wünsche und Vorstellungen, die sich ständig änderten, und glich darum eher der zittrigen Aufzeichnung eines Seismographen. Je mehr sie sich jemandem annäherte, desto deutlicher trat der verbleibende Abstand zutage und desto schmerzlicher wurde er ihr bewusst.

Mit ihrer ersten Freundin konnte sie nächtelang beisammenliegen und mit einer Offenheit, die nur im Dunkeln möglich ist, besprechen, was sie in dieser oder jener Situation gedacht hatte: *Wie hast du das gemeint, als du gesagt hast ... Was hast du gedacht, als du mich so ansahst* etc.

Eines dieser Nachtgespräche war ihr bis heute im Gedächtnis geblieben. Ihre Freundin erzählte ihr, sie habe auf einer Party mit jemand anderem geknutscht, einem Jungen, was ihr sehr leidtue. Es habe nichts zu bedeuten.

Warum hatte ihr die Freundin nicht früher gesagt, dass sie etwas begehrte, was sie ihr nicht geben konnte? Oder war es ihr selbst nicht bewusst gewesen?

Diese letzte Frage stieß Unland auf ein Problem, das sie nicht bedacht hatte: Niemand kannte sich ganz, jeder handelte bisweilen aus Gründen, die er selbst nicht durchschaute. Es war nicht möglich, die Gefühle und Gedanken einer andern Person vollständig zu wissen! Sie blieben letzte Geheimnisse.

Nicht einmal zu ihrer Schwester hatte sie das enge Verhältnis, das Schwestern, wie sie glaubte, haben müssten. Sie sahen sich mitunter mehrere Wochen nicht, und wenn sich einmal so viel Ungesagtes angesammelt hatte, war es unmöglich, alles aufzuarbeiten, weswegen sie sich bei ihren Begegnungen auf nichtssagende, kühle Zusammenfassungen beschränkten.

Unland spürte plötzlich das Bedürfnis, ihre Schwester anzurufen und mit ihr über das zu sprechen, worüber zu sprechen sie vor langer Zeit aufgehört hatten. Bedauerlicherweise war es mitten in der Nacht, und sie ahnte, dass sich dieses Bedürfnis im Tageslicht auflösen würde.

Als sie endlich doch einschlief, fiel sie in einen ungewöhnlich klaren und farbigen Traum, der nicht beim ersten Augenaufschlag verblasste, sondern, im Gegenteil, lange in ihr waches Leben hineinspielte und auf ihre Stimmung einwirkte.

Sie hatte sich auf einem Boot befunden, auf beiden Seiten die grüne Wirrnis eines Waldes, woraus die metallenen Geräusche von Insekten drangen, kaum Rufe von Warmblütern. Alles war getaucht in tropisch gelbes Licht. Sie blickte auf die Rückseite eines Mannes, der vorn am Bug stand und mit gestrecktem Arm die Richtung wies. Sie wusste, dass es sich um Akeret handelte, so wie man eben manchmal Dinge weiß in Träumen. Das Davor und Danach war undeutlich, verschwommen, weitere Gestalten gingen wie Schatten umher. Jene Szene mit Akeret am Bug aber stach klar und scharf hervor.

Nachdem sie erwacht war, schloss sie erneut die Augen und versuchte, den restlichen Traum zu schärfen, das Verschwommene zur Klarheit zu bringen, doch mehr und mehr entglitten ihr die Bilder, auch die klaren. Der Traum, obwohl nur ein Traum, ließ sie an der Vermutung zweifeln, dass Akeret niemals das Land verlassen hatte.

Den ganzen Morgen, während sie eine Vorlesung vorbereitete, stand sie unter dem Eindruck dieses Traumes – solche Träume waren sehr selten. Ihr kam eine Bekannte in den Sinn, die ihr die eigenen Träume ungefragt bis ins Kleinste zu schildern pflegte. Offensichtlich begriff sie, ihr Name war Sibylle, Träume nicht als verschlüsselte Botschaften des Unbewussten, sie glaubte vielmehr, dass sie ihr die Zukunft zeigten, und stand mit dieser Herangehensweise den Kaisern des Altertums näher als den nach Freud Geborenen.

Unland beschloss, Sibylle anzurufen, die überrascht, aber erfreut wirkte, sie außerhalb des Yoga-Kurses, in dem sie sich kennengelernt hatten, zu sprechen. Nach etwas höflichem Geplänkel fragte Unland, wie sie es schaffe, sich an ihre Träume mit solcher Genauigkeit zu erinnern.

Eigentlich, entgegnete Sibylle, erinnere sie sich nur an diejenigen, in denen sie sich bewusst sei, dass sie träume. Einen solchen Traum nenne man einen *luziden*, einen lichten Traum. Aber es gebe Wege, von einem Trübtraum zum Klartraum zu gelangen. Unland könne mit zwei Dingen beginnen: Erstens solle sie ein Heft auf den Nachttisch legen, um nachts, wenn sie aufwache, ihren Traum zu notieren. Sie dürfe die Niederschrift keinesfalls aufschieben und glauben, sie werde sich am nächsten Morgen noch erinnern!

Zweitens empfahl Sibylle sogenannte *Reality Checks*. Unland solle in wachem Zustand, wann immer es ihr gerade einfalle, ihre Finger zählen. Im Traum werde sie bald dasselbe tun, und sollte sie dabei auf weniger oder mehr als fünf kommen, wisse sie, dass sie träume.

Auch das Hochspringen in wachem Zustand sei eine gute Übung. Sibylle hatte die Erfahrung gemacht, dass Hochspringen im Traum sie schweben und dann, wie ein Spaziergänger auf dem Mond, verzögert zu Boden sinke lasse.

Danach sprach Sibylle allgemeiner vom Bewusstsein als Landschaft, die der Träumer wandernd erkunde, von unterirdischen Flüssen, von Erhebungen, von Verwerfungen, die so erst sichtbar würden. Die Erde sei erforscht bis in jeden Winkel, die letzte große Herausforderung sei nicht,

Berge zu erklimmen oder in Schluchten hinabzusteigen, sondern die Erkundung des Selbst. Der wahre Abenteurer unserer Zeit werde nicht Bergsteiger oder Astronaut, sondern Traumreisender, ONEIRONAUT.

Auch wenn der Gedankengang wie auswendig gelernt klang und papageienhaft wiedergegeben war, rührte er tief in Unland etwas an. Sie wollte – sie *würde* Oneironautin werden.

In dieser Nacht träumte sie wieder von Akeret, sie befanden sich in demselben Boot auf demselben Fluss. Diesmal erkannte sie ihn gleich an seiner nervösen Gestik: Wieder und wieder fasste er sich an die Nase, ging vor zum Bug, trat wieder einen Schritt zurück. Dann wandte er sich ihr zu. Sein Gesicht war wie ausgelöscht, als liege der blinde Fleck ihres Sehens ständig auf diesem Teil seines Körpers. Alles andere war klar und scharf.

Auf die Idee, ihre Finger zu zählen oder hochzuspringen, kam sie nicht – und so wurde ihr auch nicht bewusst, dass sie träumte. Aber es gab Momente, in denen sie zweifelte: Es kamen Raben an Deck, stellten sich auf die Schnäbel und hüpften auf und ab, und sie fragte die Vögel, warum sie das taten. Sie antworteten, das sei ihre Belohnung dafür, dass sie ein Jahr lang bloß ihre Augäpfel bewegt hatten.

Unland versuchte vergeblich zu begreifen, worin die Belohnung bestand. Dennoch erschienen ihr die Raben nicht so merkwürdig, dass ihr Zweifel an der Wirklichkeit gekommen wären. Seltsamer war, dass das Boot gegen die Strömung trieb, zumal ein Motor weder zu sehen noch zu hören war. Schlangen mit Köpfen so groß wie von Kühen schwammen nebenher.

Am nächsten Morgen erkannte Unland mit Staunen, dass ihr Traumtagebuch sich gefüllt hatte, und beim Lesen erinnerte sie sich an Teile des Traums. In den folgenden Nächten trieben sie den Fluss immer weiter hinauf, immer finsterer wurde es, unaufhaltsam näherten sie sich dem Herz eines Unwetters. Offenbar wusste Akeret nicht, dass sie sich in einem Traum befanden und dass dieses Gewitter ihnen nichts anhaben konnte. Unland spürte den Wunsch, ihn zu beschützen, und erkannte, dass ihr dies nur in einem Klartraum möglich wäre. So überwand sie sich und zählte mehrmals täglich ihre Finger und sprang sogar, wenn niemand sie sehen konnte (etwa in der Toilettenkabine), auf und ab.

Einmal, als sie im Tram ihre die Haltestange umklammernde Hand betrachtete, zählte sie bloß vier Finger. Und als sie noch mal zählte, waren es elf an jeder Hand. Als sie aufsah, blickte sie auf ein Gebirge dunkler Wolken, die sekundenlang aufleuchteten von inneren Blitzen. Wieder stand Akeret vorne am Bug, diesmal drehte er sich um, und sie konnte sein Gesicht sehen und die Furcht darin. Auch sich selbst erkannte sie dort in seinem Auge, nur was sie sah, war nicht ihr Gesicht, sondern das eines graubärtigen, dunkelhäutigen Mannes.

Unland begann, gegen das Unwetter anzudenken. Sie stellte sich vor, die Wolken würden sich verziehen und die Sonne scheinen. Doch es bewirkte nichts. Dieser Sturm lag außerhalb ihres Einflussbereiches, obwohl es ihr Traum war und diese Welt ihrem Geist entsprang. Offenbar war

245

auch die Traumwelt Naturgewalten unterworfen, die tieferen, nicht zu kontrollierenden Schichten entsprangen.

Da kamen ihr die Schlangen in den Sinn, und kaum hatte sie an sie gedacht, tauchten ihre riesigen Schädel schon aus dem Wasser auf. Sie ließ die Schlangen das Boot anheben und den Fluss hinuntertragen. Bald waren sie bei der Mündung angelangt, und sie gab ihnen in Gedanken den Befehl, das Boot nun abzusetzen. Doch sie hörten nicht auf sie, sondern trugen das Boot immer weiter, fort vom Land und hinaus auf das offene Meer.

Da wachte Unland plötzlich auf, doch griff sie nicht zu Stift und Papier, um ihren Traum niederzuschreiben. Er stand ihr so klar vor Augen, als hätte sie nur eben kurz die Lider geschlossen.

25

A m nächsten Tag hatte sie eine Vorlesung zu halten sowie ein Seminar zu geben. Sie mochte die Vorlesungen lieber, da konnte sie, wie eine Schauspielerin vor Publikum, in eine Rolle schlüpfen. In den Seminaren dagegen wurde sie zur Grundschullehrerin, die Zusammenhänge ständig wiederholen musste, um sie den Teilnehmern einzuschärfen.

An diesem Tag glitt sie manchmal zurück in den Traum der letzten Nacht. Sie fühlte sich, als hätte sie, indem sie verhindert hatte, dass das Boot in das Unwetter geriet, eine gute Tat vollbracht – eine ganz wirkliche, gute Tat. Wenn sie einer echten alten Frau, deren echte Tasche gerissen wäre, geholfen hätte, ihren Einkauf von der echten Straße einzusammeln – das Gefühl der Befriedigung wäre von diesem nicht zu unterscheiden gewesen.

Nach dem Seminar stellte sich eine Studentin, deren Namen Unland nicht kannte, vor ihren Schreibtisch. Sie war ihr während des Seminars nicht aufgefallen, sie musste wohl ganz hinten gesessen und sich niemals gemeldet haben. Unland war von ihrer Schönheit sogleich tief getroffen, dabei war sie keine Schönheit im klassischen Sinn – nicht ihre Züge waren anziehend, sondern deren Frische und Jugendlichkeit. Alle Mädchen in diesem Alter waren schön, weil sie jung waren.

Sie habe, sagte die junge Frau, das Seminar äußerst spannend gefunden. Ihre Haut schien zu leuchten, ihre Rundungen waren fest und gaben bei einer Berührung bestimmt im richtigen Maße nach. Unland wünschte, sie könnte das Mädchen mit nach Hause nehmen und sich ins Bett legen. Es gäbe keine schönere Ablenkung.

Während die andern Studenten ihre Sachen zusammenpackten und den Raum verließen, sonnte sich Unland in der großäugigen Aufmerksamkeit der Studentin. Unter welchem einigermaßen glaubwürdigen Vorwand könnte sie mehr Zeit mit ihr verbringen? Es wäre nicht schlimm, wenn der Vorwand als solcher durchschaubar wäre, dachte Unland, er musste es sogar sein, darin bestand die Kunst der Verführung.

Sie heiße übrigens Nathalie, sagte die Studentin und machte keine Anstalten, sich zu verabschieden, sondern wartete geduldig, bis Unland ihre Sachen zusammengepackt hatte. Wie selbstverständlich gingen sie gemeinsam hinaus und zur Haltestelle, wo sie dasselbe Tram bestiegen. Unland führte einige Gedanken ihrer Vorlesung weiter aus, kurz vor ihrem Halt aber unterbrach sie sich: Sie würde sie gerne zu sich auf einen Kaffee einladen.

Unland sagte es in übertrieben anständigem Ton, aber mit einem Lächeln, um dem Mädchen die Chance zu geben, den Vorwand zu durchschauen.

Nathalie lächelte, nickte – wie gern hätte sie diese Lippen sofort geküsst –, und gemeinsam stiegen sie aus.

Als sie den etwas verwilderten Garten betraten, stellte Nathalie ihr einige Fragen – wie lange sie schon hier lebe, ob sie verheiratet sei, ob sie Kinder habe.

Keine Kinder, sagte Unland, doch sei sie lange verheiratet gewesen.

Im Wohnzimmer bestaunte Nathalie die Artefakte, die Unland von ihren Reisen mitgebracht hatte. Es war bezaubernd, wie sie noch staunen konnte, wie sich in diesem Staunen ihre Jugend zeigte.

Unland fragte, ob sie ihr etwas zu trinken anbieten könne.

«Einen Kaffee, bitte.»

Es war noch alles zu förmlich, zu starr. Zuallererst musste sie aufhören, *Sie, Nathalie* zu sagen, was den Unterschied von Alter und Stellung nur jedes Mal wieder betonte.

«Wie trinkst du deinen Kaffee?»

«Viel Milch, keinen Zucker.»

Nathalie war vor der Lithographie stehen geblieben, und Unland kam in den Sinn, wie Akeret sie dazu befragt hatte. Der Gedanke an ihn – wo mochte er in diesem Augenblick sein, was mochte er tun? – bedrückte sie, und sie sehnte sich nach der heilsamen Wärme eines anderen Körpers.

Nathalie hatte das Völkerschauplakat recht lange angesehen, auch sie schien darüber nachzudenken, warum es ausgerechnet hier, in der Wohnung ihrer Professorin, hing. Aber sie fragte nicht nach. Traute sie sich nicht oder war sie zu einer Erklärung gelangt, die ihr schlüssig erschien?

Nun trat sie mit bedachten Schritten an den alten Apothekerschrank und ging durch die Platten.

«Du darfst eine auflegen», sagte Unland.

«Ich weiß gar nicht, wie man das macht.»

«Such eine aus, ich zeig's dir dann.»

«Ich mag dieses Cover.»

Sie hielt BITCHES BREW von Miles Davis in die Höhe.

«Ich hab sie damals nur wegen dem Cover gekauft, aber heute ist es eine meiner Lieblingsplatten.»

Unland hatte sich neben Nathalie gestellt und nahm die Platte aus der Hülle, wobei sie achtgab, ihre Finger zu berühren.

«Jetzt kannst du die Nadel nehmen und auf den Rand legen.»

Nathalie nahm den Arm und setzte ihn behutsam auf, sodass ein Knistern hörbar wurde, aus dem bald die ersten Trompeten-Stöße tönten. Nachdem sie eine Weile, den Kopf in die Hand gelegt, zugehört hatte, runzelte sie die Stirn.

«Es ist schön, so Musik zu hören», sagte sie. «Aber ich bin mir nicht sicher, ob ich diese Musik *verstehe*. Es klingt … so durcheinander. Wie in einem Urwald. Ich hab so etwas noch nie gehört. Warum ist das Ihre Lieblingsplatte?»

Unland brachte den Kaffee an den Tisch.

«Wollen wir nicht auf die Couch?»

Sie setzte sich zuerst, und Nathalie, offenbar nicht um Distanz bemüht, nahm bloß eine Handbreit neben ihr Platz.

«Du kannst mich duzen, ich bin Elisabeth», sagte Unland und reichte ihr die Hand – sie wollte sie so gerne berühren! –, was natürlich lächerlich war und Nathalie tatsächlich lachen ließ.

Sie saßen eine Weile nebeneinander, hörten Musik und tranken Kaffee.

«Kann ich mich hinlegen?», fragte Nathalie unvermittelt, und als Unland Anstalten machte aufzustehen, sagte sie: «Bleib.» Sie bettete ihren Kopf auf Unlands Schoß mit einer Selbstverständlichkeit, als hätte sie dies schon unzählige Male getan. Durchströmt von Wärme, die von ihrem Unterleib in alle Glieder ausstrahlte, begann Unland, ihr über das Haar zu streichen.

Nathalie hatte die Augen geschlossen, schlug sie unter der Berührung kurz auf, blickte sie an, schloss sie wieder. Unland spürte ihren Atem auf der Nase und senkte den Kopf. Einen Augenblick lagen ihre Lippen aufeinander, ohne dass etwas geschah, und Unland glaubte schon, der Kuss werde scheitern und Nathalie empört das Haus verlassen. Sie wagte kaum die Augen zu öffnen, um nachzusehen, ob in ihrem Blick Ablehnung lag oder Begierde.

Aber dann spürte sie, wie Nathalie ihre Lippen erst schürzte, bald mit Bewegungen auf ihre antwortete. So küssten sie sich eine Weile, und Nathalie ergriff ihre Hand und strich mit dem Daumen darüber. Sie verschränkten die Finger ineinander, Unland zählte sie mit dem Zeigefinger ihrer freien Hand, kam auf sechs, als sie aber nachzählte, doch nur auf fünf Finger.

«Zählst du deine Finger?», fragte Nathalie.

«Nur damit ich weiß, dass ich nicht träume.»

Die Platte hatte geendet, es war nurmehr das Knistern der Leerrille zu hören.

«Ich sollte langsam gehen.»

Sie verließ, ohne einen weiteren Kuss, das Haus.

26

In dieser Nacht lag Unland im Bett und fand keine Ruhe. Sie dachte an die Begegnung mit Nathalie und daran, dass sie noch am Morgen nicht geahnt hatte, dass es sie überhaupt gab. Wie sehr eine einzelne, zufällige Begegnung das Leben verändern konnte.

Zugleich fragte sie sich, wie ihr Traum weitergehen würde, der mehr sein musste als nur ein Traum, da er sich, wie die Wirklichkeit, in unheimlicher Weise zusammenhängend zeigte und daher, schloss Unland, Folgen für die Wirklichkeit haben musste. Sie könnte Akeret nur helfen, wenn sie die Traumwelt als solche erkannte, und die Sorge darüber, ob ihr dies gelingen würde, machte sie unruhig.

Sie erwachte auf dem Boot, das die Schlangen aufs Meer hinausgetragen hatten. Ihr war nicht bewusst, dass sie träumte, doch fiel ihr auf, dass sie ungewöhnlich klein war. Ein Schwarm großer Vögel saß über ihr auf einem schwebenden Ast, hielt diesen gleichsam flatternd in der Luft. Und da merkte sie, dass sie selbst ein Vogel war.

Zu ihren Füßen lag ein Mann mit dunkler Haut, seine Augen waren geschlossen, und sie glaubte, er sei tot. Doch dann sah sie, wie sein Brustkorb sich hob und senkte, und die Ahnung überkam sie, dass ihr ganzes Leben bloß der Traum dieses Mannes sei und enden müsste, wenn er erwachte. Aber nun öffnete er die Augen, und sie verschwand nicht, und er sagte, er fühle eine Insel.

Sie landeten an einem schmalen Strand, über den die Bäume des Waldes sich beugten, und sie gingen in diesen Wald hinein. Es lebten hier Menschen mit heller, beinahe durchscheinender Haut, und Unland spürte denselben Ekel in sich aufsteigen, der sie auch angesichts weißer Kaninchen mit roten Augen befiel.

Sie lebten unter der Erde, erklärten die weißhäutigen Menschen, weil die Sonne töte, sie aber wollten unsterblich sein. In die Wände ihrer unterirdischen Häuser waren Luken eingelassen, durch die man, um zu speisen, ins Erdreich greifen konnte. Während der Mahlzeiten saß jeder vor seiner Luke, wühlte in der Erde, um die Würmer, Wurzeln und Larven, die er fand, schmatzend zu vertilgen.

Unland blickte in Akerets Gesicht, das keine Abscheu zeigte. Sie haben das ewige Leben, sagte er und blinzelte: Sie haben das Paradies erschaffen auf Erden.

Unland erwachte, die Straßenlaternen waren erloschen, es musste nach zwei Uhr nachts sein. Sie griff nach ihrem Heft und schrieb nieder, woran sie sich erinnerte. Danach legte sie sich hin und schlief rasch wieder ein, diesmal traumlos.

Am nächsten Morgen überlegte sie, wie es wohl sein würde, Nathalie an der Universität wiederzusehen. Wäre sie befangen, würde sie den Blick abwenden oder ihr, im Gegenteil, ein verschwörerisches Lächeln schenken?

Als sie Nathalie während der Vorlesung in einer der oberen Reihen erblickte, war es kein verschwörerisches, sondern ein beinahe unmerkliches Lächeln, doch traf es sie bis ins Mark. Unland brach ihren Vortrag mitten im Satz ab und fand nicht wieder hinein. Sie blickte auf ihre auf dem Pult ruhenden Hände, zählte die Finger und gewann erst nach mehreren Sekunden ihre Fassung wieder.

Nachdem sie die Vorlesung beendet hatte, ließ sie sich lange Zeit mit dem Packen ihrer Sachen, in der Hoffnung, Nathalie würde zu ihr herabkommen. Und sie kam tatsächlich, und offenbar gefiel es ihr, dass sie ein Geheimnis teilten. Sie siezte sie, als wäre nichts gewesen, und tat überhaupt so, als wäre es das erste Mal, dass sie miteinander sprachen – Harmloses, die Vorlesung Betreffendes –, bis plötzlich ein Funke in ihrem Kopf zu zünden schien. War ihr Gesichtsausdruck vorher freundlich und zugewandt gewesen, so war nun etwas Abwegiges, leicht Verdrehtes in ihren Zügen.

«Ich verstehe das nicht so ganz. Könnten Sie's mir noch einmal erklären?»

Unland, nun in der Rolle der Professorin, welche die sich bietende Gelegenheit skrupellos ergreift, entgegnete, sie solle doch mit zu ihr nach Hause kommen. Da werde sie ihr alles noch einmal gründlich erklären.

«Ja, bitte, ich bin nämlich schwer von Begriff. Es könnte die ganze Nacht dauern, bis ich's verstanden habe ...»

Sie gingen zusammen auf das Tram und dann zu Unlands Haus, ohne viel zu sprechen, und kaum hatte Unland die Tür geschlossen, wandte die junge Frau sich ihr zu, und sie küssten sich.

In dieser Umarmung trippelten sie zum Treppenaufgang, wo Nathalie ihre Hand nahm und sie in ihr eigenes

Schlafzimmer führte. Sie legten sich nebeneinander auf das Bett, zogen sich gegenseitig aus. Unland streichelte Nathalies Oberschenkel, spürte ihre Haut rau werden, zur Gänsehaut werden.

Als spätsommerliches Dämmerlicht in das Zimmer fiel, lagen sie, verschwitzt, Brust an Brust, unter der Decke. Die Stunden waren mit der Erfindung von Vorwänden verflogen, sich an bestimmten Stellen zu berühren, und nun fragte Nathalie, ob sie eine Zahnbürste für sie habe. Unland wühlte sich aus der Decke, ging ins Bad hinüber, nahm eine Zahnbürste aus dem Schrank unter dem Waschbecken und legte sie bereit.

Als sie ins Schlafzimmer zurückkehrte, hielt Nathalie ihr Traumheft in Händen und las darin, und selbst als sie Unland bemerkte, zeigte sie kein Zeichen von Ertapptheit oder Scham – offenbar fand sie nichts Außergewöhnliches daran, in fremden Traumheften zu lesen.

Unland setzte sich neben sie, zog ihr das Heft bestimmt aus den Händen und verstaute es in der untersten Schublade des Nachttischchens.

«Hast du das wirklich geträumt?»

Unland nickte.

«Du träumst jede Nacht von dieser einen Reise?»

«Nicht jede Nacht. Und nicht jeder Traum ist luzid.»

«Was, glaubst du, hat die Szene mit den unsterblichen Menschen zu bedeuten?»

«Ich weiß nicht, ob es irgendetwas zu bedeuten hat ... Es ist eher so, als wäre der Traum nicht aus mir gekommen, sondern von außerhalb. Verstehst du, was ich meine?»

«Ich denke schon.»

«Es ist mein Traum, und trotzdem bin ich ihm ausgeliefert, meine Angst ist echt, auch wenn ich weiß, dass es ein Traum ist.»

«Ich bin jedenfalls gespannt, was heute Nacht passiert», sagte Nathalie mit einem kleinen Lachen.

«Ich auch», sagte Unland ernst und küsste ihren Hals.

Unland fand keinen tiefen Schlaf, sondern bloß jene Art, die einen am nächsten Morgen glauben lässt, man habe überhaupt nicht geschlafen. Sie wusste, gestand es sich aber nur ungern ein, dass dies an der Anwesenheit Nathalies lag.

Irgendwann stand sie, des Herumwälzens müde, auf und ging hinab, um sich Kaffee zu machen. Es war noch vor sechs Uhr, leichter Dunst hing im Garten, Tau glitzerte in der Wiese. Wie selten sah sie Dunst und Tau!

Sie blies in ihren Kaffee und dachte mit einem Lächeln an die junge Frau in ihrem Bett, an ihren flaumbesetzten Hintern und dass sie jederzeit hinaufgehen könnte, um diesen Hintern zu streicheln. Bloß seltsam, wie Nathalie so selbstverständlich in ihrem Traumheft gelesen hatte. Nicht einmal als sie es ihr mit bestimmter Geste weggenommen hatte, hatte sie sich entschuldigt.

Ihrer ersten Freundin hätte sie vermutlich noch daraus vorgelesen, mittlerweile fand Unland nicht mehr, dass Liebende alles miteinander teilen und sich so nah sein sollten, dass sie die Gefühle und Absichten des anderen vorhersehen konnten. Ein Mensch war kein Meteor, dessen Bahn sich genau berechnen ließ, sein Verhalten war anhand physikalischer, chemischer oder biologischer Gesetze nicht vorhersagbar. Beobachtete man einen beliebigen Menschen

256

in seinem natürlichen Umfeld, so stellte man fest, dass den meisten seiner Handlungen soziale Kräfte zugrunde lagen und nicht etwa ein biologischer Drang.

Dabei waren einige dieser äußeren Triebkräfte dermaßen verinnerlicht, dass man glauben mochte, sie entsprängen dem eigenen Selbst. Und manche Menschen waren so empfänglich für die Sehnsüchte der anderen, dass sie von ihnen geformt wurden und danach strebten, sie stellvertretend zu befriedigen.

So jemand war Akeret. Das Abenteuer in einem fremden Land, die Suche nach einer neuen Spezies, die Erringung von Ruhm: Das waren die Sehnsüchte vieler. Über Stunden hatte Unland nicht an ihn gedacht, und die plötzliche Erinnerung traf sie schwer, in ihren Augen sammelten sich Tränen.

Akeret, dieser aufrichtige, ernste, komische Mensch, der bisweilen unfreiwillig komisch wirkte. Oder überzeichnete er nur bewusst das Bild, das andere sich von ihm machten? Oder musste es heißen: *hatte* überzeichnet?

Unland war sich in diesen Tagen nicht sicher, welche Zeitform sie – denkend oder sprechend – verwenden sollte. Plusquamperfekt, als wäre er tot? Das Präteritum der Romanhelden? Oder Präsens, als stünde er vor ihr?

Sie setzte sich an ihren Laptop. Sie hatte die seltsame Ahnung, dass Akeret ihr über das Satellitentelefon geschrieben haben könnte.

Er hatte ihr nicht geschrieben.

Dachtest wohl, er werde dir eine Nachricht schreiben von unsterblichen Menschen mit weißer Haut, die unter der Erde leben?

Es war nicht nur unmöglich, sondern auch lächerlich, und doch war das ihre Hoffnung gewesen. Ein Teil von ihr wollte glauben, dass ihre Träume die Wirklichkeit zeigten und dass jede Traumhandlung auch Folgen hatte für die Wirklichkeit.

Wann immer sonst solche kindlich-magischen Ansichten in ihr erstarkten, kämpfte sie dagegen an. Jetzt aber wollte sie das luzide Träumen nicht lassen, wollte es, im Gegenteil, durch weitere Übung verbessern. Wenn es auch nichts bewirkte, so milderte es die Hilflosigkeit und Verzweiflung, die sie angesichts von Akerets Verschwinden empfand.

Sie klappte den Laptop zu und ging nach oben, zu Nathalie, die, mit geschlossenen Augen, zufrieden seufzte, als sie die Arme um sie legte.

Nachdem sie sich mit einem Kuss auf der Türschwelle verabschiedet hatten, machte Unland sich mit dem Fahrrad auf zum Hallenbad – es war Samstag, sie hatte frei.

Schwimmen war für sie nicht nur körperliche Ertüchtigung, sondern ein andächtiges Ritual, das, wie alle Rituale, auf Wiederholung beruhte und sie der Alltagswelt enthob. Sie glitt in das Wasser des geheizten Beckens und zog kraulend ihre Bahnen, hob bei jedem dritten Armschlag den Kopf aus dem Wasser, um Luft zu holen. Nach etwa fünfzig Längen stieg sie heraus und ging zu den Dampfbädern.

Wie meistens schwitzten in der gemischten Sauna fast ausschließlich junge Männer, und Unland war sich nicht sicher, ob sie auf wohlgeformte Frauen warteten – man schwitzte hier nackt – oder ob sie sich trafen, um sich gegenseitig zu betrachten. Mit ihren wandernden Blicken und den etwas zu weit gespreizten Beinen trugen sie jedenfalls nicht zu einer entspannten Stimmung bei, und Unland musste daran denken, wie sich einmal bei ihrem Eintreten eine Frau an sie gewandt hatte, erleichtert, wie sie sagte, eine weitere Frau hier zu sehen.

Unland selbst hatte selten das Gefühl, mit Blicken bedrängt zu werden, aber das mochte mit ihrem Alter zu tun haben und ihrer Weigerung, die grauen Strähnen, die mehr und mehr wurden, zu färben. Sie ließ sich auf der untersten Holzbank nieder, die Männer schwitzten auf den oberen Bänken in stummem Wettbewerb. Da kam einer herein, der die bereits Schwitzenden augenscheinlich kannte und spöttisch anmerkte, es sei *ein wenig frisch hier drin*, und mit dem Holzlöffel zischend Wasser auf die Steine goss.

Unland dachte an Nathalie, und zum ersten Mal fragte sie sich, ob es verwerflich war, eine Studentin zu verführen. Es gab ein klares Machtgefälle, das schon, sie war Professorin, Nathalie Studentin. Aber hatte sie tatsächlich ihre Stellung ausgenutzt?

Es stimmte, sie hatte Nathalies Bewunderung gespürt und geahnt, dass sie die Einladung einer Professorin nicht ausschlagen würde. Alles Weitere aber hatte sich ergeben. Sie hatte das Mädchen doch nicht dazu gedrängt, den Kopf in ihren Schoß zu legen und ihre Hand zu streicheln? Und das zweite Mal war Nathalie von sich aus zu ihr gekommen. Oder war es so, dass Nathalie unbewusst annahm, sie müsse ihr zu Diensten sein? Das war eine schwierige Frage, auf die sie keine Antwort hatte, sie würde darüber nachdenken müssen.

Nachdem sie geduscht, sich angezogen und die Haare geföhnt hatte, blickte Unland auf ihr Handy und sah, dass Nathalie ihr geschrieben und vorgeschlagen hatte, am Abend vorbeizukommen. Doch nach der letzten Nacht fühlte sie sich nicht nur, als hätte sie etwas Bedeutendes verpasst, sondern als hätte sie Akeret im Stich gelassen, und die Aussicht auf eine weitere traumlose Nacht bedrückte sie. So schrieb sie Nathalie, sie habe keine Zeit, sie müsse Seminararbeiten korrigieren – das stimmte auch, aber natürlich nicht die ganze Nacht.

Als sie die Hände auf den Lenker legte, zählte sie die Finger ihrer Linken (sie zählte fünf) und beschloss, sich vor dem Schlafengehen Dingen auszusetzen, die irgendwie mit Akeret zu tun hatten.

Sie las im BUCH DER GETRÄUMTEN STÄDTE und hörte dabei die Musik von Kimio Eto, wie damals bei seinem ersten Besuch. Zuletzt nahm sie das Traumtagebuch zur Hand, las den Traum von den Unsterblichen, löschte das Licht und legte sich hin.

27

In den folgenden Wochen besuchte Unland zusammen mit Akeret beinahe jede Nacht eine andere Insel. Ihr gelang es zwar nicht, Einfluss zu nehmen auf die Beschaffenheit der Traumwelt, doch schaffte sie es bald, sich in jedes erdenkliche Tier zu verwandeln, um Akeret beizustehen.

Es fiel ihr immer schwerer zu glauben, dass diese Inseln zur Landschaft ihres Bewusstseins gehörten. Eher schien ihr, als lägen sie nicht in ihrem Innern, sondern in einem Außen, zu dem sie aus unbekannten Gründen Zugang hatte.

Sie träumte von einer Insel, auf der die Menschen sich von Schmetterlingen ernähren, und die farbenfrohesten, leuchtendsten schmecken ihnen am besten.

Sie träumte von einer Insel, auf der junge Frauen mit Hunden verheiratet und von diesen entjungfert werden, bevor sie Männer heiraten dürfen.

Sie träumte von einer Insel, auf der alle Einwohner denselben Namen tragen und sich nicht als Individuen begreifen, sondern als Verkörperungen eines einzigen Prinzips.

Sie träumte von einer Insel, auf der eine Königin herrscht, der das Recht vorbehalten ist, schwanger zu werden und zu gebären. Alle Einwohner stammen von ihr ab.

Sie träumte von einer Insel, auf der zuerst Worte erfunden werden und danach die Dinge, die sie bezeichnen. Manchmal aber wird ein Ding wieder verworfen, weil es nicht an das Wort heranreicht.

Sie träumte von einer Insel, auf der die Frauen eine so große Klitoris besitzen, dass sie von einem Penis nicht zu unterscheiden ist. Das Los entscheidet, wer an der Reihe ist, den jeweils anderen zu penetrieren.

Sie träumte von einer Insel, auf der Kasuare als heilig verehrt werden, man ihnen reich geschmückte Hütten errichtet, in denen die Menschen als Knechte leben.

Sie träumte von einer Insel, auf der zweigeschlechtliche Menschen wohnen, welche die Liebe nicht kennen und sich selbst befruchten, um immer weitere exakte Versionen ihrer selbst zu erschaffen.

Sie träumte von zwei benachbarten Inseln, auf denen man Zwillinge aussetzte, den einen auf dieser, den andern Zwilling auf der anderen Insel. Auf der einen Insel wächst eine fortschrittliche Zivilisation, auf der anderen herrschen Gewalt und Elend, und niemand weiß zu sagen, weshalb.

Sie träumte von einer Insel, auf der Stammbäume der Zukunft erstellt, die Ungeborenen bis ins zehnte Glied benannt und miteinander verheiratet werden. Wird statt des geplanten Mädchens ein Junge geboren, ertränkt man ihn und zeugt so lange weiter, bis das Mädchen, das den Namen seiner Nachfahren schon kennt, zur Welt kommt.

Sie träumte von einer Insel, die ganz mit Staub bedeckt ist, und jede Spur, die ein Mensch hinterlässt, bleibt für Monate sichtbar. Man kennt keine Vergangenheit und keine Zukunft, auch in der Sprache nicht. Die Menschen zeigen auf diese oder jene Spur und sagen: Jener geht zum Meer, obwohl er vor Wochen gestorben ist.

Sie träumte von einer Insel, deren Einwohner nachts aufstehen und schlafwandelnd beginnen, Mörtel anzurühren und Lehm in Ziegelformen zu pressen. Jede Nacht wachsen die Häuser, und die am Morgen erwachten Einwohner können sich nicht erklären, wie.

Sie träumte von einer Insel, auf der die Hütten aus Schlamm errichtet sind, der bei jedem Regen zerfließt. So wird nach jedem Regen der Besitz neu verteilt, reiche Bauern sind plötzlich besitzlos, weswegen die Armen stets um Regen beten.

Sie träumte von einer Insel, auf der schwere Verstöße damit bestraft werden, dem Gesetzesbrecher in einer Art umgekehrter Taufe den Namen zu nehmen. Der Namenlose steht fortan außerhalb der Gemeinschaft, weil es unmöglich ist, über ihn zu sprechen.

Sie träumte von einer Insel, auf der jeder Flecken bewohnt ist, sodass kein Platz mehr für die Toten bleibt. Es werden Gesetze erlassen, die das Sterben verbieten, und tatsächlich spricht bald niemand mehr von Verstorbenen, der Totengräber wird arbeitslos. Man fragt sich, wohin die Toten verschwinden. Sie tauchen als Ausgestopfte wieder auf, und jeder ist bemüht, sie als Lebende zu behandeln.

Sie träumte von einer Insel, die alle paar Jahre von einem Vulkan verwüstet wird. Jeder gibt sich dann einen neuen Namen und ergreift einen neuen Beruf, eine neue Zeitrechnung beginnt, und es kann sich niemand erinnern, was vorher gewesen ist.

Sie träumte von einer Insel, auf der das Entblößen

der Hand als obszön gilt, nicht aber das Zeigen der Geschlechtsteile. Das Händeschütteln ist eine in der Öffentlichkeit nie gesehene Geste, sondern wird hinter geschlossenen Türen vollzogen.

Bald hatte sich ein ganzer Archipel von geträumten Inseln in Unlands Traumheft angesammelt. Nach einigen Wochen aber hörten die Träume auf, und so oft sie beim Zubettgehen auch an Akeret dachte: Sie kamen nicht wieder.

Jedes Mal, wenn es seitdem an ihrer Türe klingelte, glaubte sie, Akeret sei zurückgekehrt, eine Hoffnung, die kaum auszuhalten war. Auf die Frage nach seinem Verbleib gab es viele Antworten, und jede dieser Antworten zog weitere Fragen nach sich und weitere mögliche Antworten. Wenn sie sich auf das Spiel einließ, dann war sie über Stunden hinweg beschäftigt und kaum ansprechbar. Sie wusste nicht, ob sie trauern oder hoffen sollte; schließlich gab sie jede Hoffnung auf, doch fand sie noch keinen Mut zu trauern.

Zur selben Zeit erschien der erste Artikel über Akerets Verschwinden, und bald folgten weitere, und sie wunderte sich, wie viel Widersprüchliches und auch Falsches behauptet wurde: Akeret sei Zoologe gewesen, las sie; Akeret habe sein Verschwinden angekündigt; Akeret habe sich einem Stamm angeschlossen; Akeret sei Anführer eines Kultes im Regenwald geworden etc.

Es hätte sich, vermutete Unland, wohl niemand für seine Geschichte interessiert, wenn er als Gescheiterter zurückgekehrt wäre. Nicht jedes Scheitern eignete sich für die Tragödien, nach denen die Menschen sich sehnen.

Doch einen Gedanken gab es, der ihr schließlich Trost spendete, ihr die Ungewissheit ertragen half. Mehr noch als jenes Halbwesen hatte Akeret, so glaubte sie, nach einer großen Geschichte gesucht. Nicht nach einer von denen, nach der Reporter suchen, sondern einer, die groß genug wäre, dass sein ganzes Leben darin Platz fand. Das eigentlich Tragische war, dass Akeret, der nirgends dazugehörte, eine von den Geschichten leben wollte, die nicht mehr geschrieben wurden.

Als er das erkannte, vermutete Unland, entschied er sich, nicht mehr zurückzukehren in sein kleines Land, in sein kleines Leben. Lieber wollte er selbst zum Mythos werden. Und deswegen hätte er sich über all die widersprüchlichen Darstellungen auch gar nicht geärgert, dachte sie lächelnd – gab es nicht von jedem Mythos viele Versionen?

Und falls er sich tatsächlich bloß in irgendeinem Keller versteckt hielt, dann durfte er sich freuen, Protagonist einer Geschichte geworden zu sein, die er niemals erlebt hatte.

Quellen

Bei der Arbeit an diesem Buch waren andere Bücher und Texte für mich Quellen des Wissens und der Inspiration. Gelegentlich habe ich wörtlich zitiert oder paraphrasiert:

Auf S. 21 ff. dieser Ausgabe aus: Bernard Heuvelmans, *On The Track Of Unknown Animals*, New York, 1995.

Auf S. 33 und S. 154 f. aus: Alfred Russell Wallace, *Der Malaiische Archipel*, Wiesbaden, 2014.

Auf S. 56 und S. 219 aus: Claude Lévi-Strauss, *Traurige Tropen*, Frankfurt a. M., 2012.

Auf S. 65 ff. aus: Carl von Linné, *Natursystem*, Nürnberg, 1774.

Auf S. 67 (Brief von Linné an Gmelin) aus: Thomas Junker, *Die Evolution des Menschen*, München, 2006.

Auf S. 82 ff., S. 196 ff. und S. 208 aus: Salim/Damono/McGlynn (Hg.), *I La Galigo Lahir*, Jakarta, 2013.

Auf S. 200 und S. 202 aus: Tracy Chapman, *Fast Car*.

Aus folgenden Büchern habe ich zwar nicht zitiert, doch waren sie mir eine wertvolle Hilfe:

Luigi Maria d'Albertis, *What I did and what I saw*, London, 1880.

Verena Binder, *Die Grammatik der Kreolsprache Unserdeutsch*, grin.com/document/412712, 2018.

Matthias Glaubrecht, *Am Ende des Archipels*, Berlin, 2013.

Hartmut Lutz (Hg.), *Abraham Ulrikab im Zoo*, Greifswald, 2007.

Michael Ohl, *Die Kunst der Benennung*, Berlin, 2015.

Dank

Mein Dank gilt all jenen, die frühere Fassungen dieses Romans gelesen und mich ermutigt haben, weiter daran zu arbeiten. Das sind namentlich Mathieu Corajod, Tessa Consoli, Severin Sertore und Liliane Aubert. Zudem danke ich all jenen, die mir meine Fragen zum südostasiatischen Archipel beantworten konnten: Dea Sihotang, Stefanie Christy, Althea Bader, Jhimy Gacai, Christabel Khoo. Ich danke Mme. Betty Oudomsouk, die mir freundlicherweise das Archiv von Bernard Heuvelmans am Musée de Zoologie de Lausanne zugänglich machte. Ich danke meiner Agentur Landwehr & Cie. für das Vertrauen und Lena Brasch für die Vertretung. Bei Katja Sämann möchte ich mich für das geduldige Lektorat bedanken. Dem Kanton Solothurn danke ich für die Literaturförderung, dem Aargauer Kuratorium für den Werkbeitrag.